ELSINOR
VERLAG

Martin Mandler

Kleiner Vogel Glück

Roman

Elsinor

Bibliografische Information der Deutschen Nationalbibliothek

Die Deutsche Nationalbibliothek verzeichnet diese Publikation in der Deutschen Nationalbibliografie; detaillierte bibliografische Daten sind im Internet über www.dnb.de abrufbar.

1. Auflage 2023

Umschlag und Satz: Elsinor Verlag, Coesfeld
Lektorat: Bettina Hesse
Korrektorat: Amelie Soyka
Covergestaltung: Manon Mandler

Printed in Germany
ISBN 978-3-942788-77-9

Kleiner Vogel Glück

*Abends sollen von der 1. Kompanie 2 Mann zu die Katzelmacher**
übergegangen sein, es müßte deßwegen noch in der Nacht der Feldruf
umgeändert werden, was die Betreffenden dazu veranlaßt hat,
ist unbekannt, es wird ihnen der Krieg halt auch
zu lang gedauert haben.

Kriegstagebuch Karl Außerhofer, 4. September 1915

* *italienische Truppen*

TUTTI FRATELLI

Weißt du, unsere Geschichte, die fängt mit der schönen Katharina an, die jetzt auch schon tot ist. Weil ja schon so viele Jahre vergangen sind, seit sie mit ihren braunen Haaren, mit ihrer kurzgeschnittenen, frechen Frisur und mit ihrer sonst schlanken und man könnte beinahe schon sagen sehnigen und drahtig muskulösen Gestalt, mit ihren gerade dreißig Jahren und, ganz wichtig: auch mit ihrem grünen Wanderrucksack, mit hellbraunen Knickerbockers, kniehohen roten Strümpfen und schweren Lederbergschuhen, vor allem aber ist sie mit ihrem strahlenden Lächeln, mit roten Backen und mit vor lauter Lebenslust fröhlich funkelnden hellbraunen Augen in die dunkle Stube der Hadlhütte gekommen. Oder vielmehr ist sie nicht in die Stube gekommen, sondern hineingeplatzt ist sie, die Katharina. In den nur durch die kleinen Fenster beleuchteten holzvertäfelten Gastraum. Weil sie hatte zeitlebens die Angewohnheit, unsere Katharina, beim Türaufmachen zuerst ihr ganzes Gewicht gegen die Tür zu drücken und danach erst die Klinke dieser Tür nach unten. Und deshalb, das kannst du dir ja vorstellen, deshalb hat sie die Türen in ihrem ganzen kurzen Leben auch nicht wirklich aufgemacht, sondern immer mit einem kraftvollen Krachen des Schlosses förmlich aufgesprengt. Und genau das hat die Katharina auch bei der Tür der kleinen, aber idyllisch zwischen zwei Gipfeln in den Dolomiten gelegenen Hadlhütte getan. Um die Mittagszeit an diesem schönen Sommertag im Jahr 1955.

Und weil sie so energiegeladen hineingeplatzt ist, in den Gastraum, unsere Katharina, sind die paar Männer, die da drin in der dunklen Stube der Hütte gesessen sind, auch so erschrocken. Sogar der Hadl Heinz selbst, der damals vielleicht fünfzig Jahre alte Wirt der Hadlhütte, ist da erschrocken. Oder besser gesagt: Man konnte vor allem im vom vielen Biertrinken und vom vielen Käseessen rund gewordenen Gesicht des Hadl Heinz das blanke Grauen sehen. Weil, wenn es irgendwo gekracht hat, das musst du wissen, dann hat das der Heinz gar nicht vertragen können. Der Hadl Heinz. Der ja eigentlich Müller Heinz geheißen hat. Und der *einen Schaden aus Russland mitgebracht hat.* So haben es die Leute wenigstens gesagt. Und viel mehr wurde da auch nicht drüber geredet. Über den Schaden. Und über Russland. Und überhaupt über den Krieg. Und das ist ja auch klar, dass die Leute da nicht viel drüber reden wollten. Und dass auch der Hadl Heinz selber nicht mehr viel wissen wollte von diesem Krieg. Weil da hat es dem so mitgespielt, im Krieg, dem Heinz, übrigens nicht nur in Russland, sondern vorher schon auf Kreta, und danach auch noch in Italien, dass die meisten Leute glatt den Verstand drüber verloren hätten, wenn sie das gesehen hätten, was der Hadl Heinz wohl gesehen haben muss und was er vielleicht sogar hat tun müssen. Oder was er vielleicht getan hat, weil man solche Sachen *eben getan hat, damals, wenn sie zu tun waren.* Oder besser gesagt, wenn *jemand befohlen hat,* dass diese Dinge zu tun seien. Aber was genau der Hadl Heinz im Krieg vielleicht getan hat oder nicht, das kann ich dir jetzt auch nicht sagen. Was ich aber weiß, ist, dass er bei all dem zwar nicht seinen ganzen Verstand verloren hat, aber den Teil, der mit lautem Krachen und mit Explosionen zu tun hat. Genauer gesagt mit dem Schießen. Weil wenn der jemanden schießen gehört hat, der Hadl Heinz, dann ist dem nach dem Krieg nicht nur das Herz in die Hose gerutscht, sondern manchmal auch noch etwas anderes. Und deshalb ist er dann ja auch auf die Alm hinauf und deshalb hat er die Hadlhütte als Wirt übernommen. Und mit der Hadlhütte hat er auch den neuen Namen bekommen, oben, wo er nicht mehr hören musste, wie unten im Dorf die Schützen wieder und wieder eine Ehrensalve ablassen. Denn die haben ja ständig irgendwelche Ehrensalven abgelassen, die Schützen in den Fünfzigerjahren. In ihren braunen Tiroler Uniformen aus grobem Stoff. In denen sie sich vorkamen wie die edelsten Freiheitskämpfer rund um den gar nicht so edlen Andreas Hofer. Aber in diesen Uniformen waren sie ja in Wahrheit nichts anderes als die schlechten Laiendarsteller eines noch schlechter inszenierten Theaters.

Die Kasperle einer Schmierenkomödie seids ihr, hat ihnen der Unterweger Ernst einmal zugerufen. Und dann hat der Unterweger, das kannst du aber glauben, dass der da seine Beine in die Hand nehmen hat müssen, der alte Kommunist, damit ihn diese katholischen und bestimmt oft auch noch nationalsozialistischen Kasperle nicht erwischen und damit ihm nicht das Lachen auf immer vergeht, wenn ihm diese Kasperle zeigen, wo der Bartl den Most oder besser gesagt, wo der Körper den Schmerz herholt. Aber diese Geschichte wollte ich hier eigentlich gar nicht erzählen.

Sondern ich wollte erzählen, wie Schützen in den Fünfzigerjahren ständig irgendwelche Ehrensalven in die Luft geschossen haben vor lauter Freude darüber, dass sie wieder schießen dürfen und dass sie wieder eine Uniform tragen dürfen. Wenn einer der Kameraden einen runden Geburtstag hatte oder wenn er gestorben ist, dann haben sie zackig in die Luft geschossen. Mit Platzpatronen, natürlich. Und die kleinen Jungschützen in ihren putzigen braunen Mini-Andreas-Hofer-Uniformen sind dann immer um die großen Andreas-Hofer-Kasperle herumgeschwirrt. Und sie haben die Patronenhülsen aufgesammelt. Auch jedes Mal, wenn die Schützen beim Geburtstag des Bürgermeisters oder bei dem des Pfarrers oder bei einer Ehrung eines verdienten Gemeindebürgers, beim Dienstjubiläum des Lehrers oder beim Besuch eines Landesvaters oder gar bei einer Visite des Bundespräsidenten irgendwo geschossen haben, haben die Jungschützen mit ihren kleinen Fingern die auch nach dem Auf-den-Boden-Fallen noch heißen Patronenhülsen um die Wette aufgesammelt und in einen kleinen, weißen Jutesack geworfen, den der Materialwart der Schützen bei jeder Schießgelegenheit mit dabeihatte, um nichts verkommen zu lassen. Und das kannst du glauben, dass diese Jungschützen mit ihren vielleicht acht oder zehn Jahren diese Patronenhülsen mit größtem Eifer gesammelt haben. Weil die haben damals ganz genau geschaut, die Jungschützen, wer von ihnen die meisten Hülsen in den Jutesack werfen konnte. Weil das war für die Kinder eine Frage der Ehre, so viele Hülsen wie möglich zu ergattern. Und deshalb haben sie sich jedes Mal nach dem Sammeln auch wieder erwartungsvoll und angespannt hinter die in einer strengen, aber nie ganz akkuraten Linie dastehenden großen Schützen gestellt. In der Hoffnung, dass diese großen Männer mit ihren Gewändern aus Lodenstoff, mit ihren total aus der Zeit gefallenen Tirolerhüten und mit ihren vor hundert Jahren mit einem *Gott zum Gruße* oder *Dem Land Tirol die Treue* bestickten und beim Anziehen immer knarzenden Ledergürteln, mit ihren breiten Schultern und mit ihren vor allem weihevollen Gesichtern doch noch einmal schießen würden. Dass es doch noch einmal krachen würde und dass sie doch noch einmal schnell, schnell die Patronenhülsen um die Wette aufsammeln könnten, das haben die Kinder damals immer gehofft. Aber gleichzeitig hatten die natürlich immer auch ein bisschen Angst davor in den Knochen. Weil ja jede Salve der Schützen immer so einen fürchterlichen Krach gemacht hat. Und weil mit jeder Salve auch die Erinnerung der Leute, weil dann die Zeit, über die keiner mehr reden wollte, doch wieder mitten im Dorf gestanden hat. Und die Kinder haben dann zwar gefühlt, dass mit diesen Schüssen der Schützen etwas Seltsames passiert. Dass sich da irgendeine Erinnerung oder ein Gefühl zwischen die Leute hineingedrängt hat, wenn die Flinten der Schützen gekracht haben, damals. Was das aber war, das haben sich diese Kinder mit ihren acht oder vielleicht zehn Jahren noch nicht erklären können. Nur, dass es etwas Großes und Unheimliches war, das man Krieg genannt hat, oder die Hitlerzeit, das haben sogar die Jungschützen damals schon gewusst. Und dieses große Unheil haben dann alle für ein paar Augenblicke in den Gesichtern der jeweils anderen wiedergesehen. Und sie haben die eigenen Geschichten wieder gespürt. Kurz, aber eben doch. Die Tragödien und das schlechte Gewissen, das sie still mit sich herumgetragen haben. Die einen, weil sie wirklich selbst im Krieg gewesen waren. Und die anderen, weil sie jemanden hatten, der in den Krieg hatte ziehen müssen oder wollen. Oder der gar im Krieg geblieben ist. Und es hat, das darf man ja nicht vergessen, auch nicht wenige gegeben, die den Krieg von daheim aus nicht nur gutgeheißen, sondern die ihn mit beiden Händen umarmt haben, diesen menschenvernichtenden Wahnsinn. Und es hat auch solche gegeben wie den Hanser Erwin, der vor lauter Fanatismus nicht nur Hunderte in den Tod geschickt haben soll, *eine ganze Armee Russen hab ich selber erledigt*, soll er einmal gesagt haben, der Hanser Erwin, der vor lauter Nazisein gar nicht richtig hat begreifen können, damals, im Fünfundvierzigerjahr, dass der Krieg schon aus war. Und deshalb ist er ja auch direkt nach dem Krieg zu den Franzosen gegangen und Legionär geworden. Aber die wollte ich jetzt eigentlich auch nicht erzählen. Die Geschichte vom Hanser, der ungefähr um die Zeit, als die Katharina in die Stube der Hadlhütte hineingeplatzt ist, schon auf einem Schiff gesessen ist, das ihn über Umwege wieder zurück in seine Heimat bringen sollte. Wo er dann, *ein harter Hund*, wie die Leute gesagt haben, mit seiner großen Granatsplitternarbe im Gesicht und mit seinen todernsten Augen, bei denen du gesehen hast, dass die schon viel gesehen haben, eines der ersten Puffs in der Gegend aufgemacht hat.

Und zuerst sind da die Leute natürlich Sturm gelaufen gegen dieses Puff. Aber dem Erwin war das egal, wie sehr sich die Leute darüber aufregen. Der hat das einfach doch gemacht, ein bissl außerhalb des Dorfes, an der großen Straße, hat er sich ein Haus gekauft und daraus das Biên Phú gemacht. Im Indochina-Stil, wie er immer wieder betont hat. Aber warum er das immer wieder so betont hat und warum er das Puff gerade Biên Phú genannt hat, das haben die Leute in den Dörfern nicht verstanden. Und das wollten die auch gar nicht verstehen, weil die ja diese ganze Unternehmung von Erwin nicht verstehen wollten. Im Wirtshaus nicht und vor der Kirche draußen am Sonntag schon gar nicht. Und auch der Pfarrer hat immer gewettert gegen das Biên Phú und gegen den gottlosen Erwin. Aber genutzt hat das ganze Wettern gegen diesen Sündenpfuhl und das ganze Nichtverstehenwollen nichts. Weil der Erwin seinen Willen eben doch durchgesetzt hat. Und weil auch die Männer aus den Dörfern immer wieder schauen gegangen sind, was da wirklich drinnen ist, in diesem Ort der Sittenlosigkeit. Das wollten die schon alle sehen. Und wissen auch. Aber über diese ganz alltägliche und auch im Grunde ganz uninteressante Scheinheiligkeit der Leute in Tirol wollte ich ja nicht reden, sondern von der Katharina war die Rede und davon, wie sie in die Stube der Hadlhütte hineingeplatzt ist und wie sie die paar Leute erschreckt hat, die da drinnen zu Gast waren. Und du musst wissen, dass da nie sehr viele Leute zu Gast waren, in der Hadlhütte. Weil ja in den Fünfzigerjahren der Tourismus in den Bergen erst wieder so richtig ins Laufen gekommen ist und weil die Hadlhütte ja auch heute noch ein bissl vom Schuss liegt. Wobei, auf dem Berg oben ist ja jede Hütte ein bissl vom Schuss. Aber wenn du heute so eine Hütte hast, die an einem Fernwanderweg liegt oder am Hang eines Berges, den jeder gesehen haben will, oder wenigstens in der Nähe einer berühmten oder besonders schwer zu kletternden Route, dann hast du die Stube und die Terrasse in der Saison immer voll. Aber so eine Hütte wie die Hadlhütte, die ist auch heute noch nicht so gut besucht, dass du da als Wirt reich wirst. Nur reich werden, das wollte der Hadl Heinz ja eh nicht mit seiner Hütte. Wie gesagt, der ist ja mehr vor seiner eigenen Vergangenheit und vor seinem Schießtrauma in die Hadlhütte hineingeflüchtet. Und er hat mit seinen vor Schreck groß aufgerissenen Augen zur Tür geschaut, als die Katharina mit ihrem ganzen Schwung in die Hütte hineingeplatzt ist. Und alle da drinnen haben auf den ersten Blick nur die schlanke Silhouette der Katharina gesehen. Die sich vor dem Sonnenlicht draußen abgehoben hat. Und an dieser Silhouette haben sie sofort erkannt, dass das eine Frau ist, die da die Tür so dermaßen aufgerissen hat. Und darüber haben die auch ein bisschen gestaunt.

Weil als Frau bist du in den Fünfzigerjahren in Tirol normalerweise brav daheimgesessen und nicht so mir nichts, dir nichts wie unsere Katharina in eine Almhüttenstube geplatzt. Zumindest nicht als Touristin und noch dazu alleine. Weil da hat es noch zum guten Ton gehört, dass man zu zweit kommt, als Frau. Mit einem männlichen Begleiter selbstverständlich. Aber der gute Ton, das kannst du dir ja vielleicht schon denken, dass der gute Ton unsere Katharina nicht sehr interessiert hat. Denn auch das war das Imposante an ihr. Nämlich, dass die Katharina nicht nur eine sehr schöne, sondern auch eine sehr gescheite und resolute Frau war. Das haben auch die Männer in der Gaststube sofort bemerkt. Weil die Katharina da in der Stube direkt mit ihnen geredet hat, als ob sie alle schon lange kennen würde. Die hatte überhaupt keinen Respekt vor denen. Die dreißigjährige Katharina. Vor den vielleicht fünfzigjährigen Männern. Und deshalb hat die da drinnen allen sofort den Kopf verdreht. Hat in der einen Stunde, die sie vielleicht in der Hadlhütte Rast gemacht hat, bei manchen von denen sogar eine lebenslängliche schöne Erinnerung hinterlassen. Aber ganz sicher nicht bei zwei Männern. Weil die sind hinten in der Ecke gesessen. Jeder ein Glas Wein vor sich auf dem Tisch und beide so betrunken, dass sie kaum noch hätten sprechen können. Aber die zwei Alten da in der Ecke, die wollten ja auch gar nicht sprechen. Weil die haben sowieso so gut wie nie gesprochen. Nur hat die Katharina ja nicht gewusst, dass die beiden immer nur dagesessen sind. Eine Woche lang haben die zusammengesessen und getrunken. Manchmal sind sie auch hinausgegangen. Hinauf auf den Berg. Aber keiner der Hüttenleute hat sie jemals gefragt, die zwei, wohin sie da eigentlich gehen. Und auch, wenn sie gefragt hätten, hätten sie sicher keine Antwort bekommen. Sogar der Hadl Heinz selber hat nicht gewusst, warum die beiden eigentlich jedes Jahr wiederkommen und eine Woche mehr oder weniger schweigend miteinander dasitzen und sich besaufen. Das hat dem Heinz schon der alte Wirt erzählt, dass da immer zwei so Vögel kommen und dass er freundlich sein soll zu denen. Dass die zwar eigen sind, aber dass die noch nie einen Ärger gemacht haben. Im Gegenteil, die beiden haben immer direkt, wenn sie hereingekommen sind, einen ganzen Haufen Geld auf den Tisch gelegt. Und das wird schon auch dazu beigetragen haben, warum sie der Hadl Heinz wirklich auch immer freundlich behandelt hat. Ein Glas Wein nach dem nächsten hat der denen eingeschenkt und eine Jause nach der anderen hat er ihnen hingestellt. Den *Fratellis*, wie alle hier die beiden genannt haben. Weil einer von denen, ein Italiener, der ist immer wieder kurz aufgestanden und hat dann *Tutti fratelli* gerufen, mit erhobenem Glas, mit dem er dem anderen zugeprostet hat.

Bruderschaft, hat der andere dann im Aufstehen zurückgerufen. Und danach haben sie jedes Mal stehend oder manchmal schon wankend angestoßen und ihr Glas in einem Zug hinuntergeschüttet. Egal, wie betrunken die schon waren, wenn der Italiener *Tutti fratelli* gerufen hat, haben sie immer angestoßen und die Gläser auf einen Zug geleert. Und beim Wirt direkt ein neues bestellt. Das kam den Leuten schon komisch vor. Dieses Fratellisieren. Und sie haben oft miteinander getuschelt und sich gefragt, was das denn soll. Nur an diesem Tag, da hat keiner getuschelt. Weil da ja die resolute und auch noch wunderschöne Katharina bei der Tür hereingeplatzt ist und weil sie ihnen mit ihrem Schwung und mit ihrem imposanten Auftritt die Sprache verschlagen hat. Die wundervolle Katharina, die zehn Jahre später, und das erzähle ich dir jetzt, weil ich dir ja gesagt habe, dass sie nicht alt geworden ist, unsere Katharina, weil die ist bei einem Unfall ums Leben gekommen. Das war auf ihrer Hochzeitsreise. Und sie hat ja erst mit knapp vierzig geheiratet, unsere Katharina. Damit war man damals schon fast eine alte Jungfer. Aber trotzdem hat sie mit 37 oder 38 noch ihren Max kennengelernt. Auf dem Berg natürlich. Da ist sie dem Max auf einem felsigen Steig direkt in die Arme gelaufen. Die beiden haben auf den ersten Blick gewusst, dass sie füreinander bestimmt sind. Und der sehr schöne, stattliche Max, ein Arzt aus München, hat sich nicht lange bitten lassen und er hat die sehr schöne, kurvige

Katharina, die übrigens eine Rechtsanwältin aus Würzburg war, direkt um ein Abendessen gebeten. Und die sehr schöne und sehr gescheite und empathische Katharina, die hat da dann auch nicht lange gefackelt und den sehr schönen und ebenso empathischen und in ihren Augen außerdem noch sehr kultivierten Max nach dem Abendessen einfach geküsst. Keine vier Wochen später waren die zwei schon verlobt. Und ein Jahr später verheiratet. Mit allem Pipapo haben die geheiratet. Mit weißem Schneiderinnenkleid und maßgeschneidertem Anzug sind sie in einem kleinen Dorf in der Nähe von München vor den mit weißen Nelken geschmückten Traualtar getreten. An einem Maitag im Jahr 1964 war das. In einer kleinen, aber dafür umso romantischeren Kirche. Und das war, so hätte die Katharina gesagt, der zweitglücklichste Tag in ihrem Leben.

Weil der erstglücklichste, der war, als ich meinen Max am Berg getroffen hab. Das hat sie immer allen erzählt, die Katharina. Auch auf der Hochzeit hat sie das bestimmt fünfzig Gästen erzählt. Und sich dabei den Reis aus den Haaren geholt. Weil auch damals, bei der Hochzeit von Max und Katharina, haben die Leute während des Glockengeläuts bestimmt zwei Kilo Reis über das Brautpaar geworfen. Und eine ganze Wagenladung voller Geschirr haben sie jubelnd am Boden zerdeppert, damit aus der Ehe auch eine glückliche Ehe werde. Und vielleicht, das ist die Frage, vielleicht stimmte das damals sogar, was die Katharina mit einem Sektglas in der Hand und mit der allertiefsten Freude im Gesicht auf ihrer Hochzeit allen erzählt hat. Nämlich dass dieser Tag, dass dieser eine Augenblick auf diesem felsigen Steig in den Bergen wirklich der glücklichste Moment in ihrem Leben gewesen ist. Aber wie das eben so ist mit dem kleinen Vogel Glück: Man weiß halt auch im Moment des größten Glücks nicht, ob im gleichen Moment nicht auch das größte Unglück an die Tür klopft. Und das ist auch gut so. Dass man das nicht weiß. Weil wenn wir jetzt beim Beispiel der Katharina bleiben, dann musst du wissen, dass die nur deshalb so früh gestorben ist, weil sie an ihrem erstglücklichsten Tag ihr

Glück mit dem Max gefunden hat. Und gleichzeitig mit diesem Glück hat sie auch ihren Tod gefunden. Weil es nämlich der Max gewesen ist, der ein paar Tage nach der Hochzeit trotz einer Flasche Wein und eines Grappas zu seiner Minestrone, seinem Rindsbraten und seinem Tiramisu unbedingt noch selber fahren wollte. Im neuen, schwarz glänzenden Opel Diplomat, den er extra für die Hochzeitsreise gekauft hatte.

Einen schönen Achtzylindermotor hat der und über 5 Liter Hubraum. 190 PS. 190! hatte der Max seinen Kollegen vorgeschwärmt.

Und Scheibenbremsen für die Sicherheit. Aber er hätte nicht so große Töne gespuckt, der Max, und das neue Auto schon gar nicht extra für die Hochzeitsreise gekauft, wenn er gewusst hätte, dass schon bei einer der ersten Ausfahrten, dass genauer gesagt ausgerechnet an diesem einen unglücksvollen Abend dem schönen und sicheren und starken Opel Diplomat ein noch schönerer und noch stärkerer Baum im Weg stehen würde. Dass er in diesen Baum hineinkrachen würde, der Opel. Mit der Beifahrerseite. Weil an diesem Abend, da hat es auch geregnet. Im Piemont, in das die beiden auf Hochzeitsreise gefahren waren. Und deshalb hat sich der Max mit seinem schwarzen Opel Diplomat und mit seiner Flasche Piemonteser Rotwein im Kopf, vor allem aber mit der Katharina auf dem Beifahrersitz gedreht. Und gerade da, wohin er sich mit seinem Opel und mit seiner Katharina gedreht hat, stand diese unheilvolle, aber gleichzeitig wunderschöne Piemonteser Buche. In die es die Katharina dermaßen hineingedreht hat, dass der Max, als er ein paar Minuten nach dem Einschlag aus seiner Bewusstlosigkeit erwacht ist, sofort gesehen hat, dass da nichts mehr zu machen ist. Weil der Baum und die Katharina, die sind bei diesem Unfall förmlich miteinander zusammengewachsen. Und auch, wenn die Leute dem Max später alle gesagt haben, dass sie überhaupt nix gespürt haben kann, die Katharina, ist an diesem Abend nicht nur das Genick der Katharina gebrochen, sind nicht nur ihre Knochen zersplittert und ist nicht nur ihr Herz zu Bruch gegangen, sondern auch das von Max. Und nicht nur die Katharina war nach diesem Aufprall nicht mehr zu retten, sondern auch das gebrochene Herz von Max ist nie wieder heil geworden. Weshalb der Max dann dermaßen zu trinken begonnen hat, dass bald nix mehr war mit seiner Karriere als Arzt. Der ist dann nur mehr alleine daheimgesessen als *lebensmüder Rechtsanwältinnenwitwer und Arzt im Ruhestand*, wie er sich bei den sporadisch und immer sporadischer vorbeischauenden Bekannten und Freunden genannt hat, in der Hoffnung, dass die das lustig finden würden. Aber keiner von ihnen hat es lustig gefunden, dem Max dabei zuzuschauen, wie der daheimsitzend sein ganzes leicht verdientes und sein noch leichter geerbtes Geld vertrunken hat. Und der hat wirklich einen ganzen Haufen Geld gehabt, der Max. Aber er hat alles bis auf den letzten Heller versoffen. Als ob er genau gewusst hätte, wie viel er saufen kann, hat er so viel Wein, Bier und Schnaps in sich hineingeschüttet, dass zu dem Zeitpunkt, an dem sein Bankkonto erschöpft gewesen ist, auch seine Leber nicht mehr konnte. Tausende Tage und Tausende Nächte ist der alleine daheimgesessen, der Max. Hat wortlos in seinem mit braunem Leder bezogenen Ohrensessel getrunken. Und genau wie die beiden *Fratellis* in der Hadlhütte hat auch er nix geredet beim Trinken. Fast, als ob er mit seiner Hoffnung auch seine Sprache verloren hätte. Mit seiner Lebenslust auch seine Stimme. Aber das klingt jetzt so, als ob die beiden alten Männer da in der hintersten und vom vielen dunklen Holz an den Wänden ganz düster wirkenden Ecke der Hadlhütte auch keine Lebenslust mehr in sich gehabt hätten. Und als ob die *Fratellis* deshalb so viel getrunken hätten. Aber genau das Gegenteil davon war der Fall. Weil die beiden, die haben zwar ohne große Worte, aber trotzdem mit ihrer ganz eigenen Inbrunst immer auf das Leben getrunken. Jedes Jahr haben die ihr Leben mit ihrer gemeinsamen Sauftour gefeiert. Aber warum das so war, das ist eine Geschichte, die ein bisschen komplizierter ist. Für die werden wir ein wenig ausholen müssen.

WENN ICH DIE SONNE WÄR

Die Sonne scheint. Das erste Mal seit. Warte. Da muss ich jetzt nachdenken, wie viele Tage das schon her ist. Vielleicht zwanzig. Oder ist es am Ende sogar schon mehr als zwanzig Tage her, seit sich die Weiße bequemt hat. Seit sie ihre Strahlen auf die vielen Grauen hier heruntergeworfen hat. Seit sie die Gnade gewährt hat, die Körper der Österreichischen und auch die Körper der Walschen hier heroben zu wärmen. All die Arme und Beine der vielen Giovannis, Fredericos und Aldos auf den Bergen im Alto Adige. Genau wie die Köpfe und Oberkörper der Josefs, der Martins und der Ingenuins in Südtirol. Wie die Hände und Wangen der vielen Jakubs und der Jiris, der Engelberts und der Hans-Dieters, der Borislawe und der Stepans, die sich hier in den Dolomiten in den letzten Wochen nur mit zusammengeflickten Gamaschen, mit wie Schätzen gehüteten Tüchern und Fetzen, oder, an ganz kalten Tagen, auch mit aus ihren Unterständen herausgeschmuggelten Decken von außen haben wärmen können. Und mit heißem Wasser oder einem Tee von innen. Manchmal, wenn gerade viel da gewesen ist, konnten sie sich auch mit einem Schöpflöffel voll heißer Suppe wärmen. Und mit Schnaps. Denn dass der auch gut wärmt, der Klare, darüber sind sich hier heroben alle einig. Compagno hin, Feind her.

Und so ein Schnaps, ein gemeinsam mit den Walschen getrunkenes kleines Fläschchen, denkt der Hans, *das könnte hier glatt Frieden machen.* Viel mehr und viel schneller Frieden als jede diplomatische Verhandlung unten im Tal. In einer der großen Ebenen, wo die großen Städte sind und in diesen großen Städten die großen weißen Häuser mit ihren großen, prunkvollen Sälen, *in denen sich die edlen Herren in ihren feinen Anzügen eigentlich zusammenraufen könnten. Von mir aus auch bei einem Cognac. Könnten die Schluss machen mit diesem Theater in den Bergen, Ebenen und Hügeln Europas. Aber die machen halt nicht Schluss. Die haben das ja auch gar nicht nötig.* Denkt der Hans. Und denkt weiter an eine gute Suppe. An die hier kaum noch zu denken ist, in den letzten Wochen. Und schon gar nicht ist hier an ein richtiges Essen zu denken. An ein gut durchgebratenes und duftendes Fleisch zum Beispiel. Oder wenigstens an einen festen, mit Butter und Milch gekochten Brei. An eine gelbe Maisplenten von mir aus auch. Oder zumindest an von den Pferden und Mulis gestohlenen Hafer.

Aber selbst der Hafer ist rar geworden in den letzten Wochen. Und deshalb schauen die sonst eigentlich freigiebigen Tragtierstaffeln heute genau drauf, dass die Rösser und Maultiere eher zu fressen bekommen als die Soldaten. Weil einem Soldaten, dem kannst du auch dann befehlen, weiterzumachen, wenn er im Grunde gar nicht mehr weitermachen kann. Nur ein Pferd oder vor allem ein Muli, das bleibt irgendwann halt einfach stehen. Und dann stehst auch du da, mit deiner Tragtierstaffel. Wenn dein Muli zwei Granaten oder ein paar Kisten voller Munition auf dem Buckel hat und einfach keinen einzigen Schritt mehr macht. Weil dann musst du das Material irgendwie anders auf den Berg hinaufbringen. Und da brauchst du dann nicht glauben, dass dir gleich ein Haufen Leute zu Hilfe kommt. Ganz im Gegenteil. Da versteckt sich dann einer hinter dem anderen. Und das ist ja eigentlich auch ganz klar. Weil so eine Munition, die wiegt schon ein paar Kilo. Und wenn du die dann tragen musst und mit deinem Rucksack auf dem Rücken oder mit einer Kiste auf den Schultern den Berg hinaufstapfen musst, während sich die Riemen des Rucksacks in deine Schultern schneiden oder die harten Bretter der Kiste auf deine Knochen drücken, und wenn auf den Wegen dann auch noch Schnee und Eis liegen, dann ist das nicht nur anstrengend, sondern auch gefährlich ist das dann. Weil dich eine Kiste auf den Schultern oder ein schwerer Rucksack ständig aus dem

Gleichgewicht bringen können. Und weil du immer in der Gefahr bist, dass du ausrutschst und schreiend mitsamt dem kriegswichtigen Material über einen Hang hinunterkugelst oder direkt in eine Schlucht hineinstürzt. Und das klingt jetzt nach einem Schicksal, das unwahrscheinlich ist. Aber so unwahrscheinlich ist das gar nicht. Weil in der Welt, in der unser Hans lebt, da fallen jeden Tag immer wieder neue Leute die Berge hinunter. Und in dieser Welt machen sich die anderen inzwischen kaum noch die Mühe, sie wieder zusammenzusuchen. Die Leute meine ich. Weil wenn so ein Abgestürzter einen Rucksack voller Munition mit sich hinuntergerissen hat oder einen Mörser oder von mir aus auch ein paar Karabiner, dann werden schon die Seile ausgepackt und dann steigt schon einer hinunter zu dem Abgestürzten. Aber meistens wird dann zuerst das Material geborgen und erst danach, wenn man eh schon dabei ist, halt auch der Soldat. Oder nur mehr der Körper. Je nachdem, wie tief, steil und felsig es da hinuntergegangen ist, wirst du als Soldat dann eben noch halb lebendig oder schon als Held heraufgezogen. Und danach, wenn das Wetter es zulässt, hinuntergetragen in eines der vielen stinkenden Lazarette oder in eine der vielen braunen Gruben, die dort unten im Tal für die Leute hier heroben gegraben werden. Auf beiden Seiten graben sie solche Löcher.

Immer dann, wenn der Boden nicht zu hart gefroren ist, werfen sie die Erde auf und Leute in die Erde hinein. Denkt der Hans. Und er denkt weiter an den Schnaps. Der so gut von innen wärmt. Und von dem du fast sicher sein kannst, dass hier irgendwo noch ein paar Fläschchen versteckt sind.

Weil wenn von all dem Essen und all dem anderen Material kaum noch was da ist, dann gibt es immer noch irgendwo einen Schnaps. Weil ein Schnaps, denkt der Hans, *ein Schnaps, der gehört zu dem Krieg hier in den Bergen genauso dazu wie das stinkende Pulver und die im Winter gefrorenen Patronen. Wie die krachenden Granaten und die Feuer speienden Mörser. Ohne die man halt keinen richtigen Krieg führen kann. Und vielleicht,* denkt der Hans, *vielleicht könnte man hier heroben sogar eher ohne uns Männer Krieg führen als ohne den Schnaps.* Aber das, und das hätte der Hans an jedem anderen Ort der Welt und zu jeder anderen Zeit in seinem Leben sofort verstanden, das war ein Gedanke, dem der Sinn auf eigenartige Weise verlorengegangen war. Denn wofür soll man noch einen Schnaps oder einen Wein brauchen, wenn man keinen mehr hat, der ihn trinken kann?

Doch auf der anderen Seite, und das musst du dem Hans schon zugutehalten: Es ist in seiner Welt da oben in den Höhen schon vorgekommen, dass es mehr Schnaps gegeben hat als Leute, die ihn noch hätten trinken können. Obwohl nur einen Tag vorher, ja manchmal sogar nur eine halbe Stunde vorher noch genug Männer da gewesen waren, die den Schnaps und den Wein mit einer großen Freude in sich hineingetrunken hätten. Aber so ist das eben. Der Wein und der Schnaps, die kommen halt meistens zur Unzeit. Nicht nur im Krieg locken der Klare oder der Rote ja eigentlich immer nur dann, wenn es einem, weil man viel zu tun hat oder aus irgendeinem anderen Grund nicht ins Zeug passt.

Da ist der Schnaps ein anderer Geselle als die Suppe, denkt der Hans. *Weil die Suppe, die kommt zumindest im Frieden immer pünktlich.* Oder wenigstens hat der Hans bisher in seinem Leben unten im Tal das Glück gehabt, dass er noch nie auf seine Suppe oder auf seine Jause hat länger warten müssen, als es ihm gutgetan hätte. Weil da unten im Tal, da sind sie einfach jeden Tag hinaus aufs Feld, um es zu eggen oder zu pflügen, um zu sähen, zu sensen oder Heu zusammen zu rechen. Und wenn sie in der Nähe des Hofs gearbeitet haben, dann hat die Mutter oder die Schwester jeden Tag zur rechten Zeit die Essensglocke geläutet. Einen richtigen kleinen Glockenturm haben die Vorfahren dafür ans Haus angebaut. Und extra eine sündteure Glocke gekauft, die sie vorsichtig oben an einen Fichtenbalken gehängt haben und an der sie ein dickes Seil befestigt haben, damit man sie von unten ganz leicht läuten kann.

Im ganzen Dorf haben sie solche Türme gebaut und überall hast du deshalb auch dieses Glockenklingen um die Mittagszeit gehört. Manchmal eines so knapp nach dem anderen, dass du gar nicht mehr richtig gewusst hast, ob eigentlich du gemeint bist mit dem Geläute oder doch dein Nachbar. Da musstest du schon genau hinhören und den Klang der verschiedenen kleinen Glocken des Dorfes auch sehr gut kennen. Damit du das auf Anhieb herausgehört hast.

Und auch, wenn nicht alle Felder des Hofs so nah beim Haus waren, dass es sich gelohnt hätte, die Leute zu Mittag heimzurufen, auch, wenn sie oft weit ab vom Hof gearbeitet haben, an einer sumpfigen Wiese unten beim Bach zum Beispiel, oder von mir aus auch oben in den Hängen knapp unter der Waldgrenze, hat das nicht geheißen, dass sie zu Mittag nichts zu essen bekommen hätten. Der Hans und die Seinigen. Denn bei solchen Gelegenheiten ist die Mutter oder die Schwester oder manchmal sind auch beide zusammen mit dem Essen vom Hof gekommen und haben dem Bauern, den Söhnen, den Töchtern, Knechten, Mägden und Kindern zu Mittag etwas zu essen gebracht. Damit ihre Arbeitskraft erhalten blieb und sie die Ernte schnell und schwungvoll einfahren konnten, bevor das nächste Wetter kommen und das Heu oder noch schlimmer sogar das Korn vom Regen nass werden würden.

Da haben die Leute bei uns schon drauf geschaut, denkt der Hans. *Weil bei uns, da hat auch ein Knecht genug zu essen gehabt. Viel hat der vielleicht nicht bekommen. Ein paar Kronen nur. Weil Geld war nie viel da. Aber zu essen immer genug. Und Gewand auch genug. Nicht so wie hier, wo es egal ist, ob du ein Knecht bist oder der Bauer*, denkt der Hans. Und denkt weiter, dass er es nicht für möglich gehalten hätte, dass man ohne Suppe oder ohne anständiges Brot, ohne warme Socken und dicke Jacken und manchmal sogar fast ohne Soldaten Krieg führen kann. Genau wie ohne die Sonne. Denn der ist es heute in ihrer launischen Güte egal, worauf sie scheint. Und dem Krieg, auch das hat der Hans hier lernen müssen, dem Krieg ist es in seiner Niederträchtigkeit eben auch egal, ob er nun in hellem Sonnenlicht und bei bestem Wetter und warmen Temperaturen vor der majestätischen Kulisse der Dolomiten stattfindet. Oder in einem Schneesturm, bei zehn Grad unter null, wenn man sich fast am Berg festbinden muss oder sich in die vielen vom Schnee zugewehten Gräben und Rinnen krallt, um nicht hinuntergeblasen zu werden.

Aber nicht, dass du das jetzt falsch verstehst. Weil bei einem richtigen Schneesturm geht hier heroben gar nichts mehr. Da kommst du kaum aus den Unterständen heraus und da nehmen dir draußen die Kälte und der Wind fast den Atem. Da musst du einfach warten, bis es vorbei ist. Und kannst erst danach, wenn sich der Sturm wieder gelegt hat, schauen, ob noch alles da ist. Und das klingt jetzt vielleicht komisch, dieses *alles noch da*. Aber dass nach so einem Sturm hier heroben noch alles steht, das ist gar nicht so selbstverständlich. In der Welt, in der unser Hans lebt. Weil da sind schon ganze Hütten im Schnee versunken oder von einer Lawine ins Tal gerissen worden.

Hier braucht es gar nicht unbedingt Waffen und Sprengstoff, um Krieg zu führen, denkt der Hans. *Da reicht es schon, wenn das Wetter dein Feind ist. Wenn zum Beispiel ein Gewitter im Sommer kommt und in den ganzen Stahl hier heroben hineinschlägt. Oder wenn die Temperatur fällt. Und der Schnee sich meterdick über alles legt. Wenn der Wind richtig pfeift oder der Hagel herunterschlägt. Sowas reicht heutzutage manchem zum Sterben.* Denkt der Hans. Und er denkt in seiner Verwirrtheit weiter, dass er gerne die Sonne wär.

Die Sonne möchte ich sein, sagt er jetzt laut. Weil heut schon seit einiger Zeit keiner mehr neben ihm in der Stellung steht, spricht er halt mit sich selbst.

Ich täte strahlen, sagt er. *Jeden Tag tät ich in meiner erbarmungslosen Güte strahlen. Und es täte mir nichts ausmachen, ob da unter mir in den Dolomiten nun Sommer oder Winter wär. Ob Regen fiele oder Schnee. Obs grad Kaiserwetter gäb im Frieden. Oder einen Wolkenbruch im Krieg.*

ÁGUA SANTA

Stell dir vor, es ist ein schöner Tag in Brasilien. Einer, der gerade erst so richtig begonnen hat. Weil die Sonne gerade damit angefangen hat, hinter den Wolken hervorzuschauen. Und stell dir auch vor, dass es an diesem Tag in Brasilien in der Früh vielleicht 25 Grad hat. Und am Nachmittag dann 32. Wenn nicht sogar mehr. Bei blitzblank blauem Himmel. Wie an diesem einen 14. Februar im Jahr 2016. Wie an dem Tag also, von dem die Elli schon ganz in der Früh das Gefühl gehabt hat, sie könne einfach nur in diesen Tag hineinleben. Gedankenverloren und unbeschwert. Gemeinsam mit ihrem Thomas und mit ihren beiden Kindern im Auto. Wobei Auto hier fast zu wenig gesagt ist. Denn die vier, die saßen an diesem 14. Februar am Vormittag in einem schwarzen Cadillac Escalade. Du weißt schon, das sind diese riesigen Geländewagen, mit denen die Anzug tragenden Agenten in amerikanischen Filmen fahren.

Und wenn du jetzt den Thomas schon kennen würdest, den schlaksigen, sehnig-sportlichen, vielleicht 1,75 Meter großen und im Grunde gemütlichen Liebsten der mindestens ebenso sportlichen und nur drei Zentimeter kleineren Elli, dann wäre dir sofort klar, dass es auch wegen all dieser Filme war, dass der Tom unbedingt einmal so ein Auto haben musste. Weil er diese Filme unbedingt immer und immer wieder sehen musste. Und es weiß kein Mensch, warum sie ihn auf komische Art beruhigten. Warum sie seine von einem langen Tag in seinem Kommunikationsberaterbüro aufgeriebenen und blanken Nerven in ein beruhigendes Bett aus Spannung und Entspannung legen konnten. Abends, wenn die Kinder im Bett waren. Und wenn auch die Elli etwas Besseres zu tun hatte, als sich mit Tom über die immer gleichen Themen zu unterhalten. Über korrupte Politiker oder tolle Autos. Über unfähige Kunden und die noch unfähigeren Kollegen zum Beispiel. Aber halt. Weil ich will jetzt nicht, dass der Eindruck entsteht, die Elli und der Tom wären zusammen nicht glücklich gewesen. Und du sollst auch nicht denken, dass die beiden nie etwas miteinander zu reden gehabt hätten. Auch sollst du nicht glauben, dass der Tom am Abend daheim immer seine Vorträge gehalten hätte, bei denen die Elli mit Nicken und Zustimmen zu seinem Geschimpfe über die Kunden oder über die Kollegen sein kleines Ego hätte streicheln müssen. Ich meine, es stimmt schon. Es konnte schon einmal vorkommen, dass der Tom das gebraucht hat. Und dass die Elli ihm das auch gegeben hat. Aber umgekehrt konnte es auch vorkommen, dass die Elli am Abend am Boden war. Weil in ihrer Praxis wieder einmal etwas total danebengegangen war. Weil eine ihrer Angestellten wieder einmal beim kleinsten Erkältungsanzeichen lieber daheim geblieben war und die Elli damit plötzlich für zwei hat arbeiten müssen. Oder besser gesagt für drei. Weil für zwei hat die eh immer gearbeitet in ihrer Physiotherapiepraxis, die Elli. Und deshalb hat auch nicht immer etwas Außergewöhnliches passieren müssen, damit die Elli *ein offenes Ohr* gebrauchen konnte, wie sie es immer nannte. Das ihr der Tom aber, da muss man jetzt schon auch ehrlich sein, nicht immer so richtig geben konnte. Dieses *offene Ohr*. Das konnte der noch nie. Aber das war, so sagte die Elli auch immer wieder zu ihren Freundinnen oder zu ihrer Mutter, *gar nicht so schlimm*. Weil sie ja gar keine so großen Ansprüche an den Tom hatte. Und der Tom auch nicht an Elli. Nicht mehr zumindest. Denn am Anfang war das vielleicht noch anders gewesen. Da waren die beiden nämlich derart ineinander verliebt gewesen, dass man als Außenstehender gar nie das Gefühl hätte haben können, dass die beiden sich nicht zu 100 Prozent ergänzten. Aber wenn du in die Beziehung hineingesehen hättest, dann hättest du auch schon vor fünfzehn Jahren, als die beiden sich kennengelernt haben, sehen können, dass es eben nur 90 Prozent waren. Weil einfühlsam

Zuhören und Tom eben Dinge aus zwei verschiedenen Welten waren. Immer schon. Aber das machte der Elli nicht wirklich etwas aus, wie gesagt. Von Anfang an nicht. Und schon gar nicht mehr im Februar 2016. Weil die beiden sich in diesem Jahr schon lange nicht mehr rund um die Uhr glücklich machen mussten. Es reichte ihnen vielmehr, wenn sie im Alltag gut miteinander auskamen. Wenn sie hin und wieder Lust darauf hatten, miteinander zu schlafen. Und wenn jeder von ihnen im Leben halbwegs auf seine Kosten kam. Nicht zu vergessen: Wenn die Elli und wenn auch der Tom ohne Murren und Meckern des anderen machen durften, was sie wollten. Der Tom zum Beispiel, und keine Sorge, jetzt sind wir gleich wieder beim Auto, in Sachen Fernsehen. Während die Elli mit einer Freundin telefonierte oder während sie mit ihrer Mutter in der Küche saß. Weil dann saß der Tom immer auf der wuchtigen roten und schon etwas in die Jahre gekommenen Ledercouch im Wohnzimmer. Und dann schaute er einen der besagten Agentenfilme. Mit all dem Geschieße und den Explosionen. Mit den falschen Fährten und dem Ermitteln. Mit den lässigen Agentensprüchen und den schwarzen Anzügen. Und eben auch mit diesen großen schwarzen Autos, die der Tom so liebte. Schon seit er denken konnte, wollte er auch so ein Auto haben. Jahrelang hatte er von *so einem Kübel* geträumt. Zuerst von einem silbernen, weil die Agentenautos früher silber lackiert waren. Und später dann von einem schwarzen. Aber so ein Auto, das 15 Liter und mehr verbraucht, das hat sich der Thomas dann doch nie gönnen wollen. Und das hätte die Elli auch nie zugelassen, dass er daheim in Tirol mit so einer wahnsinnigen und unverantwortlichen Spritschleuder herumfährt. Aber im Urlaub, da ist das eben was anders.

Und stimmt, das habe ich dir ja noch gar nicht so genau erzählt, dass der Tom und die Elli mit ihren beiden Kindern, mit der Celine und dem Paul in diesem Februar in Brasilien endlich wieder einmal einen richtigen Urlaub machen wollten. Und im Urlaub, da macht man so einen Blödsinn halt, ohne groß drüber nachzudenken. Und ganz ehrlich, der Blödsinn hat sich auch gelohnt. Für den Tom. Du hättest das Gesicht von Thomas sehen sollen. Als die vier in der Nähe des Flughafens von Rio de Janeiro zum Autoverleih gekommen sind. *Alamo Rent a Car. Alamo, war das nicht diese Schlacht, in der die Amis beim Kampf gegen die Mexikaner untergegangen sind?,* hat der Tom da die Elli gefragt. Aber die Elli hat das nicht so genau gewusst. Und es hat sie ja auch im Grunde gar nicht interessiert. Und auch dem Tom kam dieser Gedanke direkt wieder aus dem Sinn, als er eine ganze Reihe von Escalades bei Alamo Rent a Car hat stehen sehen. Da hat der Tom auf Anhieb bis über beide Ohren gegrinst. Und später, als er den schwarzen, überraschend kleinen Schlüssel des Escalade wie eine Trophäe in die Hand genommen hat, hat er wieder gegrinst. Und richtig gelacht hat er dann, als der Motor des Escalade angesprungen ist. Und als der Escalade mit ihm am lederbezogenen Steuer, mit der Elli auf dem schwarzen und lederbezogenen Beifahrersitz und mit Celine und Paul auf den großzügigen schwarzen Lederrücksitzen langsam und majestätisch losrollte, da hätte er beinahe laut gejubelt, unser Tom.

Mit diesem Auto ist der Weg das Ziel. Hat er noch eine Stunde später in Ellis Richtung geschwärmt. Nachdem er ihr bestimmt schon Tausend Dinge, die sie nicht sonderlich interessierten, über dieses Auto erklärt hatte. Und ein bisschen verdrehte sie deshalb die Augen. Aber nur kurz. Weil sie ja ein paar Augenblicke später endlich wieder das Meer sehen konnte. Den Atlantik. Auf ihrem Weg von Rio nach São Paulo. Auf der sagenhaften 101, die sich aus dem Norden Brasiliens bis fast hinunter nach Uruguay entlangschlängelt. Immer in der Nähe des sagenhaften Meeres. Und immer so, dass es einem bei jeder neuen Begegnung mit dem Atlantik den Atem verschlägt. Wie der Elli kurz hinter diesem halb baufällig wirkenden Tunnel, durch den sie gerade gefahren waren. Nachdem sie bestimmt seit einer Stunde an den ewig gleichen schäbigen Häusern und den ewig gleichen Bäumen entlanggeglitten waren.

Endlich sieht man das Meer wieder, hat sich die Elli gedacht. Dann hat sie ihren Arm gehoben, aufs Meer gezeigt und *Das da ist das Ziel!* gerufen. *Nicht dein Auto. Schau dir lieber das Meer an als deinen blöden Escalade!*

Und stimmt schon: *Blöd* hätte sich die Elli wirklich sparen können. Aber gesagt ist nun einmal gesagt. Und einen kurzen Moment lang hat der Tom deshalb gespürt, wie die heiße Wut ihm von seinem Bauch herauf in den Hals steigt. Aber dann hat auch er zum Meer hinübergeschaut. Und dann war die Wut auch direkt wieder Geschichte. Weil der Tom nämlich auch ein *Naturbursche* war. Gern *aufm Berg*. Gern im Wald. Gern über Stock und Stein. Beim *Schwammerlsuchen* um Beispiel. Oder mit dem Fahrrad über Wanderwege. Und als *Naturbursche*, da konnte der Tom jetzt – Autoliebe hin, Autoliebe her – auch nichts anderes mehr, als vor lauter Schönheit des Meeres dahinschmelzen. Und staunen, wie er nie im Leben über ein Auto hätte staunen können. Weil eben die Natur, das hätte der Tom in dem Moment zu 100 Prozent unterschrieben, doch *etwas ganz anderes ist als die Technik. Da kannst du die feinsten Ledersitze haben und von mir aus auch 1500 PS, da kannst du ein Fahrwerk aus der Formel 1 unter dem Hintern haben und eine Musikanlage, die alle Stücke spielt, und du kommst trotzdem nie an das heran, was die Natur kann. Da ist so eine von Menschen gemachte Schönheit immer nur ein blasses Gewerkel*, dachte sich der Tom. *Weil die Natur, die kann dich überwältigen, wo dich die Technik nur begeistern kann.*

Und während der eigentlich ja eher handwerklich und praktisch denkende Tom quasi aus heiterem Himmel anfing, zu einem poetischen Menschen zu werden, hat sich der Paul hinten von seinem Kindersitz auch zu Wort gemeldet.

Schwimmeeeen!, hat der fünfjährige Paul gerufen. Mit seinen weit aufgerissenen und freudigen braunen Augen. Und der frechen Frisur. Und am liebsten wäre Tom wirklich direkt rechts rangefahren. Hätte die Kinder aus dem Auto geholt und wäre mit ihnen sofort in die Wellen gesprungen. Aber Elli war dagegen.

Später. In Angra dos Reis machen wir Station. Das ist ein schöner Touristenort. Da kann man super schwimmen. Viel besser als hier. Hat die Elli gesagt. Aber das hätte sie vermutlich nicht so entschieden, wenn sie gewusst hätte, was diese Entscheidung für Konsequenzen haben würde. Weil du musst wissen, dass die vier nur eine Flasche voll Wasser mithatten. Und auch, dass diese eine Flasche Wasser eine ganz besondere Bedeutung bekommen würde, das musst du wissen. Denn der kleine Paul hat mit seinen fünf Jahren diese Wasserflasche hinten zur Gänze ins Auto gekippt. Als er trinken wollte, und als der Tom genau in dem Moment, als der kleine Paul zum Trinken angesetzt hatte, scharf bremsen musste. Fast eine Notbremsung war das, weil vor ihm einer abrupt und natürlich ohne zu blinken abgebogen war. Da hat es dem Paul die Flasche mit dem Wasser direkt aus der Hand gerissen. Ist ja auch klar: kleine Hände, große Flasche. Und nachdem sie ihm aus der Hand geschossen ist, die Flasche, ist sie vor dem kleinen Paul auf die Rückenlehne von Toms Sitz geknallt. Danach hat sie einen mehrfachen Salto hingelegt. Und dabei ihr Kohlensäurewasser spitzend im Fond des Escalade verteilt. Im Gesicht von Paul. Und in den brünetten langen und etwas struppigen Haaren der zehnjährigen Celine. Auf Pauls Fußball-T-Shirt und auf seiner kurzen Hose sowie auf Celines blaugeblümten Kleid, auf den schwarzen Sitzen, am beigen Dachhimmel und auf den Rückenlehnen, auf den getönten Fensterscheiben, und als sie dann nach den paar spritzenden Saltos endlich gelandet ist, die Flasche, ist der Rest des Wassers mit der Flasche im Fußraum des Escalade gelandet.

Wasseeeeer, hat Paul dabei gebrüllt. Und auch Celine hat geschrien.

Der Paul hat die ganze Flasche verschüttet. Ich bin total nass. Und das Auto auch! Hat sie gerufen. Und weil dem Paul das direkt peinlich war, hat er gleich noch lauter geschrien. Auch die Elli ist direkt nervös geworden. Weil in einem Leihauto willst du ja nicht unbedingt eine Sauerei anrichten. Vor allem nicht, wenn du mit einem sündteuren Escalade weit über deinen Verhältnissen unterwegs bist und deshalb bei der Versicherung einen extra hohen Selbstbehalt ausgehandelt hast. Also hat sich die Elli sofort abgeschnallt und nach ihrem grünen Baumwollpullover gegriffen. Sich nach hinten gebeugt und den Pullover direkt in den Fußraum geworfen. Hat sich abgeschnallt und noch weiter nach hinten gebeugt um das Wasser, so gut es eben von vorne ging, mit ihrem Pullover aufzuwischen. Und das alles hat sie getan, während der Tom gemault hat. Immer mehr hat er gemault und immer lauter hat er gemault. Er hat sich so in sein Schimpfen hineingesteigert, dass nicht nur der Paul und die Celine angefangen haben, zu heulen, sondern dass es auch der Elli gereicht hat.

Du immer mit deinem sinnlosen Auto. Hat sie Tom angeschrien. Und der ist deshalb noch wütender geworden.

Als ob ich was für diese ganze Scheiße hier könnte. Hat er gebrüllt.

Und die Elli hat zurückgebrüllt. Und die Kinder haben geheult und geschrien. *Super Urlaub.* Hat die Elli dann noch gemault. Und auch angefangen, zu weinen. So viel hat sie geweint, die Elli, dass ihr das atemberaubende Panorama des Atlantiks direkt vor ihren Augen total verschwommen ist.

Aber wenn du jetzt glaubst, dass es gleichzeitig mit diesem Streit aus war mit der Urlaubsharmonie, oder wenigstens mit der guten Stimmung auf ihrer Fahrt nach São Paulo, dann täuschst du dich. Weil der Tom und die Elli, die konnten schon von dem Tag an, an dem sie sich kennengelernt hatten, so richtig gut streiten. Was das anbetrifft, sind die eine Naturgewalt. Aber kein Hurrikan, der tagelang wütet. Sondern du musst dir die beiden eher so vorstellen wie ein Sommergewitter in den Bergen. Da kracht es anständig. Da hagelt es vielleicht auch. Aber eine halbe Stunde später ist alles wieder gut. Vielleicht muss man ein bisschen aufräumen. Aber viel mehr kann da nicht passieren.

Und das war auch auf ihrer Fahrt nach São Paulo so, dass bald alles wieder gut war. Sogar die Kinder auf dem Rücksitz hatten sich schnell beruhigt, nachdem Tom rechts rangefahren war und das Auto mit einem Handtuch fein säuberlich trockengewischt hatte.

Gar nicht schlimm, das trocknet schnell wieder, hat er gesagt. Dem kleinen Paul dabei durch die feuchten Haare gestreichelt, und nachdem er auch die Celine angegrinst hat, hat er dem Paul *ist mir auch schon passiert* ins Ohr geflüstert. Dann sind sie weitergefahren in Richtung São Paulo. Oder besser gesagt in dieses kleine Nest, Angra dos Reis. Wobei klein auch nicht wirklich stimmt. Weil für Brasilien ist das zwar eine winzige Stadt. Aber *Angra dos Reis hat mehr Einwohner als Innsbruck*. So hat es zumindest Elli den Kindern erzählt, am Abend vorher, als sie von den idyllischen Inseln vor der Stadt und von den Buchten, in denen man schwimmen kann, geschwärmt hat. In Angra dos Reis, der Bucht der Könige. Und ganz unter uns: Das musst du dir wirklich selbst einmal anschauen, dieses Angra dos Reis mit seiner sagenhaft schönen Bucht und der noch sagenhafteren Ilha Grande draußen vor der Bucht. Weil das ist ein Traum aus Palmen und grünen Bäumen, aus blau-türkisem Meer und weißen Stränden voller glücklicher Menschen. Das ist so wunderbar, das hast du in deinem Leben wirklich noch nicht gesehen. Und wenn du dir das jetzt vorstellst, weißt du auch, wie sehr sich unsere vier in ihrem Escalade darauf gefreut haben, endlich in diesem Angra dos Reis anzukommen.

70 Kilometer noch, hat der Tom beim Losfahren gerufen. *Ein bisschen mehr als eine Stunde*. Und da ist die Freude direkt ausgebrochen bei den Kindern. Schnorchel, Flossen, Schwimmringe, Sonnencreme, Eis und Wasser hatten die Kinder da schon im Kopf. Aber 50 Kilometer später hat ihnen das Schicksal dann einen Strich durch die Rechnung gemacht. Wie man so sagt. Und wenn du jetzt denkst: *Klar. Autounfall*, dann denkst du falsch. Weil so einfallslos war das Schicksal in diesem Fall nämlich nicht. Denn nach vielleicht einer halben Stunde haben die Kinder von hinten quasi durchgehend *Durst, Durst, Durst* gerufen. Und dann sind die vier zu allem Überfluss auch in einen

Stau hineingeraten. Bei Paraiso war das genauer gesagt, einem kleinen und im Grunde auch schönen Örtchen am Atlantik, das eigentlich auch schon zu Angra dos Reis gehört, sind die vier eine Dreiviertelstunde lang nur mehr im Schneckentempo vorangekommen. Einen Meter nach dem anderen hat sich der schwere Escalade in der prallen Sonne vorgeschoben. Und nicht nur der Durst des Autos ist dabei immer größer geworden, sondern auch der der Kinder. Deshalb hat die Elli kurz hinter dem nächsten Örtchen dafür gesorgt, dass der Tom rechts ranfährt. Sie ist ausgestiegen und hat einen Mann, der am Rand der 101 entlanglief, angesprochen.

Água, Água, hat Elli nur gesagt. Und zuerst ist der vielleicht vierzigjährige Brasilianer nur weitergegangen. Er hat gar nicht auf Elli reagiert. Aber weil die Kinder wirklich Durst hatten, hat die Elli nicht aufgegeben. Sondern sie ist dem Mann hinterhergegangen und hat immer wieder *Água, Água* gerufen. Da ist er dann doch noch stehen geblieben. Und hat nach rechts gedeutet. Und die Elli hat verstanden, oder geglaubt, zu verstehen, dass man da wohl rechts abfahren soll, wenn man irgendwo Wasser kaufen will. Deshalb ist sie auch flott zurückgelaufen, die Elli, hat sich ins Auto geschwungen und dem Tom fröhlich verkündet, wo es Wasser gäbe.

Da rechts, fahr in die Rua Leonita des Souza oder Rua Leontina. Ich weiß nicht mehr, wie die genau heißt. Da rechts rein halt. Hat die Elli gerufen. Und sobald er konnte, ist der Tom auch wirklich rechts in diese Straße hineingefahren. Und ein bisschen komisch ist dem Tom das zwar vorgekommen, dass er da rein soll. Weil mit jedem Meter, den er weiter in diese enge, aber ordentlich asphaltierte Straße hineingefahren ist, sind die Häuser schäbiger geworden. Und die Leute haben komisch geschaut, als sie den Escalade durch ihr kleines Örtchen Água Santa haben fahren sehen.

Die werden halt auch nicht oft so ein Auto zu Gesicht bekommen hier, hat sich der Tom gedacht. Und dass die auch in Tirol so schauen täten, wenn er mit einem Escalade auftauchen würde, hat er sich vorgestellt. Aber mit dieser Einschätzung lag er falsch, unser Tom. Weil in Tirol, da täten die Leute vermutlich zwar wirklich so schauen, weil sie so gut wie nie einen Escalade sehen. Aber in dieser kleinen Gasse mitten im Örtchen Água Santa, da haben die Leute nicht wegen der Seltenheit des Autos so reagiert. Sondern da waren die einfach froh, dass dieses schwarze Monster nicht bei ihnen vor der Türe stehen blieb. Und vielleicht 200 Meter später hat der Tom links in der kleinen Gasse einen Kiosk gesehen. Oder etwas, das man mit gutem Willen einen Kiosk nennen könnte. Weil es ein aus bloßen und vom Regen schon schwarz gewordenen Ziegelsteinen zusammengemauerter Verschlag war. Vorne notdürftig verputzt. Mit einem halb kaputten Wellblechdach drauf. Nicht einmal Fenster hatte dieser Verschlag. Dafür dicke, verrostete Eisengitter vor den Fensterleibungen. Die Nummer 444 stand in dicken, orange gepinselten Zahlen auf der Hauswand.

666 würde besser passen, dachte sich der Tom. Und dass da jemand einfach einen alten Zaun genommen und ihn vor die Fenster geschraubt hat, hat der Tom auf den ersten Blick gesehen. *Auch nicht schlecht. Nimmt man halt, was man hat*, hat sich der Tom da gedacht. Und abgebremst, um sich den Kiosk genauer anzuschauen. Aber was er noch nicht verstanden hatte, der Tom, war, dass das gar kein Kiosk war. Und dass die Regale da drinnen in dem mit hellblauer Farbe gestrichenen Raum zwar voller Lebensmittel und dass die zwei Kühlschränke zwar voller Wasser und Bier waren. Aber zum Verkauf stand da nichts. Und die Eisengitter vor den Fensterleibungen waren auch nicht deshalb montiert, damit Einbrecher abgehalten werden. Sondern die hatte man hier angebracht, damit ein möglicher Angreifer nicht mir nichts, dir nichts in diesen Verschlag hineinspringen könnte. Und die Mauern, aber das wusste der Tom auch nicht, die waren innen mit Eisenplatten verkleidet. Damit auch große Kaliber bei einem Angriff nicht durch die Mauer schießen konnten. Und damit die drei oder vier Leute, die normalerweise in diesem Verschlag saßen, um das gegenüberliegende Haus zu schützen, hinter diesen Mauern halbwegs sicher waren. Und auch, wenn gerade keiner von diesen Männern mit ihren Gewehren im Verschlag war und wenn auch sonst nichts auf eine unmittelbare Gefahr hindeutete, kam dem Tom das alles seltsam vor. Sehr seltsam.

Da ist irgendetwas sehr komisch, hat der Tom deshalb zur Elli gesagt. Und in dem Moment, als er das gesagt hatte, hat er auch schon im Rückspiegel gesehen, wie aus dem Haus auf der rechten Seite der Rua Leontina ein paar Männer herausgestürmt sind. Und dann hat es auch schon gekracht. Zuerst hat der Tom gar nicht verstanden, was da so kracht. Aber als die ersten Kugeln mit dumpfen Bloppen im Blech des Escalade einschlugen, ist ihm klar geworden, dass da jemand auf sie schießt. Dieses Geräusch kannte er ganz genau aus seinen Agentenfilmen. Und als ob er selbst einer dieser Agenten aus einem seiner Filme wäre, hat er das Gaspedal des Escalade einfach voll durchgedrückt. Mit einer fast irrealen Gewalt hat der Escalade einen Satz nach vorne gemacht, hat seine Reifen mit zuerst knurrendem und dann quietschendem Getöse in den Asphalt gestemmt und danach ist der Tom wie ein Verrückter durch die enge Rua Leontina geprescht. In einer Linkskurve ist ihm ein Mann in einem alten, von der Sonne ausgebleichten roten VW Polo entgegengekommen. Aber dem ist Tom mit vollem Schwung ausgewichen. Richtig gekracht und geknallt hat es im Fahrwerk, weil Tom gleich den halben Hang mitbenutzt und so eine Kollision verhindert hat. Für einen kurzen Moment hat er sich danach gefühlt wie ein kleiner Held, unser Tom. Weil er die Situation fahrtechnisch so gut gemeistert hat. Aber als er keine Minute später wieder zurück auf die 101 geschossen ist und dabei fast einen weißen Toyota gerammt hätte, war es mit seinen heldenhaften Gefühlen wieder vorbei. Und statt weiter den Fluchtfahrer zu spielen, hat er gebremst und den riesigen Escalade in einer Staubwolke zum Stehen gebracht.

Alles ok? Hat er in den Wagen hineingerufen. Und zuerst zu den Kindern nach hinten geschaut. Es ist ihm jetzt erst aufgefallen, dass die beiden weinten. *Weinen ist ein gutes Zeichen*, hat sich der Tom gedacht. *Wer weint, ist nicht tot. Und wer getroffen ist, der schreit.* Hat er vermutet. Und er hat gesehen, dass ein paar Kugeln nur knapp an seinen Kindern vorbeigezischt sein mussten. Jedenfalls waren die Fenster auf der rechten Seite nicht mehr da und auch in der Tür waren Löcher zu sehen. Sogar das Heckfenster war herausgeschossen worden. Und in der Kopfstütze in der Mitte war ganz klar ein großes Loch zu sehen. *9 mm war das aber keine*, dachte Tom blitzartig. Bevor er *Kinder, geht's euch gut?* rief. Und weil die beiden nickten, und auch er das Gefühl hatte, dass irgendein Schutzengel die beiden da hinten in Água Santa vor Schlimmerem bewahrt hatte, drehte er sich zu Elli hin. Die saß in ihrem schwarzen Ledersitz einfach nur da, mit weit aufgerissenen Augen. Und im ersten Moment ist dem Tom da schwindlig geworden. Und schlecht auch. Denn auch auf Ellis Seite waren die Scheiben verschwunden. Oder vielmehr hatten sie sich in vielen kleinen Splittern im Wageninneren verteilt. Ellis Sitz war auf der Seite aufgerissen. Da hatte eine Kugel offenbar direkt eingeschlagen und das Futter aus der Polsterung herausgesprengt. Aber noch mehr Angst als all die Löcher und Scherben machte Tom die Tatsache, dass Elli einfach nur dasaß. Mit ihren weit aufgerissenen Augen.

Elli, rief Tom. Und schüttelte sie. Aber Elli blieb stumm. Deshalb tastete Tom sie ab. In Erwartung, irgendwo ein großes Loch in seiner Elli zu entdecken. Oder warmes Blut zu spüren, das aus einer in seinen Augen unvermeidlichen Wunde in Ellis Körper herausschießen musste. Aber da war kein Blut. Überhaupt konnte Tom nichts Ungewöhnliches ertasten. Er schaute an Elli herunter. Schaute an sich herunter. Sah, dass die Kugel, die durch Ellis Sitz geflogen war, im Armaturenbrett eingeschlagen hatte. Sah auch am Sitz keine Spur von Blut. Und weil er das alles nicht verstand, schaute er noch einmal zu den weinenden Kindern nach hinten. Da sah alles gut aus. Die beiden heulten laut.

Weinen ist ein gutes Zeichen. Wer weint, ist nicht getroffen. Dachte Tom noch einmal. Und obwohl er eine fürchterliche Angst davor hatte, schaute er doch wieder zu seiner Elli hinüber. Und sah, wie die sich ohne die geringste Vorankündigung in einem breiten Schwall in den Fußraum des Escalade übergab. Ein richtiger Sturzbach schoss da aus ihrem Mund heraus. Und sofort hing ein beißender Geruch im Auto.

Scheiße, rief Tom. Weil er nicht begriff, dass Elli zumindest äußerlich vollkommen unverletzt neben ihm saß.

Scheiße, Scheiße, Scheiße, rief er noch einmal. Und Elli wischte sich den Mund langsam ab.

Ich glaube, das Saubermachen können wir uns sparen. Sagte sie dann trocken. Ganz emotionslos kamen diese Worte aus Ellis Mund. Und Tom dachte schon: *Das muss ein Schock sein. Die hat bestimmt einen Schock und ist doch getroffen.*

Aber sie war nicht getroffen worden, seine Elli. Sondern nur so weit aus ihrem Schock aufgetaucht, dass sie wieder sprechen konnte. Und ganz ehrlich: Das Gesicht von Tom hättest du sehen müssen, als der ein paar Minuten nach einer eingehenden Untersuchung von Elli, Paul und Celine wirklich sicher sein konnte, dass keinem der drei etwa Ernsthaftes passiert war. Paul hatte einen kleinen Kratzer von einem Glassplitter auf dem Arm. Der aber schon wieder aufgehört hatte, zu bluten. Aber sonst war nichts passiert. Das ganze Auto war voller Löcher. Bestimmt 30 Kugeln waren kreuz und quer durch den Escalade geflogen. Die Frontscheibe hatte Löcher. Die Seitenscheiben waren bis auf die an Toms Türe nicht mehr da. Und sogar ein Reifen war platt geschossen. Und trotzdem standen die vier Urlauber aus Tirol vollkommen unversehrt in der brasilianischen Februarsonne hinter Água Santa neben dem durchlöcherten Escalade. Ein Mann bot ihnen Wasser an. Die Polizei kam angefahren. Aber das alles nahmen die vier nicht mehr richtig wahr. Sondern sie hielten sich im Arm. Und versuchten, irgendwie zu begreifen, was da gerade passiert war.

Das ist ein Wunder, hat der Tom dann am Abend zu seiner Schwiegermutter am Telefon gesagt. Und zwei Tage später hat er diese Worte auch im Gespräch mit dem kleinen Mann aus ihrem Tiroler Reisebüro benutzt. Denn der hatte angerufen und wollte die vier auf seine Kosten sofort zurück nach Tirol holen.

Auch den Reportern der Tiroler Tageszeitung und des Österreichischen Rundfunks hat der Tom das so erklärt. Vielleicht zwei Wochen später, als sie wirklich wieder in Tirol waren.

Ja sogar, als er in Wien bei einer Talkshow, zu der man ihn und Elli eingeladen hatte, saß, hat er vor laufender Kamera und vor Millionen von Zusehern *Wunder* gesagt. Und das, obwohl *Wunder* gar nicht zu Tom passte. Weil der ja eigentlich gar nicht an so etwas wie Wunder glaubte. Im Normalfall. Aber in diesem Fall dann irgendwie doch. Denn auch später noch, im Wirtshaus, wenn der Tom zum Beispiel mit einem Touristen oder mit einem neu ins Dorf Gezogenen am Tresen saß und wenn er die Gelegenheit am Schopf packte, ihre Geschichte wieder einmal zu erzählen, hat er immer wieder gemeint, dass das ein *Wunder* gewesen sei. *Das Wunder von Água Santa*, wie es die Tiroler Tageszeitung schon in ihrem allerersten Bericht über die Sache genannt hatte.

DEN SEE SEHEN UND STERBEN

Kalt schauen sie heute aus. Die Felsen der Dolomiten. Weil sie ganz dunkelgrau dastehen. Und damit du verstehst, was das heißt, musst du wissen, dass die Felsen in den Dolomiten mit den Jahreszeiten und mit den Temperaturen praktisch ständig ihre Farbe wechseln. Im Sommer, wenn es draußen trocken ist, sind sie majestätisch weiß oder zumindest strahlend grau. Im Herbst fangen sie dann an, dunkler zu werden. Von der Feuchtigkeit in der kühlen Luft und vom Regen. Und im Winter, wenn das Thermometer dann weit unter null fällt, stehen sie fast schwarz da, die Felsen der Dolomiten.

Oder vielleicht, und das fällt mir erst jetzt auf, vielleicht sind es gar nicht die Felsen, sondern vielleicht ist es die Umgebung, die sich verändert. Denn es kann schon sein, dass die mächtigen Kalksteintürme nur scheinbar ihre Farbe wechseln, während die grünen Almwiesen im Spätsommer braun werden. Und während das Braun dann im Herbst ins Graue übergeht. Während das verdorrte braune Gras dann vielleicht im November zu frieren beginnt und sich der Raureif in der Früh über die Almmatten legt. Während der Reif dann ein oder zwei Wochen später auch um die Mittagszeit kaum noch weggeht. Und während aus dem Grau der Almmatten dann langsam, aber sicher ein Weiß wird. Zuerst nur ein hauchdünnes und verletzliches Weiß. Und dann fast jeden Winter ein mächtiges und meterhohes Weiß. Das alles unter sich begräbt. Nur die richtig hohen Felsen nicht. Die stehen auch im Winter stolz und frei da. Und sie warten.

Aber worauf? Denkt der Hans. Und er sehnt sich nach seinem Unterstand. Obwohl die Sonne heute ja endlich wieder einmal scheint, will er zurück in seine in den Fels gehauene, feuchte und kalte Höhle. Mit großen Meißeln und anderem schwerem Gerät haben die schwitzenden Soldaten hier nämlich wochenlang, ja monatelang sogar haben die armen Teufel sich geschunden und zu Tausenden haben sie Löcher und Gänge in die Berge hineingedroschen. Und wäre der Hans da schon dabei gewesen, dann könntest du sicher sein, dass ihm die Knochen noch heute wehtun würden. Von der ganzen Schremmerei und von der ganzen Klopferei. Die Ohren würden ihm noch heute klingeln vom lauten Getöse der Bohrer und Schremmhammer sowie von dem vielen Gesprenge. Denn die Soldaten und Bauarbeiter haben hier den Bergen nicht nur Wege, sondern richtige Straßen abgetrotzt. Fast schon Alleen sind das geworden, die hier vom Tal herauf bis auf die Gipfel, oder wenn schon nicht ganz hinauf, dann wenigstens auf die Hochplateaus der Berge führen.

Auf diesen breiten Straßen könnte ich gut spazieren gehen. Im Sommer. Mit meiner Mariedl. Ich mit meinen drahtigen Beinen. Und sie mit ihren festen, schönen Unterschenkeln. Von denen die feinen Haare im Sommer so lustig abstehen. So würden wir beide hier heraufstapfen. Und die Mariedl, die würde bestimmt rote Backen bekommen. Weil's ständig so steil bergauf geht. Und die würde sich oben bestimmt außer Atem, aber zufrieden neben mich hinsetzen. Mit Schweiß auf der Stirn würde sie mit mir die Jause teilen. Einen kalten Schluck Wasser aus einem Bach. Und vielleicht ja auch den einen oder anderen Kuss. Oder eine noch heimlichere Zärtlichkeit. Weil da kann schon so einiges passieren, an einem schönen Sommertag auf der Alm. Denkt der Hans. Und er hätte grad vor lauter Schwärmerei beinahe vergessen, dass sie diese breiten und schönen Wege hier herauf ja nicht für das Spazierengehen in den Berg hineingehauen haben. Sondern dafür, dass es mit dem Kriegführen eine rechte Ordnung hat. Und dafür, dass man auch einen richtigen Krieg führen kann hier heroben. Nicht nur so einen, bei dem man mit ein paar Karabinern hin- und herschießt. Sondern schon einen waschechten Feldzug.

Oder mehr einen Bergzug. Denkt der Hans. Und denkt daran, dass er sogar noch verhältnismäßig viel Glück hat. Er. Weil in seiner Unterkunft, da steht ein Kanonenofen, der auch jetzt bestimmt glüht. Und der den Hans oft wärmt. Viel öfter als viele andere hier oben und viel öfter als viele andere an den vielen anderen Orten dieses Krieges wird der Hans gewärmt. Und das ist ein Luxus, den man nicht zu gering einschätzen kann. Und beim Wärmen der Soldaten, das kannst du glauben, da schluckt dieser Ofen in der Kaverne, in der der Hans so gerne ist, ein Scheit Holz nach dem anderen. Ein Stück Kohle nach dem anderen frisst der wie nach einer Hungersnot in sich hinein. Und es scheint, als ob auch der Ofen wie alles andere heutzutage verrückt geworden wäre. Weil so wie der Krieg die Männer und die Munition vertilgt, so wie er das viele Eisen und die vielen Tonnen Pulver frisst, so fressen die Öfen hier die Kohle und das Holz.

Die Welt stürzt in sich zusammen und die Öfen fressen alles auf, denkt der Hans. *Die fressen die lumpigen Fetzen, die man sich um die Beine gewickelt hat. Die fressen die durchgebluteten und getrockneten Bandagen, die man nicht mehr zum Auskochen ins Tal hinuntertragen will. Und das hart gewordene Brot, das fressen sie auch.* Nur das Brot, das wird hier nur mehr selten hart. Eigentlich nur mehr dann, wenn es friert. Und wenn man zum Beispiel auf seinem Posten ein Stück gefrorenes Brot aus der Manteltasche holt und lange darauf herumlutschen muss, damit es sich in einen essbaren Brei verwandelt.

Aber wenigstens wird das Brot jetzt nicht mehr schimmelig. Denkt der Hans. Seit sich die Wärme und die Feuchtigkeit im Herbst, nein, eigentlich war das noch im Sommer. Wenigstens auf dem geduldigen Papier des Kalenders war es noch die schönste Zeit des Jahres, in der sich die Wärme aus den Bergen schon wieder zurückgezogen hat. Weil die ist schon Ende des Sommers hinuntergefallen über die Felstürme, die Grate und Hänge. Zuerst ist sie nur ein paar Hundert Meter hinuntergefallen. Und dann hat die Wärme den Boden vollkommen verloren. Dann ist sie in die Ebene gerauscht, die man von hier aus gar nicht sehen kann. Die man aber erahnt. Das schöne Italien ist dort unten irgendwo. Das Becken der Adria, das du hier auf diesen Bergen fast fühlen kannst. Mit all dem leichten Leben mit den sandigen Stränden. Und mit den Palmen an den Stränden. Mit den gleichen Palmen, die auch in Bozen den Winter schon überleben. Und die denselben Winter in Wien nicht überleben würden.

Aber wer weiß, vielleicht räumen sie diese Tiroler Palmen in Bozen oder in Meran ja im Winter auch einfach nur hinein. In ihre großen, sauberen Häuser. Vielleicht gibt es da riesige Wintergärten mit fast noch größeren Glasflächen, in denen die Palmen nicht einfrieren. Hallen, aus denen man sie im nächsten Jahr wieder herausräumt, damit sie die Nähe von Bozen und Meran zum Meer in die Welt hinausposaunen können. Oder wenn schon nicht in die ganze Welt, dann wenigstens auf die Bürgersteige der Kurstadt. Und von dort aus mit den vielen Gästen, die sich in Meran von ihren Leiden oder von ihrer Langeweile kurieren lassen, doch wieder hinaus in die weite Welt. Denkt der Hans. Aber was der Hans nicht weiß, weil er noch nie in Meran gewesen ist, nur gehört hat er von diesem wunderbaren Städtchen, erzählt hat man ihm von ihrer Hoheit, die Meran geliebt haben soll wie kaum eine andere Stadt auf der Welt. So sagen es die Leute, dass die Kaiserin Elisabeth dort eigene Wege für sich hat anlegen lassen und dass sie eigene Pflanzen mit nach Meran gebracht hat.

Die Kaiserin, denkt der Hans, *die jetzt auch schon viele Jahre unter der Erde ist. Ja, die vielleicht sogar selbst schon nur mehr Staub ist. Weil auch eine Kaiserin, die vergeht am Ende ja auch zu nichts anderem als unsereins.* Denkt der Hans. Und er stellt sich die schöne Monarchin vor, vor dem weißen Kurhaus in Meran. Er malt sich aus, wie die junge Sissi dasteht, in ihrem blühend weißen Kleid, mit Hunderten weißen Rosen auf dem edlen Kleid und mit den so berühmten und prächtigen Edelweiß-Sternen in den Haaren, mit weißen Blumen in den vielen Beeten rund um sie herum und mit den vielen grünen Palmen, die in Hans' Vorstellung in großen Töpfen vor dem Eingang des Kurhauses in Meran stehen. Wo sie von fleißigen Dienerhänden hingestellt worden sind. Als Kulisse für die sagenhafte Kaiserin. Die dann später, das musst du wissen und das weiß du ja vermutlich auch, dass sie ein paar Jahre später nur an den Genfer See gefahren ist. Am 9. September soll das gewesen sein. Als die Kaiserin Genf erreicht hat. Damals. Im 98er Jahr. Oder war das später, war das früher, dass die traurige und seit dem Tod ihres Sohnes immer nur mehr schwarz gekleidete Monarchin in diese vielleicht am schönsten überhaupt gelegene Stadt gekommen ist. Und dass sie am Abend dieses bestimmt wunderbaren Septembertages mit der zwar nicht besonders schönen aber wohl sehr sympathischen und vor allem mit der als besonders kunstsinnig geltenden Baronin Julie von Rothschild gegessen hat. In der besonders fulminanten Villa im Bellevue der besonders fulminanten Familie Rothschild am formidablen Genfer See werden die vielen Hausangestellten zwischen all den erlesenen Kunstwerken den beiden älteren Damen bestimmt hervorragende Amuse-Gueules auf die kunstfertig verzierten Ebenholztische gestellt haben.

Gut soll sie da gegessen haben, die inzwischen nur mehr 50 Kilo schwere Kaiserin. Die vielleicht magersüchtige, vielleicht aber auch einfach nur extrem sportliche alt gewordene Kaiserin. Und viel soll sie vor allem gegessen haben. So erzählt man es sich zumindest. Dass sie an diesem Abend am Genfer See im mondänen Salon der Julie von Rothschild zugelangt hat, als ob sie wirklich vorhätte, wieder gesund zu werden. Und nicht, als ob sie nicht selbst schon von diesem alten, schweren und bis in jede seiner Fasern gemein gewordenen zerfallenden Reich zerfressen worden wäre.

So wie wir Soldaten jetzt zerfressen werden von diesem Reich, denkt der Hans. *Zermalmt werden wir von der Zeit, pulverisiert von den Kanonen und dann verstreut in alle Winde*, denkt er. Und er denkt weiter an die Österreichische Kaiserin, die nach dem Essen am Genfer See die weltberühmte Orchideenzucht der Baronin von Rothschild bewundert haben soll. Und die gesagt haben soll, in dieser ganzen Orchideenpracht und in dieser ganzen Schmetterlingsidylle soll sich die schöne und in den Augen der Geschichte immer noch junge, aber in Wahrheit schon über sechzigjährige Kaiserin gewünscht haben, dass ihre Seele durch eine ganz kleine Öffnung in ihrem Herzen in den Himmel entgleiten könnte. Und am nächsten Tag ist sie ja dann wirklich durch so ein kleines Loch in ihrem Herzen in den Himmel geglitten. Die Kaiserin. Nachdem dieser Luigi Lucheni ihr am frühen Nachmittag auf der Uferpromenade des Genfer Sees eine dünne, aber spitze Feile in die Brust gestochen hatte. Und die Kaiserin, die für diesen Lucheni nur ein Bauernopfer war, weil er am Genfer See ja eigentlich den Prinzen von Orléans hatte ermorden wollen, die hat das zuerst gar nicht gemerkt. Es soll ihr gewesen sein, der alten Kaiserin, als ob der kleine, aber kräftige Maurer und selbsternannte Anarchist Lucheni, der extra aus Paris an den Genfer See gefahren war, um den Prinzen zu morden, sie nur derart fest gestoßen hätte, dass sie davon Schmerzen in der Brust verspürte. Und sie soll aufgestanden sein und sich bei den Passanten bedankt haben, die ihr zu Hilfe gekommen waren. Sie soll sich ihr schwarzes Kleid zurechtgezupft haben, die dünne Kaiserin, sie soll sich den Hut gerichtet und mit ihrer Hofdame, der Madame Irma Sztáray, plaudernd das Schiff betreten haben, mit dem die beiden ans andere Ende des Genfer Sees hatten fahren wollen. Und erst dort, auf dem Schiff, soll sie dann das erste Mal zusammengebrochen sein, die Kaiserin. Und sie soll gar nicht verstanden haben, was da los war.

Aber was ist denn mit mir geschehen?, soll sie gefragt haben. Die gar nicht mehr junge Kaiserin. Und bald darauf ist sie dann in ihrem Hotel gestorben.

Bestimmt in einem weißen, weichen Bett. Am wunderschönen blauen Genfer See. Den See sehen und sterben, denkt der Hans. *Oder das Mittelmeer. Die Adria.* Weil einmal im Leben, da hätte er sie schon gerne gesehen. *Die Adria.* Oder überhaupt ein Meer. Von dem man sagt, dass seine Weite keine Grenzen kennt. *Obwohl das natürlich ein Irrglaube sein muss. Weil auch das Meer, genau wie das Leben der Menschen muss auch die Weite des Meeres hier und dort ihre Grenzen haben. Muss einfach. Weil das immer schon so war. Und weil das auch immer so bleiben wird. Dass der Mensch ein Ende hat. Dass das Meer ein Ende hat. Und dass die gesamte Welt ein Ende haben muss. Nur der Herrgott, der hat eben kein Ende. Weil ER, ER ist der Anfang und ER ist das Ende. ER ist das Alpha und das Omega. Das Groß und das Klein. Das Weit und das Nah. ER ist alles, was ist. Und gleichzeitig ist er es nicht. Und sogar die Zeit,* denkt der Hans, *die Zeit, die ist, die wird vergehen. Aber der Herrgott selbst, der bleibet bestehen. Und das ist etwas ganz Anderes als das mit der Sonne. Die kommt und geht, wie es ihr gefällt.* Denkt der Hans. Und aus diesem Grund, weil auf die Sonne eben noch nie ein Verlass gewesen ist und weil sie heute nach Wochen endlich wieder einmal so wunderbar herunterscheint, wäre der Hans schön dumm, wenn er diese Gelegenheit nicht nutzen täte. Wenn er hier in seinem Graben stehen bleiben würde, statt sich hinaufzusetzen. Auf das weiße Schneefeld vor ihm. Vielleicht auch auf den Grat da drüben. Von dem aus er ins Pustertal hinunterschauen und auf dem er die Sonne genießen könnte. Deren Strahlen ihm hier im Graben zwar auch den Kopf wärmen. Aber seine Beine wärmt ihm die Sonne nicht. Weil die Kälte, die hat sich in den schattigen Laufgräben hier festgebissen, wie eine Bremse sich in eine Pferdefessel beißt.

Die Eisluft. Denkt der Hans. *Die krallt sich an die Steine. Damit der Wind sie nicht wegblasen kann. Damit er* sie *nicht hinausbläst aus den Gängen, die von einer Stellung zur anderen verlaufen.* Und das noch dazu so gut wie immer parallel zu den Gräben und Gängen der Walschen. Schließlich haben hier ja nicht nur die auf der österreichischen Seite, sondern auch die auf der italienischen gemeißelt und gesprengt, gebohrt und gehämmert.

Und bestimmt werden sich auch schon viele von denen gewundert haben, was mit ihnen geschehen ist, denkt der Hans, *warum es gerade sie sind. Warum sie hier heroben mitten in den Bergen stehen. Und was das für ein komisches Brennen ist, wird sich auch manch einer von denen da gefragt haben, bevor er umgefallen ist. Bevor er begriffen hat, dass es sich genau so anfühlt, wenn einem eine Kugel durchs Herz pfeift. Das sieht man hier manchmal,* denkt der Hans. Und kratzt sich am Kopf. Vielleicht wegen der Läuse, die er schon seit Wochen nicht loswird. Vielleicht aber auch, weil er gar nicht dran denken will, wie vielen das schon passiert sein mag. Wie viele hier schon so plötzlich tot umgefallen sind, dass sie selbst nicht einmal mehr die Zeit hatten, richtig zu begreifen, dass sie gerade sterben.

Vielleicht ist das ein bisschen, wie wenn man in Ohnmacht fällt, denkt der Hans. Und er denkt zurück an seine Kindheit. In der ihm immer und immer wieder in der Kirche schwarz vor Augen geworden ist. Zuerst schwindlig und dann schwarz vor Augen. Nein, das stimmt nicht. Denn bevor ihm schwarz vor Augen geworden ist, sind die Stimmen des Pfarrers oder sind die Gesänge der Gemeinde, ist das Gemurmel der Männer und Frauen beim Vaterunser oder der Singsang beim Rosenkranz in seinen Ohren auseinandergefallen. So, als ob sich die zusammenhängenden Töne in ihre Einzelteile auflösen könnten, als ob Melodien und Sätze in Atome zersplittern könnten, hat sich der Gleichklang der Stimmen verloren. Ist der gemeinsame Rhythmus zerplatzt.

Nein, zerschmolzen ist der. Zuerst ist der Schwindel gekommen. Und dann sind die Töne und Rhythmen zu einem Brei zusammengeronnen. Und erst als Drittes ist mir dann schwarz vor Augen geworden. Hat mein Blick aufgehört. Und dann bin ich umgefallen. Erinnert sich der Hans. Und er erinnert sich auch daran, wie er nach jedem Umfallen draußen wieder aufgewacht ist. An der frischen Luft, an die ihn die stoppeligen, nach Tabak und Arbeit riechenden Knechte des kleinen Dorfs, in dem der Hans aufgewachsen ist, getragen haben. Und nicht nach dem ersten Mal, aber nach dem zweiten oder dritten Mal, vielleicht auch erst nach dem zehnten Mal, haben sie dann angefangen, komisch zu schauen. Die Leute aus dem Dorf. Die haben den Hans dann immer mit anderen Augen angeschaut.

Den Umfaller haben sie ihn genannt. *Der mit dem bösen Blick*, hat die Pfurner Traudl einmal über den Hans gesagt. Aber sie hat das in Gegenwart von Hans und seiner Mutter, der alten Thresl, Gott hab sie seelig, gesagt.

Ist das der mit dem bösen Blick?, hat die Thresl gefragt. Und auf den Hans gezeigt. Aber das hättest du dann erleben müssen, wie die Traudl sich da von der Mutter eine richtig gewaschene Abfuhr eingehandelt hat.

Das hat die sich nimmer getraut, zu fragen, denkt der Hans. Und muss lachen. *Wenigstens nicht in Gegenwart von einem Unsrigen hat sie gewagt, das noch einmal zu behaupten, nachdem ihr die Mutter übers Maul gefahren ist, wie man einem dummen Kind übers Maul fährt.* Denkt der Hans. Und denkt wieder zurück an die vielen gestandenen Männer, die dort unten in einem der Bergtäler oder vielleicht auch in einer der großen Ebenen aufgewachsen sind, die jeden Sonntag vermutlich auch nach Tabak und Bier gerochen haben, die sich bestimmt auch vor einem Jahr noch oder vor zwei jeden Sonntag fein gemacht haben. Und bestimmt haben sie sich auch gestriegelt und gekämmt, als es zur Stellung ging. Genau wie sie sich später schick gemacht haben. Wie sie ihre Sachen gepackt haben und einer unheimlichen Logik folgend in einen Zug gestiegen sind, der sie in das Pustertal gebracht hat. Und von Innichen oder Sexten, von Toblach oder Moos aus sind sie dann hier heraufgestiegen, um ein paar Tage oder Wochen später wie in eine plötzliche Ohnmacht direkt in ihr Grab hineinzufallen. Um sich, genau wie die Kaiserin, zu fragen: *Aber was ist denn mit mir geschehen?*

Kugelengel sind das. Denkt der Hans. *Du bist ein Kugelengel, wenn dir eine Kugel direkt durchs Herz fährt. Oder auch direkt durch den Kopf. Weil dich die tödliche Kugel dann genauso trifft, wie der Kuss eines Engels einen Menschen berührt, den der Herrgott ganz einfach von einem auf den anderen Moment zu sich heimholt. Aber die Kugelengel werden nicht von einem Engel, sondern die werden von einem feindlichen Stück Blei geküsst und gleiten dann einfach weg.* Denkt der Hans. *Genau wie die Kaiserin weggeglitten ist. Nur hier, da gleitet man ohne ein weißes Kissen weg. Ohne ein weiches Bett. Und ohne den Genfer See.* Aber ob das beim Sterben einen Unterschied macht, das weiß er wiederum nicht, unser Hans. Und das will er auch gar nicht so genau wissen. Noch nicht. *Denn wenn du das weißt,* denkt er, *dann bist da ja selber schon dabei, von einem Engelskuss oder von einer Kugel, von einer Kartätsche oder von einer Sprengladung mit hinauf zum Herrgott genommen zu werden. Und das brauche ich nicht. Weil wenn ich ehrlich bin, dann wär mir schon lieber, wenn ich von hier wieder hinuntergehen könnte. Oder von mir aus können sie mich auch hinuntertragen. Aber nicht in einer Kiste. Bitte nicht in einer Kiste.* Murmelt der Hans. Und schaut dabei hinaus. Schaut auf das majestätisch daliegende Schneefeld vor ihm. Und seine Gedanken verlieren sich für einen kurzen Moment in das weiße Nichts.

FALLEN

Vielleicht schreiben wir gerade das Jahr 2000. Aber vielleicht passiert unsere Geschichte auch ein bisschen früher. Oder später. Das ist nicht so wichtig. Weil eine Geschichte wie unsere, die könnte im Grunde überall auf der Welt und eigentlich auch an jedem x-beliebigen Tag stattfinden. Vielleicht nicht mit dem Simon und dem Benno. Und sicherlich auch nicht auf genau unsere Art. Einfach deshalb nicht, weil es dann doch nicht so viele Orte auf der Welt gibt, in denen stolze Kirchen mit ihren spitzen Türmen die alten Bauernhäuser und auch die neu gebauten Häuser der Dörfer noch bei Weitem überragen. In denen sich die Unheilige Mutter aus Rom vor Jahrhunderten schon ein riesiges Denkmal hat hinstellen lassen. Eine in Stein gegossene Demonstration ihrer Macht, wenn man so will. Oder ein Gotteshaus eben, in das die Leute schon seit Jahrhunderten am Sonntag zum Beten kommen. Und in dem sie sich schon seit Menschengedenken die Woche über vor dem Herrn und vor der Kirche auf die Knie werfen, um mit ihren vor sich hin gemurmelten *Gegrüßet seist du Marias* Erlösung von ihren Sünden oder von ihren Sorgen zu erbitten.

Und vor den Türen dieser Kirchen, da graben diese Menschen schon lange Löcher in den Boden. Sie stellen Kreuze auf, stellen Kerzen hin und Blumen. Um an ihre Lieben oder gar nicht so Lieben zu erinnern, die sie dort auf ihren Gottesackern schon seit einer halben Ewigkeit in der geweihten Erde zur ewigen Ruhe betten.

Und fast, das kannst du ruhig glauben, kommt es den Menschen in diesen Dörfern auch heute noch so vor, als ob das immer schon so gewesen sei. Mit den Kirchen und den hoch aufgeschütteten Gräbern vor der Kirche. Mit dem *Heilig, heilig, heilig.* Und mit dem *Sein wird immerdar.*

Und es kommt ihnen auch fast so vor, als ob das auch so sein müsste. Mit dem *Ewig ist und waltet.* Aber der Simon, der heute da oben auf dem Kirchturm an seinen Seilen hängt, mit einem Dachdeckerhammer in der Hand und mit einem Bündel heller Lärchenschindeln in der Tasche, der weiß genau, dass dieses ganze Theater gar nicht so selbstverständlich ist. Dass es nur in einem kleinen Teil der Welt so katholisch zugeht wie hier in Tirol. Und dass auch dieses kleine Stück der Welt, allen Pfarrern zum Trotz und auch gegen die Hoffnung der vielen Bischöfe, immer weniger katholisch wird.

Die Leute werden Buddhisten. Oder sie studieren und treten aus der Kirche aus. Weil sie denken, dass dieser ganze Zauber mit den Heiligen und mit den Seligen, mit den Engeln und mit den Teufeln bloß eine Sache aus längst vergangenen Zeiten ist. Geht es dem Simon durch den Kopf. Und wie so viele andere hat auch er das Gefühl, dass die Kirche langsam, aber sicher sterben wird. Zu Recht auch sterben. Weil die Vernunft endlich doch noch an die Stelle des Glaubens treten wird.

Aber ganz gesagt ist das nicht, denkt der Simon, wie er so oben hängt und ins enge Tal hineinschaut, wie er hinunterschaut auf den Friedhof und unten das Grab sieht, in das sie den alten Brenner gebettet haben, den Michl. Erst letzten Freitag haben sie den da hineingelegt. Haben Michls Kinder sich ans Grab gestellt und geweint. Ist der Susanne, seiner Enkelin, vor lauter Trauer ganz anders geworden. Es hat ihr die kalten Schweißperlen auf die Stirn getrieben. Auch, weil es so heiß war an diesem Freitag. Und weil das schwarze Kleid, das die Susanne zum Begräbnis angezogen hat, diese ganze Hitze in sich aufgesogen hat.

Trink einen Obstler, hatte ihre Tante vor dem Begräbnis noch gesagt. Für deinen Kreislauf. Aber die Susanne hat nur abgewunken. Weil die Vorstellung, dass ihr der kalte Schnaps den Hals hinunterbrennt und dass er sich scharf in ihrem nüchternen

Magen verteilt, hat der Susanne die Beine fast weggezogen. Genau wie ihre Trauer um ihren lieben Opa. Der gar nicht so lieb war. Aber das hat die Susanne nicht so genau gewusst. Oder sagen wir so: nicht so genau wissen wollen. Dass der Michl oft alles andere als ein gerader Michl gewesen ist in seinem Leben. Und dass ihm viele Leute aus dem Dorf gerne einen Stein oder sogar einen Fluch ins Grab hinterherschmeißen würden. Aber das tut man natürlich nicht. Einem Verstorbenen böse hinterherreden. Und das hat auch der Benno, Michls Sohn, nicht getan. Weil was würden die Leute da denken, wenn der Benno dem Michl eine Grabrede gehalten hätte, die sich gewaschen hat. Wenn er laut gesagt hätte, was sich viele denken. Was aber trotzdem keiner sagt. Nämlich, dass der Michl nicht nur seine Kinder regelmäßig verdroschen hat. Sondern dass er auch vielen anderen Leuten im Leben übel mitgespielt hat. Und dass er einmal sogar gesagt haben soll, der Altbürgermeister Michl, weil du musst wissen, dass der ein sehr respektierter Mann in dem kleinen Dorf gewesen ist. Schon aus dem Grund, dass er aus einer alteingesessenen Familie gekommen ist, war der respektiert. Vor allem aber hat man den nicht nur geschätzt, sondern sogar gefürchtet, weil er mit allen, die ihm widersprochen haben, gleich abgefahren ist.

Und hin und wieder, meistens dann, wenn der Michl einen über den Durst getrunken hatte, hat er auch erzählt, woher seine Haltung kommt. Einmal, da war der Simon sogar selbst dabei. Beim Wirt. Als der Michl am Tresen mehr gewankt als gestanden hat. Und als er geschrien hat: *Reiß her noch ein Bier. Eine Runde!*

Und die Maria, die Wirtin, die hat sich da natürlich nicht zweimal bitten lassen. Hat ein Bierglas nach dem anderen gefüllt. Und einem Dörfler nach dem anderen ein frisch Gezapftes hingestellt. Und als jeder im Gastraum sein Bier in der Hand hatte, da haben sie alle das Glas auf Michls Wohl gehoben. Und da hat der Michl gerufen: *Auf den Hitler. Und darauf, dass bei meinem Begräbnis alle kommen, die ich selber schon unter die Erde gebracht habe. Da werdet ihr euch wundern. Wenn der Leichenzug von der Kirche bis zum Bahnhof geht.*

Da waren die Leute beim Wirt dann kurz still. Da hast du keinen Mucks mehr gehört im ganzen Wirtshaus. Weil da sind die schon erschrocken. Obwohl natürlich fast ein jeder im Dorf eigentlich gewusst hat, dass der Michl bei der SS gewesen ist. Dass der nie damit aufgehört hat, ein echter SSler zu sein. Und sie haben alle zwar nicht gewusst, ob es wirklich stimmt, dass der Michl so viele Russen und Juden erschossen hat, dass sein Begräbniszug, wenn es nach seinem Wunsch ginge, locker die zwei Kilometer von der Kirche bis zum Bahnhof reichen würde. Aber geglaubt haben ihm das alle. Weil man sich das beim Michl einfach gut hat vorstellen können. Wenn du dem in seine stechenden blauen Augen geschaut hast, hast du dir sofort denken können, wie schneidig der als junger Mensch in Uniform ausgeschaut haben muss. Und wenn du seine zornig heruntergezogenen Mundwinkel gesehen hast, dann hast du dir auch vorstellen können, dass der ohne mit der Wimper zu zucken Leute erschossen hat. Und später dann, als der Michl nicht mehr Bürgermeister war, da ist der neue Bürgermeister gekommen und hat ihm all dem zum Trotz den Ehrenring der Gemeinde überreicht. Für zwei Jahrzehnte Tätigkeit als Bürgermeister. Und diesen goldenen Ehrenring, den hat der Michl dann mit nach Hause genommen und in eine mit rotem Samt ausgekleidete, kleine, schwarz lackierte Schatulle getan. In der schon ein anderer Ring gelegen hat. Einer mit einem Totenkopf drauf. Weil den hat der Michl nicht nur im Krieg getragen, sondern in der Gefangenschaft sogar versteckt. In den Wochen, während er bei den Briten interniert war. Und das war sicher ein Risiko. Den Ring zu verstecken. Aber auf der anderen Seite haben die Briten beim Michl ja solche Dinge gar nicht vermutet. Weil der Michl ja kurz vor seiner Gefangennahme doch noch seine SS-Uniform freiwillig ausgezogen und sie mit der eines normalen Wehrmachtssoldaten getauscht hat. Den er dafür sogar selbst erschossen hat. Damit die Uniform nicht zu blutig wird, hat er ihm direkt von hinten in den Kopf geschossen. Seinem Kameraden. Und danach ist er mit der auf diese Weise geraubten Uniform auf dem Leib in die Gefangenschaft gegangen. Vorher hat er noch ein kleines Feuer gemacht und sein SS-Soldbuch gemeinsam mit seinem SS-Ausweis verbrannt. – Dann hat er sich die Hände fein säuberlich in einem kleinen Bach gewaschen und sich ergeben. Aber den Ring, den hat er behalten. Weil der durfte, wie der Himmler ihm persönlich ja geschrieben hatte, niemals in fremde Hände gelangen. Nach *Ihrem Ausscheiden aus der SS oder aus dem Leben*, stand in dem Brief, sei der Ring direkt zurück an den Reichsführer SS zu senden. Aber dazu ist der Michl nie gekommen. Und es hätte ja auch gar keinen Sinn mehr gehabt, den Ring nach seiner Gefangenschaft zurück an den Reichsführer SS zu schicken.

Weil der ja freiwillig aus dem Leben geschieden ist. Wie der Michl immer wieder betont hat. *Der Himmler, der hat sich nicht von den Briten und den Amis weichmachen lassen.* Hat er gesagt. Aber den Rest seiner Geschichte, das mit dem Uniformtausch und vor allem das mit dem Erschießen eines Kameraden und das mit dem Verbrennen seiner SS-Ausweise, das hat der Michl natürlich niemandem erzählt. Weil dann wäre es vielleicht aus gewesen mit Bürgermeister und Ehrenbürgeramt. Ein paar Russen und Juden, das war den Leuten noch egal. Das war halt so damals. Aber die Eigenen erschießen, das wär denen wahrscheinlich doch ein bisschen viel gewesen.

Nur der Benno, als Einziger im Dorf hat der Benno schon gewusst, wie der Vater es angestellt hatte, dass er als SSler schnell wieder heimkommen hatte dürfen. Dem hat der Vater das nämlich erzählt. Natürlich auch im Suff. Hat er ihm sagen wollen, dass es manchmal eben Dinge gibt, die man einfach tun muss, auch, wenn man sie nicht tun will.

Manchmal hilft alles nix. Da musst du ein brutaler Hund sein, um nicht unter die Räder zu kommen. Hat der Michl damals gelallt. Und man hat es dem Benno beim Begräbnis am letzten Freitag beinahe angesehen, dass er den Leuten diese Geschichte schon gerne einmal erzählt hätte. Dass er allen, die über den Michl Bescheid wussten und auch allen, die keine oder nur wenig Ahnung davon hatten, was für ein brutaler Mörder ihr Altbürgermeister und Ehrenbürgermeister gewesen ist, diese Dinge gerne in Erinnerung gerufen hätte. Hat er aber nicht. Der Benno. Stattdessen stand er einfach nur schweigend am Grab. Die anderen haben geweint, und er hat geschwiegen. Hat einem Begräbnisbesucher nach dem anderen mit ernster Miene die schwitzende Hand gegeben. Und einen nach dem anderen hat er zum Leichenschmaus geladen. Die Nachbarn. Die Weggefährten. Den Pfarrer und den neuen Bürgermeister, den Lehrer und den Bankdirektor sowieso. All diese Leute hat er ins Wirtshaus gebeten. Und ein bisschen gerechnet hat der Benno dabei auch. Er hat im Kopf grob überschlagen, wie viel ihn das ganze Begräbnis des Vaters kosten würde. Aber nicht, dass du denkst, dass der Benno ein Geizhals wäre. Der hat einfach nur gerechnet, damit er nicht mehr daran denken musste, wie gerne er vor der gesamten Gemeinde dem Vater aufs Grab gebruntzt hätte. Oder geschissen sogar. Wie gern er ihn ausgegraben und über die steile Friedhofsmauer hinunter in den Dreck geworfen hätte. Den endlich nicht mehr gefährlichen Leib des toten Vaters und Mörders. Aber er hat ihm eben nicht hinterhergebrunzt. Und ihn auch nicht ausgegraben und geschändet. Sondern er hat *das Andenken des Vaters in feierlichen Ehren gehalten*. Wie es die anderen sagen würden. Und auch der Simon oben auf dem Kirchturm würde das vielleicht so sehen. Dass man dem Vater, selbst wenn er der allerletzte Hund war, nix Schlechtes hinterhersagt.

Aber heute denkt der Simon nicht an so etwas. Weil heute turnt der einfach auf seinem Kirchturm herum. Er rüttelt an einer Schindel nach der anderen. Schaut, wo die Gewitter der vergangenen Jahre und wo der Frost im Winter Schäden hinterlassen haben. Eine Schindel nach der anderen tauscht er mit geübter Hand aus. Und dabei springt er so flink hin und her auf dem Turm, dass es von unten eine echte Freude ist, ihm zuzuschauen. Den ganzen Tag schon springt der Simon hin und her. Und die Suppe rinnt ihm dabei hinunter. Weil es so heiß ist. Bestimmt 30 Grad hat es unten in der Sonne. Und bei ihm oben am Turm bestimmt noch mehr. Keine Wolke ist am Himmel. Und die Sonne brennt unerbittlich in seinen Nacken. Aber das macht dem Simon nichts aus. Der Sommer war schon immer seine liebste Jahreszeit. Schon als Bub, wenn er mit den Ziegen hinaus auf die Weide gehen musste. Und praktisch den ganzen Tag Durst hatte. Und auch ein paar Jahre später, als ihn die Eltern mit hinaus zum Heumachen genommen haben. Und als die Hitze und der Schweiß mit dem Staub auf seiner braun gebrannten Haut zu einer heißen Kruste verschmolzen sind. Auch da hat der Simon den Sommer noch geliebt.

Am allermeisten hat er ihn aber immer dann geliebt, wenn er gar nicht da war, der Sommer. Oder wenn der Simon, statt unten im Tal einen Kirchturm zu decken, oben auf dem Dach der Welt herumgekraxelt ist. Weil der hat schon ein paar Achttausender gemacht in seinem Leben, der Simon. Wie viele aus seiner Gegend hat es nämlich auch ihn immer wieder auf die höchsten Berge der Welt gezogen. Ist er in den Himalaya gefahren oder nach Patagonien und hat dort nicht nur die höchsten und am schwersten zu besteigenden Berge kennengelernt, sondern auch die Menschen. Hat gesehen, dass es nicht überall auf der Welt so katholisch zugeht wie in dem kleinen Tal, in dem er auf einer Kirche nach der anderen herumkraxelt.

Und als er so hinunterschaut, der Simon, und als er gerade zurückdenkt an seinen Kangchendzönga, an den Naga Parbat, den Lohtse und den K2, da sieht er den Benno. Wie der unten über die steile Friedhofstiege heraufstapft. Der starke Benno lässt seine breiten Schultern hängen und es sieht von hier heroben fast so aus, als ob der Benno, ein Bär von einem Mann, sich gleich hinsetzen und erst einmal verschnaufen müsste.

Der Benno, den der Simon immer schon geschätzt hat. Sie sind zugleich in die Schule gegangen. Zwar nicht in eine Klasse, aber verstanden haben die sich trotzdem immer gut. Auch das eine oder andere Bier haben sie schon miteinander getrunken. Und vielleicht ist es deshalb, dass der Simon jetzt, statt weiterzuarbeiten, hinunterschaut zum Benno. Ihm dabei zuschaut, wie der mühsam einen Schritt vor den anderen setzt und wie er sich langsam, aber sicher auf das Grab des Vaters zubewegt. Wie er sich neben das frisch zu einem Haufen aufgeschüttete Grab stellt. Wie er eine schwere bronzene Blumenvase greift und sie von der bestimmt einen Meter hoch aufgeschütteten Erde nimmt, wie er sie zur Seite stellt und dann ganz bedächtig und breitbeinig dastehend seinen Hosenstall aufmacht.

Jetzt brunzt der auf das Grab. Erschrickt der Simon. Und beobachtet, wie der Benno da unten mit hängendem Kopf dasteht und pisst. Ein paar Sekunden lang schaut er sich das an und dann schaut er hinauf zum Kreuz. Am Balken da oben, direkt da, wo das Kreuz auf dem Turmspitz sitzt, hat er sich eingehängt. Der Simon. Weil er sich immer da einhängt. Und ganz langsam fängt er an, hin- und herzulaufen.

Weil er nicht nach unten schauen will und nicht sehen will, wie der Benno da auf diese komische Art mit seinem Vater abrechnet, schaut er hinauf und beobachtet, wie sich sein Seil spannt, während er versucht, sich auf die andere Seite des Kirchturmes hinüberzuschwingen.

Ich kann ja auch da drüben arbeiten, denkt er. Als er sich vom Dach abstößt. Als er hinausschwingt in die Luft, um auf der anderen Seite des Daches zu landen. Aber er landet nicht auf der anderen Seite des Daches, der Simon. Sondern in dem Moment schaut der Benno hinauf. Und er sieht den Simon, wie der da oben durch die Luft fliegt. Sieht, wie ein Ruck durch Simons Körper geht und wie es oben auf der Spitze das gesamte Kirchturmkreuz gemeinsam mit einem Stück des Balkens aus der Verankerung reißt. Ganz plötzlich ist damit Simons Sicherung nicht mehr da. Und er fliegt statt um den Turm herum in einem leichten Bogen nach unten. 15 Meter saust der durch die Luft. Wenn nicht mehr. Und der Benno steht wie angewurzelt da. Kann gar nicht glauben, was er da sieht. Nämlich dass der Simon genau auf ihn zufliegt. Es dauert nur eine oder zwei Sekunden. Aber dem Benno kommen die wie eine Ewigkeit vor. Und dem Simon sowieso. Der in den blauen Himmel über sich schaut und der gar nicht begreift, wie ihm gerade geschieht. Der zwar merkt, dass es jetzt nach unten geht. Der aber nicht weiß, warum. Erst, als er das Kreuz sieht, das über ihm einen kurzen Moment lang in der Luft zu schweben scheint und das dann von seinem Seil mit nach unten gerissen wird, begreift er, dass es jetzt kein Halten mehr geben wird. Dass er einfach rückwärts hinunterfallen wird und dass das Letzte, was er in seinem Leben gesehen haben wird, der aufs Grab des Vaters brunzende Benno gewesen sein wird.

Und während der Simon im freien Fall nach unten saust, spürt der Benno einen Impuls in seinem Körper. Kurz hat er das Gefühl, dass er den Simon ja fangen könnte. Dass er nur einen Meter hinspringen müsse, um dem Simon vielleicht doch noch das Leben zu retten. Aber sein Körper entscheidet anders. Statt dass er hinspringt, springt der Benno nämlich weg. In einer Art Reflex bringt er sich selbst in Sicherheit, und während er noch springt, hört er ein dumpfes *Wupp*. Er sieht, wie der Simon mit dem Rücken voraus direkt auf dem frisch aufgeschütteten Grab des Vaters landet. Dann stolpert Benno über eine Grabeinfassung nach hinten. Landet selbst auf dem Rücken und eine Grabkerze bohrt sich spitz in seine Rippen. Er spürt einen scharfen Schmerz. Der Benno. Rappelt sich aber sofort wieder auf und läuft hin zum Grab des Vaters, *das nun auch das Grab des Simon sein wird.* Denkt er.

Er schaut auf den Hügel, in dem nun ein neues Loch ist. Bestimmt eineinhalb Meter ist der Simon in die aufgeschüttete Erde eingetaucht. Und als der Benno einen Moment später direkt neben dem Grab steht und in diese Mulde hineinschaut, hört er den Simon zuerst röcheln und dann fluchen.

Ausgerechnet, nachdem du draufgeprunzt hast. Schimpft der Simon. *Das vergess ich dir nie. Du Hund. Hol den Doktor. Ich bekomm schlecht Luft.*

DER HELLICHTE

Am Kopf, da könnt man heut ja fasst zu schwitzen anfangen, aber an den Beinen, an den Haxen frierst du trotzdem. Denkt der Hans. Und genau wie vorhin schaut er immer noch hinaus in die weiße Weite. In die immer noch atemberaubende Kulisse der Dolomiten. Und in den blauen Himmel, der heute immer noch dasteht. Grad, als ob ihn jemand extra für uns und für unsere Geschichte hingemalt hätte. Oder zumindest für den Hans und für seine Sehnsucht. Weil du musst wissen, dass der Hans gerade hin und her überlegt. Dass er sich fragt, ob es da draußen auf dem Schneefeld vor ihm oder auf dem Grat da drüben nicht einen Platz geben könnte, auf den er sich setzen könnte. Einen Ort, an dem die Walschen ihm nicht gleich wieder die herrliche Ruhe, die heute hier herrscht, kaputtschießen können. Und die Stille. Die hier fast schon gespenstische Stille. Die ohne Kommandieren und ohne Pfeifen, die ohne marschierende Bergschuhe und ohne hallende Karabinerschüsse auskommt. Heute. Grad so, als ob sich die Zeit geirrt hätte. Als ob sich ein falscher Tag aus einem anderen Jahrzehnt oder einem anderen Jahrhundert ins Heute eingeschlichen hätte. Um so zu tun, als ob hier gar nicht Krieg wäre.

Aber natürlich ist trotzdem Krieg. Und natürlich weiß der Hans auch ganz genau, dass er gar nicht so genau wissen kann, wo er sich da draußen auf dem Schneefeld oder auf dem Grat in Sicherheit hinsetzen könnte. Und wo nicht. Weil, das musst du auch wissen, sich der weiße Schnee ja schon vor so langer Zeit über die Konturen der Landschaft hier gelegt hat, weiß er das nicht mehr so genau. Weil es schon Monate her ist, dass der Hans mit freiem Auge alle Wege und Gräben hier hat erkennen können. Auf dem Papier ist das immer leicht. Auf den

Lageplänen sieht man das sogar im Winter. Aber auch, wenn sie beim Hans in der Kompanie manchmal einen Blick hineinwerfen dürfen in diese Karten, hat er selber das schon lange nicht mehr getan.

Zu lange, denkt er gerade. Und wenn du jetzt denkst: *Was erzählt der da? Das ist ja gar nicht erlaubt. Für Mannschaftsgrade wie den Hans. Dass die da einen Blick hineinwerfen in solche strategischen Karten. Die sind ja nur etwas für Offiziere. Genau wie der Cognac und die Zigarillos. Wie das Räucherfleisch und das gute Essen.* Wenn du das denkst, dann hast du natürlich recht. Prinzipiell. Aber nicht in der konkreten Situation. Weil der Leutnant Mühlmann, der zeigt seinen Männern diese Karten manchmal eben doch. Vor Angriffen zum Beispiel. Oder wenn er etwas plant. Wenn er sich mit Daumen und Zeigefinger dabei immer und immer wieder durch seinen struppigen, man könnte fast sagen, durch seinen ungepflegten Schnurrbart fährt. Und über den feinen Mund. Wenn er seine grobe Feldmütze abnimmt und sich die meist ein wenig fettigen Haare rauft. Und wenn er dann halt doch einen von der Mannschaft dazu holt. Oder zwei. Weil er wissen will, wohin am besten mit einer MG-Stellung. Oder wohin mit einem Scharfschützen. Dann zeigt er seine Karten hin und wieder her. Weil ihm dann egal ist, was die Oberen dazu sagen würden. Und es ist ihm dann vermutlich auch gleich, dass seine Vorgesetzten ihn für dieses Kartenzeigen sogar vor das Kriegsgericht bringen könnten. Wegen Geheimnisverrats. Weil ein gefangener Soldat ja alles verraten würde, um sein Leben zu schützen. Das denken zumindest die Oberen. Und wahrscheinlich ist das gar nicht so verkehrt gedacht. *Ich würde mich ja auch nicht erschießen lassen für so ein Stück Wissen in meinem Kopf*, denkt der Hans. Aber dann fällt ihm ein, dass es ja gar nicht nur um das Wissen im Kopf geht. Sondern um die Kameraden. Doch was das ist mit den Kameraden, das weiß der Hans auch nicht so genau.

Da wirst du mit wildfremden Leuten auf einen Berg hinaufbefohlen und nur, weil du mehr oder weniger die gleiche Uniform trägst und weil du zwangsweise auf der gleichen Seite stehst, sollst du dein Leben für das Leben der anderen geben? Da unten, 100 Meter weit weg von mir, aber auf meiner Seite, da steht ein Deutscher. Von mir aus aus Düsseldorf. Und weil der im gleichen Graben wie ich steht, gehört der zu mir. Der Deutsche. Und da drüben, auf der anderen Seite, da steht vielleicht gerade ein Walscher. Und der ist mir der Feind. Obwohl der Deutsche ja aus Düsseldorf kommt. Oder von noch weiter oben im Norden. Und der Walsche, der kommt von mir aus direkt aus Tolmezzo. Oder aus Timau. Oder aus Sappada. Und ich komm aus Sankt Daniel. Oder Birnbaum. Oder Innichen. Und da soll mir der Italiener, der keine 50 Kilometer Luftlinie von mir entfernt geboren wurde, der nur ein Tal von mir entfernt daheim ist und mit dem ich im Frieden bei jedem Kirchtag jederzeit ein Glas Kalterer See zusammen getrunken hätte, plötzlich mehr Feind sein als ein Deutscher oder ein Bulgare? Und das nur, weil die Italiener, wie es in der Zeitung geheißen hat, dem Kaiser in den Rücken gefallen sind. Ein Treuebruch, dessen gleichen die Geschichte nicht kennt, hat der alte Kaiser schreiben lassen. Und groß getan hat er. Und getönt hat er. Von Fahnen und Trompeten wird er geschwärmt haben. In seinem senilen Kopf. Und von Gefahr und Bündnisverpflichtungen, von Kanonendonner, vom spritzenden Blut der Feinde und von siegreich marschierenden österreichischen Stiefeln hat er bestimmt fantasiert. Dieser verbrecherische Alte.

Aber diese ganze Ehre und Pflicht, die hört schnell auf, wenn es an Gamaschen geht. Oder Socken. Von mir aus auch an Fäustlinge, feste Schuhe oder warme Mäntel. Weil das hat der Kaiser nicht für nötig gehalten. Ehre, sicherlich. Treue auch. Aber dass man uns mit ordentlichen Sachen versorgt. Und mit ordentlichem Essen. Das nicht. Als ob das bitte schön kein Treuebruch ist. Denkt der Hans. *Uns mit diesen Fetzen und kaputten Sachen hier heroben in den Bergen stehen zu lassen.* Und damit er nicht vollends zornig wird, denkt er wieder an die Karten des Leutnants zurück. Die er manchmal zu sehen bekommt. Weil der Leutnant halt verstanden hat, dass die schönste und genaueste

Karte einem nichts bringt, wenn man nicht auch die Soldaten fragt, was sie eigentlich wert ist, diese Karte. Wie aktuell und akkurat sie eigentlich ist. Weil du musst wissen, dass die an ihren grünen Tischen in Wien oder in Innsbruck nämlich genauso schnell wie alle anderen Kommandanten und Strategen unten im Tal vergessen, wie steil eigentlich steil ist, wenn einem die Kugeln um die Ohren pfeifen. Oder wie unendlich weit 100 Meter sein können, wenn man jeden Zentimeter mit einem Leben oder mit zehn bezahlen muss. Und weil sie das vergessen oder weil sie es vielleicht auch einfach nicht wahrhaben wollen, befehlen diese Herrschaften dann Dinge, die man hier heroben nicht begreifen kann. Manchmal ist das fast so, als ob die Großkopferten mit ihren großen harten Schädeln durch die Felswand wollten. Nur, dass es nicht ihr Schädel ist, den sie sich dabei blutig hauen. Sondern der von irgendwelchen Soldaten, die am grünen Tisch der feinen Herren nur als rechnerische Größe relevant sind. Und manchmal sind sie nicht einmal mehr das.

Aber zum Glück hat der Leutnant diese Logik noch nie eingesehen. Weil der kein blindgehorsamer Offiziershammel ist. Das musst du wissen. Sondern der ist so gescheit. Nein, nicht nur so gescheit ist der. Er hat zum Glück auch so viel Mut, dass er sich über die Befehle der Großkopferten manchmal auf seine schlaue Art hinwegsetzt.

Gott sei Dank, denkt der Hans, *Gott sei Dank weiß der, dass unsereins eine Situation manchmal besser einschätzen kann als die sogenannten Befehlshaber. Denn wie soll man die wichtigen Dinge ja auch am Schreibtisch wissen? Wie soll man von der Distanz aus sehen können, wie sinnlos ein Ansturm ist, wenn die Gegner ihre Handgranaten nur lachend in den Hang hinunterrollen lassen müssen, um uns einen Hagel aus scharfen Splittern in die Körper hineinzuspucken. Nein, solche Sachen können die gar nicht wissen.* Denkt der Hans. Und er hört auf, an all diese dilettantischen, aber hochtrabenden Offiziere zu denken. Die sich auch heute bestimmt wieder irgendwo großtun. Und an die der Hans gar nicht denken will.

Weil wenn einem der Herrgott so einen wunderbaren Tag wie heute schenkt, dann soll man sich lieber auf etwas Schönes besinnen. Denkt er sich. Der Hans. Und er denkt an die Roswita daheim. Das ist seine Schwester. Die unten in der Stube sitzt. Und die sich bestimmt Gedanken macht. Er kann sie fast spüren, ihre Gedanken. Der Hans. Und fast, als ob auch er in der bestimmt schön geheizten und mit dunklem Holz vertäfelten warmen Stube unten sitzen würde, meint er das Ticktack der alten aus Walnuss sorgfältig zusammengezimmerten und schön glänzenden Pendeluhr zu hören. Der Großvater hat die schon gekauft. Und der Vater hat sie immer wieder reparieren müssen.

Und mit mir, denkt der Hans, *ist es jetzt so weit, dass die keiner mehr reparieren kann. Nicht nur jetzt, weil ich nicht daheim bin. Sondern überhaupt, weil ich zu grobe Finger für so eine feinmechanische Sache habe. Du hast Pratzen wie ein Holzknecht*, hat der Vater immer gesagt. Und dabei hat der Vater selber richtig dicke Finger gehabt von der Arbeit. Schultern hatte der, auf die du das Gewicht der halben Welt hättest legen können. Aber die geerbte Pendeluhr hat er mit seinen breitgearbeiteten Fingern doch reparieren können. Als er noch war. Der Vater. Bevor sein letztes Stündlein geschlagen und bevor man genau diese Uhr angehalten hat. Weil unten im Tal, da halten sie die Uhr immer an, wenn einer aus der Familie gestorben ist. Bis zum Begräbnis, bis er oder sie unter der Erde ist, steht die Uhr in der Stube dann still.

Das ist hier gar nicht vorstellbar. Dass man jedes Mal, wenn einer umfällt, die Uhr anhält. Dann könnte man die Uhren gleich alle wegwerfen, denkt der Hans. Und fragt sich, ob es wahr ist. Ob er sich das nur einbildet oder ob er gerade wirklich die Sorgen der Roswita bis hierherauf spürt. Als ob der Aufwind sie heute in der Sonne hier herauftreiben könnte. Aber natürlich treibt der Aufwind ihre Sorgen nicht herauf. Natürlich ist sie nur eine Einbildung, diese gefühlte Verbindung über die vielen Kilometer hinweg. Dieses Denken, das keine Grenzen zu kennen scheint und keine Fronten. Dem es egal ist, ob ihm ein riesiger Berg im Weg steht oder ein ganzes Bataillon. Weil die Gedanken ja immer so tun, als ob sie viel schneller als all die Mörser und Granaten und auch viel schneller als eine Kugel aus einem Karabiner über die feindlichen Linien hinwegsausen könnten. Hinunter ans Meer zum Beispiel. Oder zu den Lieben daheim, die nur darauf warten, dass dieses menschengemachte Donnern in den Bergen irgendwann wieder aufhören wird. Weil sich die Großkopferten doch noch dazu bequemt haben werden, sich zusammen an einen Tisch zu setzen und miteinander zu reden. Und weil sie sich dann irgendwann dazu durchgerungen haben werden, doch nicht mehr die eigenen Leute auf die Leute der anderen loszulassen.

Im Ringen der Völker. Wie das der Kaiser gesagt hat. *Aber gemeint hat er nicht die Völker*, denkt der Hans. *Weil eigentlich wollen wir Völker uns ja gar nicht ringen. Eigentlich täten wir viel lieber zusammen einen Tanz veranstalten. Und nicht dieses Höllenspektakel. Ich zumindest täte viel lieber einfach hinübergehen zu den Walschen und einen von ihnen fragen, wie bei ihnen die Ernte heuer war. Ob auch er eine Schwester hat, die vielleicht daheim wartet. Und ob er vielleicht eine Zigarette gegen einen Schnaps tauschen würde. Aber da schießen die Eigenen dann ja sofort.* Weil das musst du wissen, dass die Großkopferten einen viel größeren Hass auf Deserteure haben als auf die bloß aus vaterländischem Hass heraus bekämpften Gegnerischen.

Die Fahnenflüchtigen und die Selbstverstümmler, die Zitterer und die Simulanten, die würden die glatt zweimal erschießen lassen. Wenn sie nur könnten. Weil sie sich davongestohlen haben aus diesem Ringen des Hauses Habsburg. Denkt der Hans. Und ein bisschen kommt ihm dieses Wort komisch vor. *Herrscherhaus.* Weil es ja kein Haus ist, das herrscht. Und weil die Macht kein Gebäude ist. Sondern etwas, das man den Menschen verleiht.

Kaiser von Gottes Gnaden. Denkt der Hans. Und fragt sich, was denn der gnädige Herrgott mit diesem ungnädigen und unholden alten Mann in Wien zu tun haben soll. Er stellt sich vor, wie der eine alte Mann da oben im Himmel mit seinem langen weißen Bart und mit den langen weißen Haaren den anderen alten Mann da unten in Wien, mit seinem von zehn Kammerdienern stets in die perfekte Form gebrachten weißen Bart in seinem prunkvollen Schloss segnet. Weil er ihm die schwere Bürde der Herrschaft in Zeiten wie diesen auferlegt.

Eine Bürde, von der die Schultern des Kaisers beinahe erdrückt werden. Denkt der Hans. Und fast hat er jetzt ein bisschen Mitleid mit dem alten Mann in Wien. Der vielleicht ja schon begreift, dass sein knöchernes Reich in diesem Ringen der Völker auch untergehen könnte. Der vielleicht ahnt, dass es nicht mehr lange dauern wird, bis eine neue Zeit anbricht. Eine Zeit, in der die Herrscherhäuser pulverisiert worden sind genau wie die Körper der vielen Soldaten, die in den Dolomiten und die in Galizien, die an der Westfront und die an den Grenzen des osmanischen Reichs der Treibstoff sind, ohne den die Geschichte in diesen Zeiten offenbar nicht ins Rollen kommen kann.

Oder soll. Denkt der Hans. *Können täte sie schon. Die Geschichte. Nur sollen tut sie nicht. Und wer weiß, vielleicht hat da ja doch der Herrgott seine Finger ein bisschen im Spiel. Die Wege des Herrn,* das hat man dem Hans von Kindesbeinen an ja schon eingebläut, *die Wege des Herrn sind unergründlich.* Genau wie die Berghänge. Und die Scharten. Die Grate, denen man heute nicht ansieht, ob sie den Walschen gehören oder den Eigenen. Man kann sich nur daran erinnern, wie das alles hier im Sommer war. Oder im Herbst. Aber das fällt dem Hans ja, wie gesagt, heute schwer. Weil sich gemeinsam mit dem Schnee die Zeit dick über seine Erinnerung gelegt hat. So dick, dass er einfach nicht mehr sagen kann, wo man bestimmt getroffen wird. Und wo man sicher ist. Weil der Weg sicher zu weit für eine Kugel ist. Oder weil der Feind einen sicher nicht sehen kann.

Aber sicher, das sagt hier kaum noch jemand. Schon gar nicht im Winter. Weil da werden manche Stellen hier heroben quasi von einem Tag auf den anderen eben doch zugänglich. Denn, das magst du jetzt vielleicht nicht glauben, dass du im Winter hier in den Bergen mitunter wo hinkommst, wo du im Sommer nicht einmal ans Hinkommen denken kannst. Aber der Schnee, der verlegt hier an den meisten Orten eben nicht nur alle Wege. Und er macht hier nicht nur so gut wie jede Kletterei unsinnig. Er schafft mancherorts eben auch ganz neue Möglichkeiten.

Und wenn du dann genau zur selben Zeit wie einer von drüben auf blöde Ideen kommst, dann Grüß Gott. Weil dann kriecht dieser Eine da drüben vielleicht gerade mit einem weißen Tarnanzug so gut wie unsichtbar durch den Schnee. Und dann sieht dieser Eine da drüben so jemanden wie unseren Hans, wenn der auch durch den Schnee kriecht, sofort. Weil der Hans eben nicht im weißen Tarngewand kriecht, sondern in seiner grauen Uniform. Oder weil er vielleicht auch geduckt über das Schneefeld läuft, der Hans. Das wird erst zu entscheiden sein, wenn er später wirklich aus dem Graben hinausspringen wird. Dann werden wir wissen, ob er kriechen wird, schleichen oder rennen, unser Hans.

Oder, weil auch das ja sein kann: Vielleicht wird sich der Hans ja gar kein Herz nehmen. Vielleicht wird er doch zu viel Angst davor haben, dass ein Italiener seinen Karabiner in die Hand nimmt, anlegt und schießt.

Und vielleicht, vielleicht wär das ja auch nicht das Schlechteste. Weil ein jeder Schuss ist ja auch nicht tödlich. Denkt der Hans. Und schüttelt den Kopf. Weil er spürt, dass ihm der Verstand über diesem Gedanken fast verloren geht. Also hört er auf, zu denken. Und zu zaudern. Stattdessen nimmt er sich vor, den Flecken Erde, oder besser gesagt den Flecken Schnee, den er sich da draußen für seinen Ausflug ins Sonnenlicht ausgesucht hat, einfach zu so einem sicheren Ort zu erklären. Er beschließt, dass dieser Grat da drüben, von dem aus man bis ins Pustertal hinunterschauen kann, vom Feind einfach nicht eingesehen werden kann. Und, als ob er sich selber den letzten

Funken Zweifel ausreden wollte, murmelt er jetzt: *Dort kann keiner hinschießen.* Wie eine Zauberformel murmelt der Hans das vor sich her. Zwei- oder dreimal. Und er muss dabei an daheim denken. An die Pfarrkirche St. Michael. In der ganz hinten, in einer dunklen Nische in der Ecke, auch so ein Bannspruch hängt. Auf einer schweren weißen Marmortafel. In die ein M. Christianus Graderus in anno salutis 1354 geheime Zeichen gehauen hat. In römischer Schrift hat er sie in den Stein gemeißelt oder vielleicht auch meißeln lassen. Für jeden lesbar, der Lesen gelernt hat. Aber für niemanden verständlich. Weil es nämlich nicht Worte sind, geschweige denn Sätze, die dieser M. Christianus Graderus in diesen alten Stein hat hauen lassen. Sondern es sind nur einzelne Buchstaben. Und die kann man zwar lesen. Aber was diese Buchstaben bedeuten, das weiß heute niemand mehr. Nur, dass dieser weiße Stein etwas mit Zauberei zu tun haben muss, darüber sind sich alle im Dorf einig.

Schon seit Jahrhunderten erzählen sich die Leute in der Gegend nämlich, dass dieser M. Christianus Graderus hinter diesen Buchstaben einen geheimen Bann versteckt hat. Einen Zauberspruch, der keinen Geringeren als den Hellichten selbst zu bannen in der Lage ist. Und auch, wenn das die Pfarrer schon seit Jahrhunderten für heidnischen Unfug halten und obwohl sie auch schon seit Jahrhunderten immer wieder gegen diesen Stein anpredigen, die Pfarrer, hat doch noch keiner von ihnen gewagt, diesen Stein wirklich aus der Kirche herauszureißen. Den *Zauberstein*, wie ihn die Leute nennen. Auch die Pfarrer sagen *Zauberstein. Heidenstein* auch, manchmal.

Aber eigentlich kann das ja gar kein Heidenstein sein, denkt der Hans. *Wo doch dieser Graderus anno salutis drauf geschrieben hat.* Im Jahr der Erlösung heißt das. So hat es die Mutter zumindest erklärt. Und vielleicht haben sich die Pfarrer ja über all die Jahrhunderte deshalb nie getraut, diesen vielleicht doch heiligen Stein aus der Kirche St. Michael entfernen zu lassen. Wegen dieses *anno salutis.* Oder sie haben vielleicht über

Jahrhunderte hinweg sogar selbst an die wundertätigen Kräfte dieses nur leider vergessenen Spruchs geglaubt. Der ja, genau wie die Formeln der Mutter Kirche, eine heilige Kraft in sich haben könnte. Der auf wundersame Weise die Welt verändern könnte. Genau wie die Gebete, die Psalmen, der Singsang und die Anrufungen, die all diese Pfarrer bei jeder Gelegenheit, bei jeder Messe, bei jedem Krankenbesuch und ganz sicher auch, wenn einer im Dorf die letzte Ölung erhalten hat, in ihr Christenvolk hineingemurmelt haben.

Sie murmeln und murmeln und geben vor, uns mit ihren Sprüchen die Qualen und Schrecken der Hölle zu ersparen. Denkt der Hans. Und er denkt wieder zurück an den Zauberstein. An dieses Quadrat aus fünf mal fünf Buchstaben. Von dem Tag an, an dem er zum ersten Mal in der Lage gewesen ist, diese fünf mal fünf Buchstaben zu lesen, hat der Hans in jeder Messe mit großem Eifer versucht, hinter das Rätsel des Zaubersteins zu kommen. G.H.D.S.S. stand da. In der ersten Zeile. Und in jeder der fünf Zeilen der Inschrift haben sich diese fünf Buchstaben wiederholt. Immer in einer anderen Abfolge:

G.H.D.S.S.
D.S.G.H.S.
G.S.D.S.H.
D.S.H.S.G.
G.H.D.S.S.

Gott Hab Diesen Sünder Selig. So hat sich der Hans die erste Zeile einmal für sich zusammengereimt. Und immer wieder hat er auch die anderen Zeilen mit Worten gefüllt.

Diesen Sünder Gott Heim Schleuse. Den Seinen Geb Herr Seligkeit. Deine Seele Gottes Heimat Sei. Tausend und mehr Varianten solcher frommen Worte hat der Hans schon versuchsweise aneinandergereiht. Aber es ist ihm nie gelungen, einen echten Sinn in diese Inschrift hineinzulesen. Nicht einmal damals, als er gerade dreizehn geworden war und als die Mutter krank geworden ist. Zuerst ist sie nur ein bisschen dünner geworden. Immer ein bisschen dünner. Und während dem Hans der Flaum auf seinen Wangen gewachsen ist, sind die Wangen der Mutter eingefallen. Dem Hans ist seine Stimme gebrochen, richtige männliche Muskeln sind ihm gewachsen und der Mutter sind in der gleichen Zeit ihre vorher so starken Hände zerbrechlich geworden. Und in der Zeit, in der die Männlichkeit im Hans zum ersten Mal richtig erwacht ist, hat die Mutter sich ganz hinlegen müssen. Und da ist der Hans dann in die Kirche gelaufen. Alleine hat er sich in der Kirche hingekniet. Vorne, in der allerersten Reihe, hat er auf der von dem vielen Knien der vielen Leute schon ganz rundgescheuerten Bank ein *Gegrüßet Seist Du, Maria, voll der Gnade* nach dem anderen gebetet. Wie in einen Rausch hat er sich hineingebetet, der nicht mehr ganz kleine Hans. Der ganz erfüllt war von der Hoffnung, dass er seine Mutter wieder gesundbeten kann. Aber so viel er auch gebetet hat, so viel er auch gewünscht hat und so viel er den Herrgott auch angerufen hat, so wenig ist seine Mutter davon gesund geworden. Und nachdem ihm sein Vater gesagt hatte, dass die Mutter gar nicht mehr wird aufstehen können, dass es mit ihr zu Ende gehen wird, *der Herrgott ruft sie bald schon in seiner unendlichen Herrlichkeit zu sich*, hat der Vater gesagt. Und der Hans ist nach diesem Satz direkt aufgestanden und wortlos aus der Stube daheim über den kleinen Hügel wieder direkt hinauf in die Kirche gerannt. Er hat sich weinend hingestellt vor die weiße Marmortafel des Zaubersteines und er hat sich gesagt:

Jetzt muss es gehen! Wenn ich jetzt herausfinde, was hinter diesen Buchstaben steckt, dann ist die Mutter gerettet. Aber er hat es nicht herausgefunden, der Hans. Und die Mutter ist dann ein paar Tage später gestorben. Und weil der Hans gerade an die Mutter denkt, an ihr Sterben und an ihre Einsegnung, kommt ihm auch der alte Pfarrer aus dem Dorf in den Sinn. Der Hochwürden Johannes mit seinem vom vielen Beten und Predigen zerfurchten Gesicht.

Von den Bibelstunden in der Kammer ist der ganz grau geworden. Oder auch von den vielen Begräbnissen, die er in seinem Leben abgehalten hat. Denkt der Hans. Und denkt daran, wie er als Kind in der rechten ersten Bank der Kirche gesessen ist. In seinem Dorf müssen alle Buben da sitzen. Rechts vorne. *Zur Rechten Gottes die Buben. Links die Mädchen.* Wie der Hochwürden es formuliert hat. Aber es wird schon auch so gewesen sein, dass man die Buben da rechts vorne hingesetzt hat, um sie kontrollieren zu können. Weil hinter ihnen rechts vorne immer die alten, schwarz gekleideten Weiber saßen. In der zweiten und dritten Reihe. Von der aus sie die Buben mit kräftigem Haareziehen und Zwicken bestrafen konnten. Für das viele Unaufmerksamsein oder das Lachen.

Gscht. Hört der Hans die alten Weiber heute noch zischen. Und als hätte ihn eine dieser alten Fuchteln gerade erst an den Haaren gezogen, spürt er fast wieder diesen scharfen Schmerz im Nacken. Dieses Brennen, das diese alten bösen Weiber mit ihrem fein dosierten Rupfen der feinsten Nackenhärchen zustande bringen.

Die Fuchteln terrorisieren die Kinder. Denkt der Hans. Und muss deswegen grinsen. Weil er nicht anders kann, als darüber nachzudenken, wie viel von der Messe diese frommen Weiber selbst wohl mitbekommen. Ob sie nicht viel zu viel damit beschäftigt sind, das junge Christenvolk unter Kontrolle zu halten. Und dass sie über dieser Aufgabe selbst ganz darauf vergessen, der Liturgie zu folgen. Geschweige denn der Predigt des Pfarrers. Und seinen magischen Formeln.

Jus spectatum in nomine deum et sacramentum kruzifixatum, murmelt der Hans. Und muss jetzt laut auflachen. Weil er sich schon denken kann, dass das, was er da aus sich herausgemurmelt hat, keinen Sinn ergibt. Aber Sinn, so richtig Sinn haben auch damals schon nur die Bilder ergeben. In der Kirche. Die Teufel und der hohe Himmel, die Qualen der Hölle und die Nöte des Fegefeuers, die ein Künstler vor Hunderten Jahren schon auf die Wände der uralten Kirche des Heiligen Michael gemalt hat. Diese Bilder hat er schon als Kind verstanden. Der Hans. Wie jeder hat er sie verstanden. Und ganz plötzlich kommt sie ihm wieder sehr weit weg vor, diese Welt aus seiner Kindheit. Ja überhaupt diese ganze Welt da unten im Tal. Mit ihrem Himmel und ihrer Hölle.

Die spielen hier gar keine Rolle mehr. Denkt der Hans. *Dieser Himmel und diese Hölle. Das ganze du sollst dies und das nicht, nicht töten, nicht stehlen und nicht begehren, das ist hier gar nicht mehr wichtig. Hier, wo der Himmel sich ohne unser menschliches Zutun ins Unendliche öffnet. Wo die Landschaft im Sonnenlicht erstrahlt wie die Verheißung des ewigen Lebens. Und wo die Hölle in jeder Sekunde einfach da sein kann. Wo sie wie ein Hammer jeden Moment auf dich herunterfallen kann. Von jetzt auf gleich zerreißt sie dann diese ganze weiße Pracht, diese Stille und diese ganze erhabene Landschaft hier in Tausend Fetzen. Genau wie sie die vielen Soldaten in Tausend Fetzen reißen kann. Jeden Moment. Während die auf den Frühling warten und darauf, dass dieser Krieg endlich vorbei ist.*

Aber noch ist das große Sterben nicht zu Ende. Noch wartet der Tod nur darauf, jedem Einzelnen von ihnen in jeder Sekunde auf die Schulter zu klopfen.

Der Boandlkramer, denkt der Hans, *der haust hier immer ganz in der Nähe. Und der schlägt in diesem vermaledeiten Krieg jeden Tag aufs Neue seine Tausend Sensen stumpf. Und du weißt es nicht und auch die hohen Herren wissen es nicht, weil niemand es weiß es außer dem Herrgott selbst, wann er dir den Boandlkramer schicken wird. Wann der knöcherne Bote auch zu dir kommen wird. Wann er dir auf die Schulter klopfen und sagen wird: Heute kommst du aber mit mit mir.*

AUF DAS LEBEN

Es hat in deine Lunge gestreut. Und es sitzt in deinen Lymphen. Ich will dir nichts vormachen. Es sieht nicht gut aus. So hat es Doktor Wagner gesagt. Zu Adam. Vor fast zwei Jahren ist das gewesen. Und Adam saß einfach nur da. Im tristen Behandlungszimmer des Tiroler Landarztes Doktor Wagner.

Er spürte, wie sich die hölzerne Lehne des Patientenstuhls in seinen Rücken drückte. Schaute sich das Bild an, das Doktor Wagner da rechts an der Wand hatte aufhängen lassen. *Die Jäger im Schnee. Von Pieter Bruegel dem Älteren.* Die zugefrorenen Fischteiche auf dem Bild, auf denen die Leute fröhlich herumspazieren. Oder vielleicht auch Schlittschuh laufen. Die sattgelben Häuser und die weißen Felder. Die grauen Felsen und den grauen Himmel. Die Jäger mit ihren bunten Hunden. Die gestochen scharf gemalten schwarzen Stämme der Bäume. Und den seltsamen schwarzen Vogel vorne auf dem Bild. Von dem Adam nicht sagen konnte, was für ein Vogel das sein könnte.

Die Tschufitl ist das vielleicht. Dachte Adam. *Die Tschufitl,* von der ihm seine Oma immer erzählt hatte. Die Oma aus dem Drautal. Die bei ihren Besuchen nicht nur immer Schokolade, sondern die immer auch ihre Geschichten mitgebracht hatte. Und ihre komischen Worte. Die *Ziggalan* sagte, wenn sie Bonbons meinte. Die Angst vor schwarzen Männern hatte. Die sich sicher war, dass die Russen eines Tages doch noch bis zu ihr nach Hause ins Drautal kommen würden. Und die auch die Tschufitl kannte. Den schwarzen Vogel, der in ihrer Welt immer dann dreimal schrie, wenn einer sterben musste.

Ein anders Bild könntest du da einmal aufhängen. Sagte Adam. Grinste kurz. Und dann sagte er wieder nichts mehr.

Saß mit seinen 29 Jahren nur schweigend da. Schaute Doktor Wagner stumm ins Gesicht. Und Doktor Wagner, Jan eigentlich, Adams Freund und nur ein paar Jahre älter als er, hätte sich am liebsten hinter dem dunklen Eichenholztisch verkrochen, den er aus reiner Bequemlichkeit von seinem Vorgänger übernommen hatte. Versteckt hätte er sich gerne, Jan, vor Adams Augen. Und davor, dass er selbst gerade ziemlich ratlos war. Sicher. Man könnte eine Chemo versuchen. 10 Prozent sind 10 Prozent. Vollständige Heilung war möglich. Die ist immer möglich.

Auch in den hoffnungslosesten Fällen stirbt ja die Hoffnung zuletzt. Hat er gedacht. Der Doktor Jan Wagner. Mit seinen vierzig Jahren. Und er hat an diesem Tag zum ersten Mal so richtig verstanden, was dieser Satz heißt. Denn sicher. Als Arzt bleibt es nicht aus, dass dir hin und wieder auch die Leute wegsterben. Aber bisher waren das bei Jan immer ältere Patienten gewesen. Sechzig plus.

Da ist nicht mehr die Hebamme schuld, hatte sein Vater und Vorgänger in der kleinen Praxis immer gesagt. Und auch der Jan dachte sich, dass man damit ja leben kann. Wenn einer mit 75 sterben muss. Oder mit siebzig. Da geht es dann ja gar nicht mehr so sehr darum, dass man sterben muss. Sondern mehr darum, wie. Da kämpfen die Leute zuerst. Kämpfen und kämpfen und geben am Ende doch auf.

Und wenn sie aufgegeben haben, machst du ihnen den Weg so leicht wie möglich. Dachte Jan. Und sah immer noch zu Adam hinüber. Beobachtete, wie der einfach nur dasaß und ihn anschaute. Und vielleicht eine Minute später stand Adam dann ganz unvermittelt auf. Stand auf, drehte sich wortlos um und verließ schnurstracks die Praxis. Auch Jan stand auf und ging ihm hinterher. Die Patienten im Wartezimmer hoben erstaunt die Köpfe, als Adam so stumm an ihnen vorbeirauschte. Und als Jan ihm eilig hinterherlief.

Ich bin gleich wieder da. Warf er mit fuchtelnd beschwichtigenden Armen in die Runde. Und verschwand durch die

Milchglastüre nach draußen. *Diese hässliche Milchglastüre.* Schoss es ihm durch den Kopf. Und er wusste selbst nicht genau, warum er das gerade jetzt dachte. Es war ihm aber im Moment auch egal. Denn zehn, vielleicht fünfzehn Schritte später hatte er Adam eingeholt. Er ging neben ihm her. Fünf Minuten lang vielleicht. Bis er doch noch einmal ansetzte. Er nahm Adam beim Arm, hielt ihn fest und Adam ließ sich auch festhalten. Die beiden hörten auf, zu gehen, und standen nebeneinander. Adam sah Jan in die Augen. Und Jan sah Adam in die Augen.

10 Prozent, sagte Jan.

90, antwortete Adam.

10. Scheiß 10 Prozent. Is besser als in die Hose scheißen. Schrie Jan.

Und da mussten beide kurz lachen. Aus Verzweiflung. Oder weil sich für einen kleinen Moment noch einmal die Normalität zwischen die beiden geschlichen hatte. Aber nur für einen Moment eben. Denn dann griff die Verzweiflung wieder Raum.

Ich geh jetzt einen trinken. Daheim. Sind eh alle ausgeflogen. Und morgen komme ich wieder. Vielleicht übermorgen. Dann reden wir. Sagte Adam. Und Jan nickte. Nickte nur und klopfte Adam halb hilflos auf die Schulter. Und dann sah er Adam dabei zu, wie der in Richtung seines kleines Holzhäuschens davontrottete. Erst letztes Jahr war das fertig geworden.

Er hat es sich schön eingerichtet im Leben. Er hat Frau und Kinder. Ein kleines, wirklich sehr schönes Häuschen. Einen Garten mit vielen Blumen, mit Hecken und Bäumen, mit Gras und Spielsachen für die Kinder. Eine tolle Aussicht von der Terrasse in die Berge. Keinen schlechten Job in der Stadt. Und glücklich ist er, glaub ich, auch. Der Adam. Oder war er auch. Dachte Jan. Und drehte sich um. Ging zurück in seine Praxis und es kam ihm unwirklich vor, dass er die restlichen vier Stunden seines Arbeitstags hinter seinem Schreibtisch sitzen musste. Dass er, als ob nichts geschehen wäre, Erkältungen diagnostizierte. Diabetiker behandelte und Blutdruck maß. Kleines Blutbild, großes Blutbild, Harnprobe, Stuhlprobe, Impfung. All diese Dinge, mit denen er sich tagein, tagaus eben beschäftigte, hatten an diesem Tag ihren Sinn verloren. Wegen Adam. Den er zwei oder drei Tage später an die Uniklinik in Innsbruck überwies. Onkologie. Professor Dinglmüller. Eine Koryphäe auf seinem Gebiet. Mit besten Kontakten. Und der Professor Dinglmüller sah sich Adam an. Überwies ihn weiter nach Graz. Zu seinem Kollegen Professor Hünkel. Lymphom-Spezialist. Und Adam fuhr los. Fuhr immer und immer wieder nach Innsbruck und nach Graz. Wie so viele andere vor ihm und wie so viele andere nach ihm griff er nach jedem Strohhalm. Chemo eins, Chemo zwei, Chemo drei. Fünfundvierzig Prozent. Fünfzehn Prozent. Austherapiert. Durchfall. Erbrechen. Hautausschläge. Glatze. Schlaflosigkeit. Und Schlaf. Viel Schlaf sogar und viel Übelkeit begleiteten Adam in den nächsten Monaten. Und auch seine Frau Jenny ließ sich von ihrem Job im Amt der Landesregierung freistellen und begleitete ihn praktisch rund um die Uhr. Genau wie seine beiden Mädels. Die ihm Tee ans Bett brachten. Die ihm durch die Haare fuhren und die ihm, als er keine Haare mehr hatte, über den Kopf streichelten. Die ihn manchmal zum Weinen brachten. Die ihm Angst machten, weil er sie nicht alleine lassen wollte. Die ihn aber auch zum Lachen brachten. Die ihm Bilder malten und Geschichten aus dem Kindergarten und der Schule erzählten. Die gemeinsam mit ihm Ostereier suchten und die trotz aller Neugierde und Vorfreude auf die viele Schokolade nicht drauflosliefen. Sondern die den Papa zu Ostern an der Hand nahmen und warteten, wenn er von den paar Schritten im Garten außer Atem war.

Fünfundvierzig Prozent. Fünfzehn Prozent. Austherapiert.

Machen Sie noch etwas Schönes mit Ihren Kindern. Hatte Professor Hünkel gesagt. *Genießen Sie die Zeit, die Ihnen bleibt. Es ist nicht mehr viel.* Und Adam zuckte nur mit den Schultern. Gerne hätte er geweint. Aber es kam ihm so vor, als ob keine Tränen mehr in ihm wären.

Austherapiert. Ausgeheult. Dachte er. In seinem Zugabteil auf dem Weg nach Hause. Er hatte Jenny gebeten, nicht mit ihm nach Graz zu fahren. Und jetzt war er froh, dass er alleine in seinem Abteil saß. Dass sie nicht neben ihm heulte. Oder in Panik verfiel. Und als er daheim ankam, wartete sie schon auf ihn. Am Bahnhof. Mit hoffnungsvollen und gespannten Augen sah sie ihn an. Und er schüttelte den Kopf.

Austherapiert, sagte er nur. Und Jenny brach weinend zusammen. Er tröstete sie. Gerade als ob sie es wäre, die in erster Linie Trost bräuchte.

Und nicht ich. Noch vier Monate. Vielleicht auch fünf. Dem Tod geweiht bin ich. Dachte Adam. Und trotzdem nahm er Jenny in die Arme und sagte, das erste Mal seit dem Tag, an dem er bei Jan im Sprechzimmer gesessen hatte, sagte er: *Es wird alles gut.*

Und auch, wenn du das nicht glauben magst. Es wurde tatsächlich alles gut. Allen Prognosen zum Trotz ging es Adam gut. Von Tag zu Tag sogar besser. Er fuhr mit der Familie ans Meer. Und wartete in der Sommerhitze der Adria auf Schwindel oder Schmerzen. Wartete im Herbstwind daheim darauf, dass die Knoten größer werden würden. Aber sie wurden nicht größer, die Knoten. Zu Weihnachten stellte Adam fest, dass sie sogar kleiner geworden waren. Und am nächsten Ostersonntag konnte er sie gar nicht mehr fühlen. Aus unerfindlichen Gründen hatte sich der Krebs in Adam Tag für Tag ein Stück weit zurückgebildet. Und Adam beschloss, noch einmal nach Graz zu fahren. Professor Hünkel war erstaunt, ihn zu sehen. War noch erstaunter, als er ein paar Tage später an seinem Schreibtisch saß, als er das Kuvert aus dem Labor öffnete, als er die Befunde herausnahm und sie durchlas. Zwei- oder dreimal musste er sie lesen. Bis er verstand, dass der Krebs tatsächlich weg war. Keine Spur konnte man mehr von ihm finden. Und Professor Hünkel ließ es sich da nicht nehmen, direkt zum Hörer zu greifen und Adam auf der Stelle anzurufen. Jenny ging dran. Und als sie Professor Hünkels Stimme hörte, konnte der alte Man in Graz förmlich fühlen, wie Jennys Herzschlag nach oben schnellte und wie sie schwer zu atmen begann.

Adam, rief sie durchs Haus. Und vielleicht dreißig Sekunden später war er dann am Apparat. Der wundersam genesene Adam. Das Gespräch war kurz und knapp. Es gab ja nicht viel zu sagen. Alle staunten einfach nur. Denn sowas hatte selbst der wirklich erfahrene Professor Hünkel noch nicht erlebt. Und er bat Adam, doch noch einmal zu ihm zu kommen. Er wollte einfach wissen, woran das liegen könnte. Wie dieses Wunder denn zustande hatte kommen können. Und Adam willigte ein. Nächste Woche Donnerstag. Vereinbarten die beiden. Und dieses Mal wollte ihn Jenny begleiten.

Deshalb sitzt sie heute, an diesem Donnerstag auch am Steuer ihres schon in die Jahre gekommenen Kombis. Sie fahren aus ihrem kleinen Tiroler Büchlbach nach Graz. Adam hat schlecht geschlafen. Er hat im Grunde keine Lust, noch einmal nach Graz zu fahren. Noch einmal die trostlosen weißen Räume der Uniklinik zu sehen. Mit den hilflosen bunten Bildern an den Wänden und mit den vielen Informationsplakaten zu Krebs, Diabetes oder Gastritis. Und auch Professor Hünkel will er nicht sehen. Er will sich kein Blut abnehmen lassen und keine Lymphe. Oder was sonst dieser Professor Hünkel mit ihm planen mag.

Eigentlich will ich da nicht hin. Sagt er zu Jenny.

Wir sind schon halb da. Sagt sie. *Aber wenn du willst, dreh ich um.*

Aber das tun die beiden dann doch nicht. Sie fahren weiter. Parken an der Uniklinik. Gehen hinein. Lassen sich von Professor Hünkel beglückwünschen. Und Adam lässt sich von ihm noch einmal untersuchen. CT. Blutprobe. Speicheltest. Lymphe. Fragen zur Ernährung. Fragen nach alternativen Heilmethoden. Und dann, nachdem der Professor alle erdenklichen Daten aufgenommen hat, gehen die beiden wieder. Sie fahren noch in die Stadt. Essen eine Kleinigkeit. Ein Backhendl. Und einen Salat mit Kernöl. Touristenessen eben. Danach stapfen sie noch die steilen Stufen hinauf zum Schlossberg. Steigen wenig später wieder hinunter, und als sie am Abend daheim durch Büchlbach fahren, sehen sie Jan, wie der gerade seine Praxis abschließt. Die beiden bleiben stehen und Adam steigt aus dem Auto.

Wir müssen trinken, Jan. Darauf müssen wir einen trinken, ruft er.

Und Jan kommt zum Auto. Begrüßt Jenny und umarmt Adam.

Kaum gesund, schon hast du wieder dumme Ideen. Sagt Jan. Und alle lachen. Aber sie würden nicht lachen. Jan würde nicht lachen und Jenny nicht. Vor allem aber würde Adam nicht lachen, wenn er jetzt schon wüsste, dass es tatsächlich eine dumme Idee ist, dieses Trinken. Weil ein paar Tage später, da werden der Adam und der Jan wirklich gemeinsam am Tresen im Wirtshaus stehen. Der Adam wird schon fünf große Bier getrunken haben und der Jan erst vier. Wie immer wird der Jan dem Adam beim Trinken auch an diesem Abend hinterherhinken. Und wie immer wird der Adam ihn dabei anzutreiben versuchen. Er wird schnell wieder ein neues Bier für beide bestellen, obwohl das Bier von Jan noch halb voll sein wird. Und die beiden Biere werden serviert werden. Er wird sein Bier in die Hand nehmen, der Adam. Und auch der Jan wird sein Bier in die Hand nehmen. Die beiden werden sich zuprosten.

Auf das Leben! Wird Jan sagen.

Und auf die Freundschaft! Wird Adam antworten. Dann werden die Gläser klingen. Und in dem Moment, als das kalte Bier Adams Lippen berühren wird, wird er einen komischen Schwindel spüren. In dem Moment, als der erste Schluck des frischen Biers in seinem Magen ankommt, wird ihm der Blick entgleiten. Und in dem Moment, als Adam nach hinten kippen wird, wird Jan sein Bierglas vor Lachen fast fallen lassen. Weil er denken wird, dass Adam nur Spaß macht. Und dann, als Adam am Boden liegen wird, wird er sich immer noch lachend zu ihm hinunterbeugen.

Was ist? Bist so besoffen? Wird er fragen. Adam die Wange tätscheln. Und das Lachen wird ihm dabei direkt vergehen.

Weil er aus der Nähe nämlich sofort sehen wird, trotz der vier Bier, dass es nicht am Rausch liegen wird. Und dass der Adam da auch nicht simulieren wird. Sondern dass er da unten schon gar nicht mehr richtig da sein wird, der Adam

Schlaganfall. Wird er rufen. *Holt's die Rettung. Schnell.*

Und in den paar Minuten, die es dauern wird, bis die Rettung und der Notarzt da sein werden, wird er verzweifelt neben dem Adam knien. Eine Stunde später, nachdem sie den Adam eingepackt und mitgenommen haben werden, wird er aufbrechen. Der Jan. Wird er langsam vom Gasthaus zu Adams und Jennys Haus torkeln.

Zu Jennys Haus. Weil das ist jetzt nicht mehr Adams und Jennys Haus. Das ist nur mehr Jennys Haus. Wird es ihm durch den Kopf schießen. Und er wird fünf Minuten vor dem kleinen und so wunderschön hergerichteten Holzhaus stehen. Bevor er den Mut finden wird, zu klopfen.

IRRWEGE

Jetzt stell dir einfach vor, dass er sich durch seinen braunen, etwas zerzausten Vollbart fährt, unser Hans. Immer noch in seiner Uniform, durch die ihn die Sonne heute zum ersten Mal seit Langem wieder wärmt. Immer noch in seinen Stiefeln, durch die er die Eiseskälte der Felsen und des Schnees spürt. Und immer noch oben auf seinem Berg. Um vielleicht halb zwölf, im meterhohen, sonnenbeschienenen Schnee. Stell dir das vor. Und stell dir außerdem vor, dass sein Sich-durch-den-Bart-Fahren in seiner soldatischen Welt neuerdings gar nicht mehr gern gesehen ist. Denn die hohen Herren haben die Soldaten inzwischen dazu aufgefordert, das Vollbarttragen einzustellen. Wegen der Gasangriffe, musst du wissen. Und wegen der Gasmasken, die nicht dicht sitzen, wenn du einen Vollbart trägst.

Und, das muss man auch sagen: Bei dieser Aufforderung hat nicht nur Giftgas eine Rolle gespielt. Sondern auch der Wunsch der Oberen, dass die Soldaten sogar an der Front noch ordentlich aussehen. Und dass sie nicht, wie unser Hans, mit so einem zerzausten Bart herumlaufen. Dieses ordentliche Aussehen, aber das kannst du dir ja bestimmt denken, das war den Militärs schon immer sehr wichtig. Dass man in dem Jahrhundert zum Beispiel einen schneidigen Husarenbart trägt, als Soldat. Und in einem anderen eben gar keinen Bart. Oder halt in einer anderen Zeit wieder einen mächtigen Vollbart.

Aber halt, das wollte ich nicht erzählen. Sondern über den Hans wollten wir reden. Der sich, wie viele seiner Kameraden hier heroben, in den letzten Wochen seinen Bart trotz der Aufforderung der hohen Herren hat stehen lassen.

Ganz am Anfang, als dieses Gerumpel in den Bergen losgegangen ist, haben sich manche auch den Bart stehen lassen.

Ich lass mir den Bart so lange stehen, bis der Rumpel fertig ist, hat manch einer gesagt. Aber diese Zeit ist schon lange vorbei. Heute. Als der Hans so dasteht. Denn inzwischen wären die Bärte wohl schon so lang, dass man glatt drüber stolpern könnte. Oder dass man sich einen Schal aus dem eigenen Bart flechten könnte.

Aber halt, auch das wollte ich nicht erzählen. Sondern dass sich der Hans und seine sogenannten Kameraden die Bärte deshalb stehen lassen, weil die Haare im Gesicht so ein guter Wetterschutz sind. Und so ein Gasangriff ist hier in den windigen Bergen auch alles andere als wahrscheinlich. Denn der Wind, der ist hier unberechenbar. Und das heißt, dass du dir mit jeder abgeschossenen Gasgranate schnell dein eigenes Schicksal besiegeln könntest.

Das sieht hier eigentlich jeder ein. Und der Hans hofft, dass diese Tatsache auch wirklich jeder da unten einsieht. Und dass sie nicht auch noch auf die Idee kommen, hier heroben Gas zu werfen. Aber mehr als eine Hoffnung ist es nicht. Das weiß der Hans auch genau. Weil er auch weiß, dass vor diesen unseligen Schüssen auf den Franz Ferdinand und auf seine Gattin im 14er Jahr in dem schwarzen, offenen Wagen in Sarajewo sich ja auch keiner hätte denken können, dass es dadurch so weit kommen könnte, dass er jetzt hier oben auf dem Berg steht.

Aber er steht nun einmal da. Der Hans. Und er hofft. Genau wie der Leutnant Mühlmann. Der hat vermutlich die gleiche Hoffnung. Denn der hat seinen Männern erlaubt, dass sie ihre Bärte wachsen lassen.

Kasernendrill brauchen wir hier keinen. Schon gar nicht im Winter. Hat der Leutnant geschimpft.

Rasieren können wir uns im Frühling wieder. Wenn einer der feinen Herren sich bequemen sollte, uns hier heimzusuchen. Hat sich der Hans daraufhin gedacht. Vor ein paar Wochen war das. Und er denkt das gerade wieder. Und da kannst du jetzt entscheiden, ob das nun ein Zufall ist, dass sich der Hans das ausgerechnet jetzt denkt. In dem Moment, in dem sich auch der

Leutnant durch seinen sauber geschnittenen Schnauzbart fährt. In seinem warmen Unterschlupf. Der zwar auch oben auf dem Berg ist. Und nicht unten im sicheren Tal. Aber der immerhin mit einem eigenen Ofen für ihn und die anderen Offiziere ausgestattet ist. Und mit einem braunen Holzschreibtisch, an dem er gerade sitzt. Und an dem er den Brief in der Hand hält, in dem ihn der Major Reinhards aus Innsbruck persönlich eine Rüge erteilt.

Eine Ungeheuerlichkeit. Eine Disziplinlosigkeit sondergleichen, steht da in blasser Tinte geschrieben.

Was macht das für ein Bild von unserer Armee und von unseren Soldaten, wenn Ihre Männer aus den Bergen heruntergetragen werden und wenn die Mannschaften unten ihre Gesichter gar nicht richtig mehr erkennen vor lauter Bart. Wie Wilde sehen Ihre Soldaten aus. So hat das der Major Reinhards seinen Adjudanten schreiben lassen. Da er das Barttragen offenbar als eine Frechheit und Respektlosigkeit dem ganzen Reich gegenüber empfindet.

Wenn unsere Helden voller Haare im Gesicht ins Tal getragen werden, bekomme ich einen Blutrausch, hätte der Major Reinhards beinahe diktiert. Und der Leutnant könnte beim Gedanken an diesen immer gut frisierten glatten Major aus der Haut fahren. Vor lauter Wut über diese Sinnlosigkeit.

Am liebsten würde er hinunterlaufen zu diesem Major nach Innsbruck und ihm persönlich eine Tracht Prügel verpassen. Ihm jedes Haar einzeln aus der mit Salben und Tinkturen so sorgsam gepflegten Haut ziehen. Diesem mit Verlaub Arschlochmajor.

Der wahrscheinlich noch stolz ist, dass so viele Männer hier erfrieren oder von Lawinen mitgerissen werden. Da wird der wahrscheinlich noch ganz scharf davon. Denkt der Mühlmann. Und steht auf. Steht auf und geht zur Tür. Reißt die Tür auf und stürmt hinaus. In Erwartung des kalten Windes, der ihm ins Gesicht blasen wird. Aber der kalte Wind ist heute gar nicht da. Und fast erschrickt der Mühlmann ein bisschen.

Als er merkt, wie schön die Sonne heute scheint. Also bleibt er stehen. Und er beschließt stante pede, sich seine Wut mit einem Rundgang durch die Stellungen aus dem Bauch zu laufen. Er setzt sich seine mit einer Auerhahnfeder geschmückte Mütze auf und spurt los. Geht von einem grauen Soldaten zum anderen. Grüßt einen seiner Untergebenen nach dem anderen. Klopft einem nach dem anderen nickend auf die Schulter. Und mit jedem Meter, den er zurücklegt, wird seine Stimmung besser. Mit jedem Schritt tritt er seine Wut auf diesen Arschlochmajor in den gefrorenen Boden hinein, in das Eis, das die Welt hier beherrscht und über das der Leutnant heute flink hinwegstampft. Gerade so, als ob es gar kein Eis gäbe, das hier die Steige rutschig und gefährlich macht, sondern als ob es ein Ausflug in der Ischler oder Meraner Sommerfrische wäre. Ein Spaziergang, wie ihn sich die hohen Herren und Damen dort hin und wieder gönnen, um sich von der unsäglichen Langeweile der allabendlichen sommerlichen Salons und Gartenfeste abzulenken.

Aber an diese Dinge der mondänen Welt denkt der Leutnant nicht, als er beim Hans ankommt. In der Stellung ganz draußen. K9, wie sie in den Karten heißt.

Da steht er, der Hans. Und der Leutnant freut sich, dass heute der Hans hier Dienst hat. Denn er hat beschlossen, dass er in der K9 eine kleine Rast einlegen wird.

Ein Pläuschchen mit dem Hans, das passt mir jetzt. Denkt der Leutnant. Und sieht ihn sich an. Wie er krumm, fast kommod dasteht. Und als er näher kommt, der Leutnant, sieht er auch den Vollbart, durch den sich der Hans vorher gestrichen hat.

Mehr räudig als fesch siehst du damit aus. Denkt der Leutnant. *Man könnte glatt sagen, dass ihr beide ziemlich fürchterlich ausseht. Der Bart für sich. Du, für dich. Und du mit deinem Bart zusammen sogar doppelt.* Murmelt der Leutnant. Und er bemerkt, wie der Wind hier in der K9 heute sanft bläst. Aber nur, als ob er alle daran erinnern wollte, dass es ihn noch gibt. Den Wind.

Und dass er, wenn er will, auch ganz anders kann. Denkt der Hans. Als er bemerkt, dass der Leutnant auf ihn zukommt. Er macht sich gerade. Und will salutieren. Aber der Leutnant winkt schon von der Ferne aus ab.

Ruht, ruft er noch im Gehen. Und ist ein paar Augenblicke später schon beim Hans. Stellt sich halb außer Atem neben ihn hin, und zuerst herrscht Schweigen zwischen den beiden. Da Hans den Leutnant ja nicht so ohne Weiteres ansprechen darf. Und der Leutnant gerade mit dem Atmen schon genug zu tun hat. Und auch damit, das Panorama in der K9 zu bewundern. Das heute auch für ihn so beeindruckend ist, dass es die Wut des Leutnants über den Arschlochmajor sofort vergessen macht.

Eine prächtige Landschaft ist das, schwärmt der Leutnant. *Man könnt sich glatt in die Sonne setzen heute. Da draußen.*

Wenn nur der Feind nicht wär. Murmelt der Hans.

Und dieser vermaledeite Krieg. Schimpft der Leutnant. Und er schimpft das leise. Schließlich weiß er genau, dass man so etwas nur zu so jemandem wie dem Hans unter vier Augen sagen kann.

Und dabei schaut er ihn ernst an, den Hans. Und der Hans, der schaut ernst zurück. Da beide ohne Worte ganz genau wissen, dass es stimmt. Dass dieser vermaledeite Krieg wirklich nichts anderes ist, als ein teuflisches Unglück, das über die halbe Welt hereingebrochen ist.

Oder dass vielmehr ein paar Menschen, die so weit von der Front entfernt sind, dass ihre Frisur auch bei der größten Offensive oder bei der schwersten Niederlage noch tadellos sitzt, dass Leute, die so weit von der Wirklichkeit entfernt leben, dass sich ihr Speiseplan auch bei der größten Rationierung oder der schwersten Versorgungskrise nur unmerklich ändert, dass eben Menschen wie der senile Franz Joseph in seiner blauen feinen Uniform in Ischl oder Wien, dass der verkniffene Wilhelm mit seinen traurigen Augen und den fast riesenhaften goldenen Epauletten in Berlin, dass von mir aus auch der leicht schielende Vittorio Emanuele mit seinem immer zusammengezogenen Mund und der breiten Schärpe um den schmalen Brustkorb in Rom oder dass der Nikolai mit seinen braunen Haaren, mit seinem gepflegten Vollbart und seiner goldbehangenen Uniform in Sankt Petersburg dieses Unglück über der Welt ausgeschüttet haben.

So ein Krieg, der bricht ja nicht wie ein Unwetter über die Welt herein. Sondern bei dem braucht es immer mindestens einen, der ihn erklärt. Während ein Unwetter ja nicht erklärt wird. Das kommt. Oder kommt eben nicht. Aber ein Krieg, der lässt sich immer aufhalten. Wenn man nur genug will. Wenn man nur die nötige Größe hat, nachzugeben.

Aber leider haben immer wieder die Großen eben nicht die Größe, nachzugeben. Und leider schütten die viel lieber ein Meer von Blut über die Länder aus. Aber Blut war ja schon immer ein guter Dünger. Genau wie Knochen. Und man sagt, dass das Getreide auf den großen Schlachtfeldern der Geschichte so gut wächst wie nirgendwo sonst auf der Welt.

Die Welt ist auf Knochen gebaut und wird mit Blut gedüngt. Schweiß und Tränen sind ihr Schmiermittel und unsere Gedärme halten den ganzen Dreck zusammen. Sagt der Leutnant. Und da muss der Hans ganz unvermittelt laut auflachen. Es platzt förmlich aus ihm heraus. Und es dauert nicht lange, bis auch der Leutnant mitlachen muss.

Die Welt, das ist das da draußen, sagt der Hans ein paar Augenblicke später. Als ihr Lachen schon wieder verflogen ist. Und er zeigt in die Landschaft.

Bestimmt trägt heute sogar der Schnee. Und man könnte wirklich da draußen sitzen und die Landschaft genießen. Sagt der Hans. Und schaut gemeinsam mit dem Leutnant in den verrückt blauen Himmel. Der heute so blau ist, dass man schon fast ein neues Wort erfinden müsste, um es zu beschreiben.

Denn Blau, wenn jemand Blau sagt, dann meint das etwas anderes als die Farbe da oben. Denkt der Hans. Und er kneift die Augen zusammen. Weil ihn der helle Himmel ebenso blendet wie die Schneedecke. Die die Sonnenstrahlen direkt wieder zurück ins Universum wirft. Und bestimmt könnte man heute sogar vom Mond aus sehen, wie schön das Wetter in diesem Teil der Welt gerade ist. Am Monte Piano oder auf dem Paternkofel, bei den drei Zinnen und am großen Pal, am Lagazuoi und in der Rotwand, auf dem Ortler drüben, in den Karnischen Alpen und bei den Sieben Gemeinden. Die es praktisch schon gar nicht mehr gibt. Aber das weiß der Hans nicht. Und wie soll er es auch wissen, dass die Italiener die Bewohner der Sieben Gemeinden schon umgesiedelt haben. Dass die jetzt irgendwo im Süden wohnen und dass die nicht nur auf der Straße, beim Bäcker oder Fleischer, sondern sogar daheim in ihren neuen vier Wänden Italienisch sprechen müssen. Und dass ihre uralten Häuser in Sleghe, Genebe, Vüsche, Ghel, Lusaan, Robaan und Rotz jetzt nur mehr Ruinen in Asiago, Enego, Foza, Gallio, Lusiana, Roana und Rotzo sind.

Das hätten sich diese Bauern wohl nicht träumen lassen. Vor hundert Jahren noch, als sie eine eigene Republik waren. Und nicht einmal ein halbes Jahrhundert später, als man die Namen ihrer Dörfer einfach italienisiert hatte. Dass nur ein paar Jahrzehnte später von ihrer Bauernrepublik nur mehr Steine und zerrissene Balken übrig bleiben. Und dass man auch ihre Sprache vollständig ausmerzen will. Und das ist nicht nur in den Sieben Gemeinden so. Das machen alle gleich. Dass sie das Italienische oder das Französische verbannen. Oder das Deutsche, Österreichische und Zimbrische. Wenn die könnten, wie sie wollten, dann würden diese hohen Herren glatt alle Wörterbücher verbrennen und allen Leuten den Mund herausschneiden, nur, damit sich die Welt so dreht, wie sie es wollen.

Aber die Welt hat beim Drehen doch ihre eigenen Gesetze. Da hilft alle Macht nichts. Daran können auch die hohen Herren wenig ändern, dass die Wirklichkeit einfach ist, wie sie will. Und dass die Welt sich eben nicht dem Willen eines Herrschers beugt. Denn auch, wenn das manchmal so aussehen mag. Auch, wenn man hin und wieder das Gefühl haben mag, dass jemand alles kann. Dass er die Macht hat, seine Ideen zur Wirklichkeit umzuformen. Selbst dann fallen diese Ideen ein paar Jahre oder Jahrzehnte später ja doch wieder in sich zusammen.

Weil was heute das Selbstverständlichste der Welt ist, ist morgen vielleicht undenkbar. Denkt der Hans. Und schaut wieder hinüber zum Leutnant. Der mit zusammengekniffenen Augen auf das Schneefeld vor ihnen blickt. Und auf den Grat drüben. Er zeigt hinüber auf den Grat und sagt:

Da tät ich hinübergehen. Zum Strudelgrat. Wenn dieser ganze Krieg nicht wär. Und auch nicht dieser Major aus Innsbruck. Dem muss ich jetzt nämlich schreiben.

Und kaum hat er das gesagt, der Leutnant, ist er auch schon wieder weg. Er lässt den Hans ohne große Worte stehen. Und der Hans, der weiß immer noch nichts anderes, als hinauszuschauen auf das Schneefeld. Der versucht sich immer noch dazu zu überreden, wirklich da hinauszugehen. Für ein Viertelstündchen nur. Oder vielleicht für ein halbes will er so tun, als ob heute kein Krieg wäre. Und als ob er ganz alleine hier wäre. Und einfach tun könnte, was ihm in den Sinn kommt.

MITTERWURZERGASSE

Nimm zum Beispiel den Michael. Denn der hat sich schon gewundert, damals. Das war vielleicht im Jahr 1997. Als es um halb sieben am Morgen an seiner Tür geläutet hat. Und da musst du jetzt wissen, dass der Michael damals ein Student gewesen ist. Und dass er an diesem Dienstag erst ein oder zwei Stunden vor diesem Läuten nach Hause gekommen war. In seine schäbige 60 Quadratmeterwohnung. Direkt am Gürtel. Die er mehr schlecht als recht eingerichtet hatte. Aber was willst du groß einrichten und was willst du groß wohnen, als Student, wenn dein Geld kaum für neue Hemden und Hosen, geschweige denn für ein schönes Sideboard aus Walnussholz oder für eine neue Küche reicht.

Aber für Bier und Cannabis hat das Geld dann eben doch gereicht. Meistens. Und am Abend vor dem besagten Morgen hat es sogar für viel Wieselburger und für viel White Widow gereicht. Für so viel sogar, dass dem Michal beinahe der Kopf geplatzt wäre, als am Morgen danach jemand bei ihm an der Tür Sturm geläutet hat. Vor lauter Gift in seinem Körper hat der Michael da im ersten Moment gar nicht so genau gewusst, wo er überhaupt ist. Und auch das musst du jetzt wissen: Der Michael hat damals regelmäßig in irgendwelchen fremden Wohnungen und in fremden Betten übernachtet. Will heißen: Er war nicht gerade ein Kind von Traurigkeit, damals. Wobei, das stimmt so auch wieder nicht. Denn wenn sich der Michael damals bei einem Psychologen vorgestellt hätte, der hätte bestimmt eine leichte bis mittelschwere Depression bei ihm diagnostiziert. Und der hätte wahrscheinlich auch gesagt, dass Michaels Umtriebe das weibliche Geschlecht betreffend nur ein Symptom dieser Depression seien.

Durch den Sex versuchen Sie, sich die Nähe zu holen, die Sie eigentlich gar nicht zulassen können, hätte der vielleicht gesagt. Und dem Michael damit bestimmt die eine oder andere sinnlose Eskapade erspart. Wie die, als er die fünf Jahre ältere Doris im Nachtbus kennengerlernt und sie direkt mit nach Hause genommen hat. Keine zehn Minuten haben die beiden beim Michael danach auf der Couch geredet, dann waren sie auch schon nackt. Und nachdem sie ihre in der Stadt vereinsamten Körper aneinander gerieben hatten, waren die beiden keine halbe Stunde später schon wieder angezogen. Rauchten gemeinsam noch eine Zigarette und dann wankte die Doris zu sich nach Hause und der Michael fiel in sein Bett. Das natürlich noch nach dem Körper der im Grunde vollkommen fremden Doris roch. Von der er sich vorgenommen hatte, sie einfach nicht mehr anzurufen. Und auch sie rief nicht mehr an. Halt, das ist jetzt falsch. Die hat schon noch ein paarmal angerufen, die Doris. Aber der Michael ist einfach nicht drangegangen. Warum, das konnte er gar nicht so genau sagen, damals. Teils war das bestimmt, weil da schon wieder eine andere Frau in seinem Bett lag. Oder weil das Bett zumindest noch warm gewesen ist vom Körper einer anderen Frau. Teils war das bestimmt aber auch deshalb so, weil der Michael sich partout nicht binden wollte, wie er es damals gesagt hätte. Und auch, wenn du das vielleicht nicht glauben magst, war es doch so, dass der Michael damals mit jeder neuen Affäre nur noch ein Stückchen trauriger geworden ist.

Don-Juan-Syndrom oder männliche Hysterie hätte der Psychologe dazu bestimmt gemeint. Und *dadurch, dass Sie Nähe immer in Verbindung mit einem koitalen Akt herstellen, werden Sie emotional von Affäre zu Affäre erschöpfter.* Aber das hat dem Michael eben keiner gesagt, dass Schürzenjägerei auf Dauer jeden erschöpft. Dass die sogenannten Lebemänner von Affäre zu Affäre immer trauriger werden. Und damit ist jetzt auch gut. Ich erzähl dir diese Geschichte ja nicht, um dir etwas über Casanovas beizubringen. Sondern weil an diesem Tag im Jahr 1997 nicht irgendwer um halb sieben vor Michaels Tür stand und Sturm geläutet hat. Sondern der Gerichtsvollzieher. Und weil der Michael an diesem Tag auch in seinem versoffenen und verkifften Kopf aus seinem zerwühlten Bett gekrochen ist, weil ihm beim schnellen Aufstehen schwindlig geworden ist, weil ihm das Bier vom Vorabend aufgestoßen hat und er sich an der Wand entlang ins Vorzimmer hanteln hat müssen, um die Tür zu öffnen. Und er hat in erster Linie deshalb aufgemacht, weil er einfach neugierig war, wer das sein könnte.

Vielleicht die Doris, schoss es ihm durch den brummenden Kopf. Als er die Türklinke nach unten drückte, die Tür aufmachte und einen fremden, ernst dreinschauenden Mann vor sich stehen sah.

Bitte?, sagte Michael höflich. Und selbst, nachdem der 1,80 Meter große Gerichtsvollzieher den Michael mit einem forschen Schritt direkt in seine Wohnung gedrängt hatte, blieb Michael noch höflich. Heute würde er den Mann bestimmt direkt wieder aus seiner Wohnung hinauskomplimentieren. Oder aus seinem Haus. Aber damals hat er nur mit großen Augen auf die kleine Dienstmarke geschaut, die ihm der vielleicht fünfzigjährige Beamte ins Gesicht gehalten hat. Und auf den Zettel, auf dem stand, dass er jetzt direkt 4756 Schilling von Michael kassieren würde. Oder andernfalls eben Gegenstände in Michaels Wohnung pfänden. Und da hat der Michael damals natürlich gefragt: *Wofür bitte 4756 Schilling? Wer will die von mir und warum?*

Aber wie das so ist, wusste der Beamte darauf sofort eine Antwort.

Die Videothek Margarethen. Bei der Sie am 28. 11. 1996 einen Sony-Videorekorder ausgeliehen und ihn bis heute nicht zurückgegeben haben, konterte der Beamte. Und in der Stimme dieses Mannes hallte keine Spur von Menschlichkeit mit. Überhaupt war in ihr kein bisschen Gefühl zu hören. Fast schon metallen mechanisch klang diese Stimme.

Wenn ich jemals in meinem Leben so eine Stimme haben sollte, dann will ich lieber sterben als weiterleben. Wenn deine Stimme so leer ist, dann ist ja auch dein Leben so leer. Hat Michael am nächsten Abend zu seinem Freund, dem Christoph, gesagt. Aber in dem Moment, um den es gerade geht, hat er nicht viel drauf zu sagen gewusst. Außer:

Ich habe nie einen Videorekorder ausgeliehen.

Das hat den Gerichtsvollzieher aber herzlich wenig interessiert. Der hat darauf nur gesagt:

Ausweis. Kein *Bitte.* Kein *Haben Sie einen.* Er hat einfach nur befohlen, dieser fünfzigjährige Gerichtsvollzieher. Und der Michael war so perplex, dass er auch einfach nur seinen Ausweis aus der kleinen roten Schublade in seiner Küche geholt und ihn wortlos dem Gerichtsvollzieher entgegengestreckt hat.

Michael Walter, 28. 06. 76. In Innsbruck. Das steht hier bei mir in den Aufzeichnungen. Und bei Ihnen im Pass auch. Also erzählen Sie mir keine Geschichten. Haben Sie die 4756 Schilling nun da oder nicht?

Hab ich nicht und will ich nicht. Hat der Michael gekontert. Und gar nicht verstanden, wie das sein kann, dass er jetzt diese für ihn horrend hohe Rechnung bezahlten sollte.

Dann schaun wir mal. Hat daraufhin der Gerichtsvollzieher gesagt. Und ist direkt durch die Wohnung spaziert. Mit der Hand schon in der Tasche, in der er eine ganze Rolle voller Pfändungsaufkleber hatte. Aber die Aufkleber, das sah der Mann gleich, konnte er getrost in der Tasche lassen. Denn es war in Michaels Wohnung kein einziges Möbelstück und kein einziger anderer Gegenstand, der dem Wert von 4756 Schilling auch nur annähernd entsprochen hätte. Auch die Stehlampe aus Messing, die ihm der Michael zuvorkommend in die Hand drücken wollte, entsprach seinen Vorstellungen nicht. Und das kannst du glauben: Der Michael hatte sie ihm wirklich aus gutem Willen heraus gezeigt und hochgehoben. *Die ist gut. Fast schon antik. Die hat über 700 gekostet.* Hat er gesagt. Und er weiß wohl bis heute nicht, warum er so freundlich gewesen ist, damals. Zu diesem mehr als nur unfreundlichen Herrn. Den Michaels Freundlichkeit sogar richtig wütend gemacht hatte.

Geh mir nicht am Arsch mit deiner Lampe. Hat der gesagt. Und ich weiß gar nicht, ob man als Beamter sowas sagen darf. Was ich aber weiß, ist, dass der Michael heute noch manchmal drüber lachen muss. Und dass der Gerichtsvollzieher dann direkt und grußlos wieder aus seinem Leben verschwunden ist. Wer aber nicht ganz aus seinem Leben verschwunden ist, das war dieser andere Michael Walter. Der am selben 28. 06. 76 genau wie unser Michael in Innsbruck auf die Welt gekommen ist. Dieser andere Michael Walter, der ist nämlich ein paar Jahre später, genauer gesagt ist der vierzehn Jahre später noch einmal in das Leben unseres Michael getreten. Nachdem schon lange geklärt war, dass die Forderung aus dem Jahr 1997 nicht unserem, sondern eben diesem anderen Michael gegolten hatte, tauchte er auf wundersame Weise noch einmal in Michaels Leben auf. Dieses Mal aber nicht in Form eines Gerichtsvollziehers, sondern in Form einer Überweisung. Und dieses Mal waren es nicht 4756 Schilling, um die es ging. Sondern direkt 1 256 328 Euro. Die von einem Tag auf den anderen auf Michaels Konto gelandet waren. Und da hat er sich ganz gewundert, der Michael. Wie sein Kontostand von 1523 Euro von einem Tag auf dem anderen auf über eine Million angewachsen ist. Aber gesagt hat er zu niemandem etwas. Er hat nicht seine Bank angerufen und das Geld erst mal auch nicht abgehoben. Er hat seiner Freundin nichts davon erzählt und auch seinen drei Kindern nicht. Sondern er hat einfach nur gewartet, was passieren würde. Hat einen Monat gewartet und einen zweiten. Hat ein halbes Jahr gewartet. Und immer wieder hat er sich die Kontonummer des Senders angeschaut. Diese kryptischen Zahlen, die ihm nicht mehr verrieten, als dass diese 1 256 328 Euro von einer Bank aus der Schweiz überwiesen worden waren. Dass er das vielleicht hätte beim Finanzamt melden müssen, war Michael gar nicht in den Sinn gekommen. Und Monat für Monat wurde auch klarer, dass diese

1 256 328 Euro offenbar niemanden etwas angingen. Niemand meldete sich bei Michael. Und keine Behörde kümmerte sich um dieses Geld. Zinsen kamen hinzu, und die Bank buchte irgendwelche Gebühren ab. Aber sonst passierte nichts. Das Geld blieb einfach da, wo es war. Bis zum heutigen Tag. Oder besser gesagt bis vor zwei Wochen. Aber nicht, dass du jetzt meinst, dass sich dieser andere Michael Walter doch noch bei unserem Michael gemeldet hätte. Das hat der nämlich nicht. Aus dem einfachen Grund, weil der 2011 vollständig von der Bildfläche verschwunden war. Oder besser gesagt: Er war 2011 von der Bildfläche gelöscht worden.

Aber das weiß unser Michael nicht, dass dieser andere Michael in Geschäfte verwickelt war, in die man lieber nicht verwickelt ist. Schon gar nicht dann, wenn die Geschäfte nicht gut ausgehen. Was er aber weiß, unser Michael, ist, dass er heute seine Ulrike und seine vier Kinder in ein Taxi gesetzt hat. Und dass er sich gemeinsam mit ihnen in diesem alten weißen Mercedestaxi in den noblen 19. Wiener Gemeindebezirk hat fahren lassen. Genauer gesagt nach Neustift. Denn dort hat der Michael vor zwei Wochen eine kleine Villa gekauft. Oder ein Stadthaus vielmehr. Nix Pompöses. Schließlich ist ja klar, dass du mit ein bisschen mehr als einer Million in Wien keine großen Sprünge machst. Schon gar nicht im 19. Bezirk. Aber den Sprung, den die Ulrike gemacht hat, als ihr der Michael an diesem warmen Frühlingstag die kleine, weiß gestrichene Villa in der Mitterwurzergasse 12 gezeigt hat und als er gesagt hat: *Die gehört jetzt uns,* diesen Sprung hättest du sehen müssen. Damit du verstehen kannst, was da an diesem Tag für eine Freude in der Mitterwurzergasse 12 eingezogen ist.

WER WEISS DAS SCHON

Der Leutnant. Der Leutnant ist wieder weg. Dabei hat es fast so ausgesehen, als ob der Leutnant Mühlmann mit mir hinaus auf das Schneefeld kriechen wollte. Aber dann ist er wie eine Gams hinuntergesprungen. Und jetzt sitzt er bestimmt schon wieder in seiner warmen Stube. Denkt der Hans. Und er denkt auch, dass man für so einen Blick wie den, den er gerade genießt, ja eigentlich fast sterben könnte.

Aber müssen tut man das nicht. Das wäre ja verrückt. Nur für den Blick hier zu sterben. Und nicht gleichzeitig auch fürs Vaterland. Sagt er. Der Hans. Aber er sagt das leise. Ganz leise. Denn egal, ob alleine oder in so einer guten Gesellschaft wie der des Leutnants: Hier traut sich schon seit Monaten keiner mehr, die Worte Vaterland und Sterben in einem Atemzug und dann auch noch laut zu sagen. Das liegt daran, dass ein jeder hier inzwischen Angst hat, dass der Falsche da mithören könnte.

Einer von diesen falschen Hunden. Und wenn einer dieser falschen Hunde das dann hört, dann könnte dieser falsche Hund ja irgendeinen Brief an irgendeinen anderen falschen Hund schreiben. Oder eine Eingabe machen. Weil, das steht fest: Wenn hier einer die beiden Worte Vaterland und Sterben in einen Satz zusammenpackt, dann will er damit in den meisten Fällen schon lange nichts Ehrenvolles mehr sagen.

Aber warum eigentlich nicht? Denkt der Hans. *Eigentlich sollte man hier heroben auf die da unten schon schimpfen dürfen. Und nicht nur auf die da unten, sondern auf den ganzen Krieg und auf das ganze Sterben sowieso. Wenn man sich schon die Haxen in den Bauch steht und die Zehen abfriert, dann sollte man wenigstens fluchen dürfen. Auf die, die in ihren warmen Stuben sitzen und die sich diesen Krieg gegenseitig heldenhaft reden.*

Das sollte man nicht verbieten. Wirklich nicht. Aber was eigentlich verboten gehört, das sind diese falschen Hunde. Diese windigen Leute, denen es sogar in so luftigen Höhen wie hier nicht zu dumm ist, die anderen zu verpfeifen. Nur, weil die vielleicht gerade die Schnauze voll haben und ein bisschen maulen. Oder weil sie sich zu sagen getrauen, dass sie sich schon etwas Schöneres für ihr Leben ausgedacht haben, als im Schnee hier zu erfrieren. Oder als sich von einem Stück Metall durchlöchern, ja vielleicht gar auseinanderfetzen zu lassen. Du musst dir diese Granaten einmal anschauen. Tausend Metallkugeln oder mehr haben die da hineingepackt. Und wenn so eine Höllengranate dann einschlägt, spritzen diese Kugeln wie brennende Tropfen auseinander. Dieses glühende Teufelszeugs. Aber noch viel schlimmer, als dass es solche Geschosse gibt, noch viel schlimmer ist es eigentlich, dass es solche falschen Hunde gibt. Murmelt der Hans. Solche Hunde wie den Sabernig. Der hier mitten unter ihnen seinen Dienst tut. Der mit ihnen im Graben steht und auf Posten. Der mit ihnen am Tisch sitzt, wenn sie gemeinsam essen. Und der immer so unschuldig dreinschaut, als ob er keinem was zuleide tun könnte. Aber dass der Sabernig ein falscher Hund ist, dass der immer Mitgefühl heuchelt und Freundschaft statt nur Kameradschaft will, dass der immer anfängt, auf den Kaiser und die Führung zu schimpfen, nur, damit ein anderer mitschimpft und damit er diesen anderen dann direkt am nächsten Tag oder am übernächsten melden kann, das weiß inzwischen eigentlich jeder in der Kompanie. Das kann man dem Sabernig schon auf die Weite ansehen. Der riecht schon zehn Meter gegen den Wind nach kaiserlichem Spion. So ein Allesrichtigmacher ist der. Die Uniform immer akkurat. Die Stiefel immer gewichst. Das Gewehr immer sauber, das Gesicht immer rasiert und sonst auch alles immer in Ordnung. Und immer freundlich und nur ja nie selber etwas falsch machen. Außer beim Anstacheln. Wo er versucht, die anderen zum Mitschimpfen zu überreden. Und wo er dann jeden Fehler und jede noch so kleine Frechheit der anderen sofort anzeigt. Sofort muss der sich den Oberen andienen, wenn einer hier unten das Maul zu weit aufreißt. Wie damals der Heinzer Anton. Ein ganz junger Kerl ist das gewesen. Keine zwanzig Jahre alt. Und am Anfang, da war der noch voller Hoffnung, Feuer und Flamme war der für diesen Krieg. Aber nachdem es ein paarmal ordentlich gerumst hat und nachdem die italienischen Geschosse einen Kameraden nach dem anderen direkt neben dem Heinzer Anton aus dem Leben gerissen haben, nein, eigentlich erst, als sein bester Freund, der Wallser Sepp, den er schon aus der Schule gekannt hat, nicht mehr von seiner Patrouille wiedergekommen ist, und nachdem man ihn einen Tag später dann gefunden hat, mit einem Loch im Kopf, hat der Heinzer Anton angefangen, zu schimpfen. Hat er auch geweint. Aber da Weinen sich nicht gehört, auch nicht für so einen Jungspund wie den Heinzer, hat er das Weinen schnell wieder unterdrückt und stattdessen den Kaiser und das Vaterland, hat er die Generäle und die Kaiserliche Familie alles geheißen. Hat er geschrien, dass diese Verbrecher alle endlich Schluss machen sollen mit diesem Krieg.

Und der Sabernig, das hat der Hans damals genau beobachten können, wie dieser falsche Hund da immer um den Heinzer herumgeschlichen ist. Und zuerst haben da alle gedacht, wie rührend das ist, dass sich der Sabernig so um den Jungspund sorgt. Aber ein paar Tage später, da ist der Sabernig unten in der Kaverne gesessen und hat einen Brief geschrieben. Da hat sich noch niemand etwas dabei gedacht. Viele schreiben hier ja Briefe. Die meisten, die schreiben können, schreiben eigene Briefe und übernehmen das Schreiben von Briefen sogar für die Kameraden, die es nicht gelernt haben. Vielleicht nicht der Sabernig, der macht sowas nicht. Was eigentlich komisch ist. Schließlich könnte er da ja viel erfahren. Aber andere tun das schon. Noch dazu ohne Eigennutz. Und als der Sabernig damals aufgestanden ist, da er dringend aufs Klo hat müssen, wegen der Suppe zu Mittag, da erinnert sich der Hans noch genau daran, dass die Suppe an diesem Tag noch nicht so richtig schlecht gewesen ist, also noch nicht richtig gekippt, aber so richtig gut kann die auch nicht mehr gewesen sein, weil die halbe Kompanie an diesem Tag und auch am nächsten Tag noch ständig auf die Toilette gerannt ist. Wenn da ein Angriff der Italiener gekommen wär, hätt's nicht gut ausgesehen. Aber es kam an diesem Tag zum Glück kein Angriff. Und deshalb konnte der Sabernig auch in relativer Ruhe sein Geschäft verrichten. Unten, wo sie über dem Abgrund die Bretter so kunstfertig an die Felsen gehängt haben, dass man nicht einmal an Tagen wie diesem kompanieweitem Durchfalltag von dem Geruch der Fäkalien belästigt wurde, da saß der Sabernig und schiss sich aus. Und oben setzte sich der Gugganig Adi auf den Platz, auf dem der Sabernig vorher gesessen hatte. Er nahm seinen Brief in die Hand und eigentlich hat der Gugganig damals vermutet, dass der Sabernig da süße Worte an seine Liebste daheim schreibt. Und er hatte vorgehabt, dieses Süßholzgeraspel zur Unterhaltung aller laut vorzulesen. Aber zum laut Vorlesen ist er nicht gekommen, der Gugganig. Er ist nämlich richtig darüber erschrocken, was er da gelesen hat. Gesagt hat er aber nichts. Zumindest nicht direkt. Sondern erst zwei Wochen später hat er angefangen, seine Kameraden einzuweihen. Nämlich an dem Tag, an dem zwei Feldgendarmen extra den weiten Weg vom Tal herauf gemacht haben, um den Heinzer Anton abzuholen. Und der Jungspund hat da gar nicht gewusst, was das soll. Und er hat vermutlich auch keine Ahnung gehabt, was ihm blüht. Aber viele andere konnten sich schon ausrechnen, was da herauskommt, wenn man Majestätsbeleidigung und Beleidigung der Mitglieder des Kaiserlichen Hauses, wenn man Aufruf zur Desertion und Empörung zusammenrechnet. Da wird der Krieg sicher aus gewesen sein für den Heinzer Anton. Und da magst du jetzt vielleicht denken: Auch nicht das Schlechteste. Aber da täuschst du dich. Da musst du nur einmal an den Attentäter von Sarajevo denken, den Herrn Gavrilo Princip. Der war nämlich bei seiner Tat noch keine zwanzig Jahre alt. Und deshalb konnten die ja den Gavrilo Princip, Hochverrat hin, Meuchelmord her,

Geständnis, dass er die Habsburgermonarchie zerstören wollte hin, Ideale des Tyrannenmordes her, auch nicht zum Tode verurteilen. Sondern nur zu zwanzig Jahren schwerem Kerker. Das war aber am Ende fast dasselbe. Weil ja der Princip diesen Kerker nicht überlebt hat. Ein paar Monate vor Kriegsende ist der dort nämlich gestorben. Im April 2018, an Knochentuberkulose, wie es heißt.

In seiner Zelle, in die er mit seinem Löffel den Satz *Unsere Geister schleichen durch Wien und raunen durch die Paläste und lassen die Herren erzittern* geritzt haben soll.

Aber ob auch der Heinzer Anton in irgendeinem Kerker gestorben ist oder ob der vielleicht doch noch einmal die Chance bekommen hat, sich zu bewähren, was ja wieder vielleicht auf das Gleiche hinausläuft, nur, dass man dabei halt nicht im Kerker, sondern auf dem Feld der Ehre, wie es heißt, sein Leben lässt, das weiß der Hans nicht. Und das weiß sonst auch niemand in seiner Kompanie. Nur, dass der Sabernig für das, was dem Heinzer passiert sein mag, verantwortlich war, das hat sich dann schnell herumgesprochen. Und wer da eins und eins zusammenzählen konnte, der hat auch schon am Verhalten des Sabernig gemerkt, dass da was dran sein musste. Und deshalb haben die Leute den Sabernig dann auch gemieden. Oder wenn sie ihn nicht haben meiden können, dann haben sie wenigstens immer dann den Mund gehalten, wenn er in der Nähe war. Oder wenn sie auch nur vermuteten, dass er in der Nähe sein könnte. Und langsam, aber sicher haben die dann immer mehr den Mund gehalten. Und zwar nicht mehr unbedingt nur, weil der Sabernig immer in der Nähe war. Oder in der Nähe sein könnte. Sondern auch, weil der Sabernig ja vielleicht nicht der einzige falsche Hund in ihren Reihen war. Oder ist.

Und was du dir vielleicht denken könntest, ist, dass der Sabernig nicht nur für das Schicksal des Heinzer Anton verantwortlich ist. Sondern auch dafür, dass der Leutnant Mühlmann heute von seinem Vorgesetzten, also vom Arschlochmajor Reinhards aus Innsbruck diesen Brief erhalten hat. Und wenn du jetzt drüber nachdenkst, dass der Leutnant *Kasernendrill brauchen wir hier keinen* gerufen hat, und zwar obwohl er ja genau gewusst hat, dass das auch der Sabernig hört, dann kannst du ja eigentlich gar nicht glauben, dass der Leutnant sich getraut hat, überhaupt so frech zu sein. Aber man glaubt ja mehr nicht. Nicht nur hier, im Krieg. Sondern überhaupt kann man im Leben ja oft nicht fassen, dass es manche Dinge eben doch gibt.

Irgendwie, denkt der Hans, *irgendwie ist eben doch alles möglich. Und eigentlich ist das ja auch schön. Dass alles möglich ist. Nur hier halt nicht. An diesem Ort, da ist das nicht immer schön. Da ist es vor allem nicht immer so schön wie heute.* Denkt der Hans. Und ganz tief aus seinem Inneren heraus schnalzt unvermittelt und ohne, dass er das will, ein lauter Juchezer in die Welt hinaus.

Als ob es einen Gipfelsieg zu feiern gäbe, jauchzt der Hans in die weiße Landschaft hinein. Und einer von den Walschen, der Matteo, den du aber noch nicht kennst und von dem der Hans auch noch keine Ahnung hat, jauchzt zurück. Einer der Alpini ist das. Der Matteo. Und ein Scharfschütze ist das.

So also klingt ein Walscher Juchezer. Denkt der Hans. Und jetzt ist es eine beschlossene Sache. Trotz des italienischen Juchezers steigt er wirklich aus dem kalten Graben heraus und kriecht hinauf auf die weiße Schneedecke. Er zieht sich mühsam über die Kante nach oben und setzt sich zuerst einmal hin. Von hier aus, da könnt er sich gleich wieder retten. Hinunter in Deckung fallen lassen. Wenn wirklich ein Walscher herüberschießen sollte. Und von hier aus kann er auch noch einmal in Ruhe schauen.

Am Ende werde ich schon merken, wenn ich ein bisschen hier sitzen bleib und in die Landschaft hineinschau, wird sich von selber herausstellen, ob einer herüberschießt. Oder nicht. Wenigstens heraufschießen kann keiner. Dafür ist das Schneefeld zu steil und von der K9 aus auch zu gut einsehbar. Da tät man sich da unten ja nur selber zur Zielscheibe machen, denkt der Hans. Und schaut wieder auf die gegenüberliegenden Hänge. Ob er da was sehen kann. Einen dunklen Punkt. Einen Helm oder eine Mütze. Oder irgendetwas anderes, das auf den jauchzenden Alpini hinweist. Aber da ist nichts. Außer Weiß und Weiß und Weiß und dazwischen ein paar graue, karstige Felsen.

Also nimmt er sich ein Herz. Und kriecht langsam weiter hinaus, in den Hang hinein. Weil es ja wirklich mit dem Teufel zugehen müsste. Wenn man an so einer Stelle abgeschossen wird. Besonders heute. Wo nicht einmal einzelne Schüsse von Berghang zu Berghang hallen. Wobei hallen, das ist im Winter eigentlich nicht das richtige Wort. Im Sommer. Da stimmt das. Da hallen hier die Schüsse. Da donnern die Wände von den Granaten und Minen, die sich die Katzlmacher und die Eigenen gegenseitig versuchen, auf die Körper zu werfen. Aber im Herbst, wenn dann der Schnee gefallen ist und wenn die weiße Pracht liegen geblieben ist, hallt nichts mehr. Da knacken die Karabiner nur mehr kurz und trocken. Zumindest, wenn Neuschnee ist, verschlucken die meterdicken Schneedecken sogar die tiefen Donnerschläge der großen Kaliber. Wobei groß hier ja schon fast übertrieben ist. An der Westfront, da würden sie über das, was man hier ein großes Kaliber nennt, wahrscheinlich nur lachen. An der Westfront. Wo sie sich gerade auch die Beine hunderttausendfach abfrieren. Aber davon ahnt der Hans nichts, als er immer weiter auf das weiße, steile Schneefeld hinauskriecht. Und selbst wenn er es wüsste, wäre es ihm vermutlich nicht so wichtig. Denn am Lauf der Welt, das ahnt er schon seit Langem, am Lauf der Welt wird unser kleiner Hans nicht viel ändern. Ein bisschen was vielleicht hier. Ein bisschen was vielleicht da. Aber die große Geschichte, die legt sich einfach so über dein Leben. Genau wie über das Leben unseres Hans. Und ob das nun gut ist oder schlecht, darüber kann man sich oft den Kopf zerbrechen. Aber ob dieses viele Nachdenken überhaupt für irgendetwas gut ist, das weiß wiederum keiner. Und der Hans, der täte sicherlich auch nicht unterschreiben, dass Grübeln eine gesunde Sache ist. Schön ist das, vielleicht. Ein Zeitvertreib kann das auch sein. Und der Hans täte sicherlich nicht abstreiten, dass er auch ein Grübler ist. Und dass er einfach gerne und zum Zeitvertreib vor sich hindenkt. Aber gesund ist das trotzdem nicht.

Sicher nicht. Täte der Hans sagen. Sagt er aber nicht, während er gerade wieder das Panorama genießt.

Woah. Rutscht es ihm heraus. Und noch: *Leck.*

Wegen dieser Landschaft, diesem Weiß und diesem Blau und den dunklen Felsen und dem ganzen hellblauen Eis zwischen dem Schnee und den Felsen, und den vielen schwarzen Flecken, wo man an den Wänden die Flechten genau sieht, die sich dort festgekrallt haben und die sich von weiß Gott was ernähren. Vielleicht fressen die ja den Stein auf. Oder den Staub aus der Luft. Wer weiß das schon. Und es ist auch ganz egal. Denn über solche Sachen, über die denkt man nämlich nicht nach, wenn man so ein Panorama vor der Nase hat. Wenn man an so einem Ort sitzt, an dem die Natur gerade alle Register zieht.

Hier zeigt der Herrgott, was er kann. Denkt der Hans. Und legt sich auf seinen Rücken. Fällt mehr auf seinen Rücken, als dass er sich hinlegt. Und es wäre nicht gelogen, wenn man sagen täte, dass die Natur ihn gerade mit ihrer Schönheit umgeworfen hat. Den Hans. Dass er vor lauter schöner Schöpfung nach hinten gekippt ist. Mitten im herrlichen Schnee der herrlichen und heute so sonnigen Dolomiten.

BLÄTTER

Fünf Minuten lang liegt er da. Der Hans. Auf seinem weißen Schneefeld. Auf dem Rücken. Und die Sonne legt eine warme Decke über ihn. Kriecht durch die drei oder vier Lagen rauen Stoffes, die er schon im Spätsommer wie eine graue Zwiebel um seinen Körper gewickelt hat. Die er seitdem kaum zwanzig Mal ausgezogen hat. Denn Waschen ist hier, wenn es kalt ist, ein Luxus. Und da kannst du dir bestimmt vorstellen, wie es da riecht, in den Unterständen und in den Höhlen oder Hütten, in denen sich die Grauen zum Schlafen hinlegen. In denen ihre Schuhe und ihre Uniformen auftauen, nachdem sie bei den stundenlangen Patrouillen oder beim Wachestehen draußen eingefroren waren. Ein beißender Geruch ist das, an den du dich nicht so leicht gewöhnst. Selbst dann nicht, wenn du, wie der Hans, schon von klein auf beim Ausmisten der Kühe und, viel schlimmer noch, beim Ausmisten der Schweine geholfen hast.

Denn so ein Kuhmist, der riecht ja im Vergleich zum Schweinemist fast gut. Ein bisschen süßlich und gleichzeitig ein bisschen sauer riecht der. Und eigentlich angenehm, wenn du dich einmal dran gewöhnt hast.

Aber an den Schweinemist, an den kannst du dich nicht gewöhnen. Denkt der Hans. Und erinnert sich an die Erna. Ein Osterlamm. Wirklich genau am Ostersonntag ist das geboren worden. Da war der Hans vielleicht fünf Jahre alt oder sechs. Und da musst du jetzt wissen, dass beim Hans in der Familie die Lämmer, die genau am Ostersonntag auf die Welt gekommen sind, nie jung geschlachtet wurden. Egal, ob Bock oder Aue. Die durften immer groß werden. Das war eine Tradition bei ihnen daheim. Auch, dass die Kinder auf dem Hof sich dann immer ein Lamm aussuchen und sich um ihr Lamm kümmern durften. Sogar einen Namen durften die ihrem Lamm geben. Und in dem Jahr, in dem der Hans sein Lamm Erna genannt hat und in dem seine Erna mit drei Schafsgeschwistern auf die Welt gekommen ist, ist aus diesem Wurf auch kein einziges Lamm gestorben. Und da musst du jetzt wissen, dass bei so einem Wurf eigentlich immer eines oder zwei Lämmer nicht groß werden. Das schwächste Lamm zumindest bekommt da weniger Milch als die anderen. Wächst langsamer. Und oft wächst es gar nicht, sondern legt sich schon ein paar Tage nach seiner Geburt, ja manchmal sogar nur ein paar Stunden danach entkräftet und ausgezehrt wieder zum Sterben hin.

Und genau so ein kleines, schwaches Lamm war auch die Erna. Aber der Hans, der hat sich gut um seine kleine und kaum lebensfähige Erna gekümmert. Das hättest du sehen sollen, wie die nur eine Woche nach ihrer Geburt voller Lebenskraft auf der Weide herumgesprungen ist. Und wie ihr der Hans immer hinterhergelaufen ist. Laut lachend hat der seine Erna tagelang verfolgt. Und aus irgendeinem Grund hat sich die Erna von Hans dabei immer fangen lassen. Und halsen durfte der die Erna. Und streicheln durfte er sie. Und füttern sowieso. Jeden Abend hat der Hans da selbst schon fast gerochen wie die kleine Erna.

Da kommt ja unser Böcklein, hat die Mutter deshalb auch immer gesagt, wenn er am Abend in die Stube hineingekommen ist und sich mit ihm der Schafsgeruch an den Tisch gesetzt hat. Und jetzt erinnert sich der Hans nicht nur an seine Erna. Sondern auch daran, wie damals in diesem Sommer der Eggerhof abgebrannt ist. Um halb sieben am Abend sind da alle plötzlich ganz nervös herumgelaufen. Haben sie sich ihre Stiefel angezogen, ihre Jacken gegriffen und auf dem ganzen Hof die Eimer zusammengesucht. Sind sie mit den Eimern in der Hand in kleinen Gruppen hinüber zum Eggerhof gelaufen. Vielleicht fünfhundert Meter sind das gewesen. Und auch der Hans ist damals den Knechten und Mägden hinterhergelaufen.

Die Mutter hat ihn später geschimpft dafür. Weil bei so einem Feuer, da steht ja so ein kleiner Bub nur im Weg. Da ist es sogar gefährlich für so ein Kind. Denn die Männer sehen dann ja nur mehr die Flammen und nicht mehr die Kinder, die da mit großen Augen dastehen und zusehen, wie die meterhohe Feuersbrunst so einen aus Holz gebauten Hof wie den Eggerhof in Windeseile verschlingt. Bis auf die Grundmauern ist der Hof damals niedergebrannt. Und der Hans konnte nicht anders, als dabei zuzuschauen. Kaum von der Stelle rühren konnte der sich, weil ihn das Feuer so fasziniert hat. Und auch die vielen Leute, die aus dem Dorf gekommen waren und die jetzt mit ihren Eimern voller Wasser hin- und herliefen, haben dem Hans damals imponiert. So sehr imponiert sogar, dass er zwar gespürt hat, wie er immer und immer dringender aufs Klo musste. Aber unter all diesen Leuten wollte er sich nicht die Blöße geben und einfach an den Straßenrand oder in eine Böschung machen. Stattdessen ist er einfach stehen geblieben. Hat so lange verdrängt oder so lange nicht gemerkt, wie er immer dringender aufs Klo musste, dass ihm das Wasser dann irgendwann ganz unvermittelt warm die Beine hinuntergeronnen ist. Und das hat ihn damals gar nicht richtig gestört, den Hans. Oder vielmehr hat er es gar nicht richtig wahrgenommen. Weil die Geschehnisse auf dem Eggerhof einfach einen stärkeren Eindruck auf ihn gemacht haben als seine nassen Beine.

Erst eine halbe Stunde später hat er dann gespürt, wie der Urin auf seiner Haut seine Arbeit verrichtet hat und wie seine Oberschenkel immer mehr zu brennen begonnen haben. Die Flammen auf dem Eggerhof wurden immer kleiner und das Brennen auf seinen Beinen in der gleichen Zeit immer größer. Also ist er dann doch irgendwann weinend nach Hause gestapft. Hat sich immer wieder umgedreht zum Eggerhof. Und als er daheim angekommen ist, als er die Stubentüre aufgemacht hat und die Mutter drinnen sitzen sehen hat und als die Mutter aufgestanden ist und den Hans geschimpft hat, weil er einfach davongelaufen ist und sich auch noch in die Hose gemacht hat, da sind dem Hans die Tränen fast so heiß wie das Brennen auf seinen Oberschenkeln über die Wangen gelaufen. Kaum schlafen hat er können in der folgenden Nacht. Teils, weil es eine Zeit lang gedauert hat, bis das Brennen auf der Haut nachgelassen hat. Teils aber auch, weil er immer dann, wenn er seine Augen zugemacht hat, die großen Flammen und die brüllend durcheinanderlaufenden Leute gesehen hat. Die Kühe und die Schweine, die mutige Dörfler aus dem schon brennenden Stall herausgetrieben haben. Das eine Schwein, das schon halb angebrannt war und das fürchterlich schreiend über den Hof gelaufen ist, das dann einfach kehrtgemacht hat und wieder mitten hinein in den brennenden Stall gelaufen ist. Die aufgescheuchten Hühner hat der Hans da gesehen und die Eggerbäurin, die immer wieder hysterisch nach ihren Kindern gerufen hat. Die aufgehört hat, hysterisch zu schreien, als alle Kinder bei ihr waren und als sie sich sicher sein konnte, dass sie zwar Haus und Hof verlieren würde, dass aber wenigstens kein Menschenleben zu beklagen sein würde. Wegen all dieser Bilder hat der Hans an diesem Abend kein Auge zugetan. Wegen diesen gewaltigen Eindrücken konnte er einfach nicht einschlafen.

Erst, als die Wärme seiner dicken Decke ihn vollständig eingelullt hatte und als die Müdigkeit ihm so viel Sand in die Augen gestreut hatte, dass sie trotz allem einfach zugefallen waren, die Augen, war auch der Hans in einen tiefen Schlaf gefallen. Und am nächsten Morgen ist der Hans dann beim ersten Sonnenstrahl schon wieder aufgewacht, ist er aus dem Bett gesprungen und hinaus auf die Straße gelaufen. Hat er gesehen, wie es beim Eggerhof drüben immer noch geraucht hat. Und hat er den seltsamen Geruch in der Luft bemerkt, der immer dann über einer Landschaft hängt, wenn ein Bauernhof abgebrannt ist und wenn sich der Gestank der verbrannten Kartoffeln und des verbrannten Heus mit dem des verkohlten Holzes mischt.

Diesen Geruch werde ich wohl nie vergessen. Genau wie den Geruch der Leute hier heroben. Denkt der Hans. Und spürt wieder die Sonne, die sich durch seine Uniform hindurch bis auf seine Haut durchgearbeitet hat.

Beim Frost, denkt der Hans jetzt, als er die Sonne spürt, *da dauert es ein bisschen, bis der sich durch die Kleider frisst. Aber die Wärme ist die stärkere Kraft als der Frost. Die frisst sich schneller durch die Kleider als ein Trossgaul durch einen Beutel Hafer.* Denkt er. Und schaut in die Sonne. Die gerade strahlt wie die Erlösung am Tag des Jüngsten Gerichts.

Wer das hier malen könnte, der wär einer der grandiosesten Meister. Schießt es ihm durch den Kopf. Und er wundert sich, warum die Maler im Dorf, oder genauer gesagt in der kleinen Kirche im Dorf diese Strahlen nicht gemalt haben.

Vielleicht ist es einfach zu schwer, das ewige Licht der Erlösung in eine dunkle Kirche hineinzumalen. Denkt Hans. *Oder vielleicht ist es auch deshalb, weil die Bischöfe das gar nicht haben wollten. Und wer zahlt, der schafft an.*

Das war schon immer so in diesen kleinen Dörfern in den Alpen. Und das wird vielleicht auch immer so sein. Dass die hohen Herren dort anschaffen. Und dass sie mit aller Gewalt die Welt in ihren Händen halten wollen. Sogar um den Preis, dass sie zu Teufelsanbetern werden müssen, weil sie für das Kleinhalten der Leute die Dunkelheit, den Tod und die Ausgeburten des Satans an die Wand der Kirchen und Häuser haben malen lassen. Wo man sie dann anbetet. Oder wo man zumindest gegen diese Bilder anbetet. Gegen die mit schmerzverzerrten Gesichtern fallenden Engel und die lodernde Hölle mit ihrem feurigen Rot und ihrem rußigen Orange, gegen ihr vieles Schwarz und gegen die bleichen Skelette, die am Eingang zum Fegefeuer einen Reigen vollführen und an denen noch verkohlte Fetzen von Kleidern und Fetzen von Fleisch hängen und die den Hans und die auch alle anderen aus dem Dorf bei jedem Besuch der Kirche daran erinnern, dass alles nur eine Frage der Zeit ist. Die bei jeder Messe und bei jedem Vorbeigehen immer wieder aufs Neue klarmachen, dass man den schönsten Hof, die schönste Frau, die schönsten Kinder und die schönsten Ernten haben kann und dass man doch nichts ist. Außer einem Häufchen Staub, das der Herrgott für ein paar Jahre zu einem Menschen wie dem Hans oder wie der Thresl oder wie dem Pfarrer Johannes mit seiner schwarzen Soutane aus grob gewobenem Staub geformt hat.

Aber es braucht nur einen Hauch, denkt der Hans. *Einen kleinen Atemzug des Allmächtigen, damit all unsere Körper und all diese Dinge, damit diese ganze große Herrlichkeit der Welt wieder in sich zusammenfällt. Der Herrgott, der kann das alles einfach wegwischen.* Wie die Mutter die Brösel mit einem feuchten Fetzen vom Tisch gewischt hat. Die Mutter, die der Herrgott selbst schon weggewischt hat.

Und wer sie nicht gekannt hat, die Mutter, der weiß nichts davon, dass es sie überhaupt einmal gegeben hat. Denkt der Hans. Und versucht, zu begreifen, wie auf der Oberfläche der Erde so viel von dem, das einmal war, nicht einmal mehr zu ahnen ist. Ganze Städte sind unter der Erde verschwunden, und wenn du nicht mit einer Schaufel und mit einem Pickel tief gräbst, dann hast du keine Idee davon, dass da einmal etwas gewesen ist. Und dass dieses Etwas früher sogar einmal ein richtiges Dorf oder eine große Stadt mit schönen Häusern gewesen ist, mit vielen Menschen drinnen, mit Männern und Frauen, mit der Liebe und mit Festen, wie die Welt sie vorher und wie sie sie auch nachher nicht gesehen hat, mit einem Tanz zum Frühling und mit einem großen Feuer im Herbst, mit Liebe und Eifersucht, mit kalten Tagen und warmen Nächten, mit viel Gesang, mit lautem Geschrei und mit Kindern, die lachen, mit Kindern, die weinen, die beim Spielen hinfallen, die sich ihre Knie blutig stoßen und die über die schwere Arbeit der Ernte auch früher schon gestöhnt haben werden. Die sich Schwielen angearbeitet haben und die sich langsam mit dem Größerwerden auch breite Schultern auf den Körper hinaufgearbeitet haben, auf denen sie dann als Große die Körbe voller Obst nach Hause getragen haben. Sie haben starke Arme bekommen, diese Kinder, mit denen sie das Heu auf einen Wagen geworfen haben, mit denen sie die Sense geschwungen haben und hundert Mal haben diese Arme die grünen Wiesen gemäht und die Blätter im Hof zusammengefegt, bevor sie wieder verschwunden sind, diese Arme, bevor keiner mehr an diesen Orten gemäht hat, sondern sich über Jahrhunderte hinweg so viele Blätter, Grashalme und Muren derart hoch über die alten Mauern gelegt haben, dass man heute nur mehr grüne Wiesen und dichte Wälder sieht. Aber keine Spur mehr von diesen längst vergangenen Welten.

Ohne Erinnerung und ohne die Liebe ist alles nichts, denkt der Hans. Und es kommt ihm in den Sinn, wie seine Schwester, die Roswita, ihn noch einmal aufgehalten hat, bevor er hat gehen müssen.

Wart, hat sie ihm hinterhergerufen. *Hans, lass dich noch einmal anschauen*, hat sie gerufen. Und der Hans hat sich noch einmal umgedreht, ist ein paar Schritte zurückgegangen und hat gesehen, wie die Augen von der Roswita ganz glänzend geworden sind. Wie die Roswita ihre Tränen gerade so noch einmal hat zurückhalten können.

Man weint nicht, wenn ein Held ins Felde zieht, hat der Bürgermeister gesagt. Dieser Trottel. Und die meisten Frauen aus dem Dorf haben sich an diese Worte auch gehalten. Die Männer sowieso. An dieses Gebot des Hinterhuber Sepps. *Bürgermeister Hinterhuber in der Amtsstube. Und Sepp im Wirtshaus. Wo er immer noch sitzt*, denkt der Hans. *Dieser Sepp, Depp. Und wahrscheinlich hält er auch heute noch seine Reden im Wirtshaus. Wahrscheinlich wagt es heute noch viel weniger als vor ein paar Jahren einer, ihm über das Maul zu fahren.* Denkt der Hans. Und nimmt sich vor, dass er dem Bürgermeister selber übers Maul fahren wird. Wenn dieser daheimgebliebene Sepp seine Reden halten wird.

Wenn der Hinterhuber Depp später eine Lobpreisung auf den Tod auf dem Schlachtfeld in sein Volk hineinreden wird, dann werde ich ihm über das Maul fahren. Oder aufs Maul hauen. Denkt der Hans. Und wie andere auf diesem Berg hier versprechen, dass sie, wenn sie gesund oder wenigstens lebendig wieder heimkehren dürfen, dem Herrgott aus Dankbarkeit für ihre Heimkehr eine Kapelle bauen oder vielleicht auch ein Heimkehrerkreuz auf einem Berg aufstellen, oder wie sie versprechen, auf einem Hügel oder von mir aus auch einfach am Wegesrand an einer schönen Stelle ein kleines Gedenkplatzerl zu schaffen, wo sie auch ein Bankerl hinstellen können, zu dem sie dann spazieren, in Ruhe, und auf das sie sich immer wieder setzen können, damit sie ein *paar Gsatzln mit dem Herrgott reden können* und wo sie sich auch an die erinnern können, die eben nicht mehr heimkommen haben dürfen, wie andere so etwas geloben oder wie sie, wenn sie in eine Geldfamilie oder in eine Machtfamilie hineingeboren worden sind, einen ganzen Altar bauen lassen, aus lauter Gold und Edelsteinen, oder sie lassen gleich eine ganze Kirche bauen wie der alte Kaiser in Wien eine riesige Kirche hat bauen lassen, aus Dankbarkeit darüber, dass ihn der Schneidergeselle Libényi mit seinem Küchenmesser nur verletzt und nicht erstochen hat, hat der Franz Joseph in Wien ja gleich einen Dom gebaut. Die Votivkirche ist das, *und 300 000 Untertanen haben dem Kaiser dabei auch noch viel Geld gegeben für diese Kirche,* denkt der Hans, und denkt weiter, dass das wahrscheinlich dieselben 300 000 Trottel waren, die heute mir nichts, dir nichts eine Anleihe für diesen Krieg zeichnen, brave *Untertanen,* denkt der Hans, und es fällt ihm wieder dieses Lied ein:

Auf der Simmeringer Had', hat's an Schneider verwaht, es g'schicht ihm schon recht, warum sticht er so schlecht. Und da denkt er weiter, der Hans, was wohl gewesen wär, wenn der Schneider damals besser gestochen hätte. Ob er heute auch hier würde sein müssen, in den Bergen, mit seinem Gewehr neben seiner rechten Hand und mit der Sonne auf dem Bauch, ob er hier in der Sonne liegen täte, wenn es den Kaiser damals wirklich erwischt hätte.

Und man muss sich diese Kaiserliche Familie einmal vorstellen, in der der Vater beinahe erstochen wird, in der sich der Sohn selbst umbringt, in der die Mutter wirklich erstochen wird und in der dann auch noch der Neffe mitsamt seiner Frau erschossen wird. Über so eine Familie tät man am Land nix Gutes sagen, so viel steht fest. Aber da es nun einmal die Kaiserfamilie ist, sagt man landauf, landab eben doch nur Gutes über sie. Zumindest dort, wo die vielen Ohren dieser Familie zuhören, traut sich keiner, etwas auch nur annähernd Schlechtes zu sagen, *denn wenn du heute auf den Kaiser schimpfst, kannst du morgen in einer dunklen Zelle weiter auf den Kaiser schimpfen,* denkt der Hans. Und er gelobt, dass das nicht immer so sein wird, weil er, wenn er heimkommen darf, dann wird er keinen Altar bauen und auch keine Kirche errichten, sondern er verspricht dem Herrgott, dass er dann so Leuten wie dem Hinterhuber Depp bei jeder Gelegenheit über das Maul fahren wird. Dass er ihn und all diese anderen patriotischen Trottel daran erinnern wird, was der Herrgott befohlen hat und was, Krieg hin oder her, immer noch eine Sünde ist, und zwar eine Todsünde.

Das fünfte Gebot, dieses eherne Gesetz werde ich ihm um die Ohren hauen. Du sollst nicht töten, so hat es uns der Herrgott befohlen. Das werde ich ihm ins Gesicht sagen. Und dass es da auch im Krieg kein Vertun gibt. Dass man auch im Krieg sich an dieses eherne Gesetz des Herrn halten muss. Und dass wir alle, weil wir uns nicht dran gehalten haben, in der Hölle schmoren werden. Ich werde in der Hölle schmoren und auch der Hinterhuber Sepp, der dieses ganze Töten auch noch gutgeheißen hat. Und sogar der alte Kaiser aus Wien wird in der Hölle schmoren. Schließlich hat er, und das auch noch im Namen des Allmächtigen, dieses Töten befohlen. Da gibt es keine Ausrede. Wir sind alle Mörder. Denkt der Hans. Und gelobt, dass er das in die Welt hinausrufen wird, wenn er denn wieder heimkommen darf. Gelobt es und setzt sich dabei wieder auf. Wirft einen Blick in die Landschaft und wundert sich noch immer darüber, dass heute wirklich kaum ein Lüftlein weht. Und dass auch kein Schuss die Luft zerreißt. Kein Knacken von einem Karabiner und auch kein Donner von einer Kanone.

Es ist so friedlich hier, denkt der Hans, dass *man glatt vergessen könnte, wo man ist.* Und man könnte auch vergessen, dass einen die Walschen ebenso wie die Eigenen in jedem Moment mit einem gezielten Schuss doch daran erinnern könnten, dass man das nicht tut. Im Krieg. Dass man da auch nicht nur für ein Viertelstündchen Frieden spielt. Und dass man sich nicht einfach so hinlegen oder hinsetzen darf. Hier. Im Schnee. Obwohl es ein fast magischer Moment ist. Gerade.

Zauberhaft ist das, denkt der Hans. Und das ganze kriegerische Drumherum ist ihm wieder für eine Minute egal. Oder besser gesagt hat er beschlossen, dass ihm das eine Minute lang egal sein wird. Er will jetzt einfach nicht weiter an den Krieg und an das viele Sterben und an die Daheimbleiber und Kriegstreiber denken. Sondern an seine Wiesen drunten im Tal. Und daran, wie ihn der Vater als Bub zum Bierholen geschickt hat. Ins Wirtshaus. Das vielleicht hundert Meter entfernt vom Hof immer kaltes Bier bereitgestellt hatte. Für den Feierabend und für die, die lieber daheim auf dem Bankl ein Bier trinken als im Wirtshaus unter den Raufbolden und Sprücheklopfern. Die Sprücheklopfer, die es auch hier gibt. Die große Reden schwingen, die das Maul aufreißen, wenn sie besoffen sind, und die dann, wenn es ernst wird, doch alles tun, was man ihnen aufträgt.

Ob das nun einen Sinn macht oder nicht, ob sie nun in den eigenen Tod hineinrennen wie dieses halbverbrannte Schwein auf dem Eggerhof damals in den eigenen Tod gerannt ist oder nicht. Das ist denen ganz egal. Die würden auch auf mich schießen hier, denkt der Hans. *Wie auf einen Fahnenflüchtigen. Aber so dumm, dass man hier heroben vor der Fahne flüchtet, mitten im Winter, so dumm kann ja keiner sein. Und eigentlich auch nicht so dumm, dass man wirklich glaubt, dass hier einer desertieren will und versuchen könnte, über ein Schneefeld das Weite zu suchen.* Aber irgendwer, irgendwer würde ihn bestimmt anrufen. Würde *Wer da* herüberschreien. Weil er den Hans vielleicht für einen Spion halten würde. Für einen auf frischer Tat ertappten Schnüffler von den Walschen. Den man im Sonnenlicht endlich einmal sehen kann. Einen von den geheimnisumwobenen Walschen in der Uniform unserer Armee, von denen die Leute hier immer erzählen. Und die man schon deshalb, weil sie die Frechheit besitzen, sich die K&K-Uniform anzuziehen, erschießen sollte. So sagen es die Kameraden.

Aber die sagen das nicht, weil jeder erschossen gehörte, der die K&K-Uniform anhat. Denkt der Hans. *Ein paar, vielleicht, die könnte man schon.* Denkt er weiter. Und hört wieder auf mit seinem Denken. Weil er selbst über diesen Gedanken erschrocken ist. Und dieser Gedanke ist auch wirklich fehl am Platz. Denn hier kann ihn ja doch keiner von den Eigenen sehen. Zumindest nicht direkt. Dafür müsste man schon zu ihm herüber in die K9 gehen. Und das wird keiner mehr tun. Jetzt, wo der Leutnant schon da war, wird keiner mehr kommen, um sich mit ihm in die Sonne zu setzen und zu reden.

Dafür ist auch später Zeit. Wenn die Sonne nicht mehr scheint. Und ich in meinem Unterstand sein werde oder in meinem Graben auf meinem Schemel stehen. Von wo aus ich immer hinüberschauen kann zu den Walschen. Und da musst du wissen, dass der Hans wirklich fast jeden Tag mit seinem Feldstecher in der Hand auf seinem eigenen Holzschemel steht, den er einfach in den Graben hineinstellen kann. Damit die Füße nicht auf der kalten Erde sein müssen, hat er sich den Schemel selbst gezimmert. Aus ein paar kleinen Brettern und zwei Holzstümpfen, die er gefunden hat. Und die ihm noch niemand hier heroben hat streitig machen wollen. Wohl auch, weil das auch ihr Leutnant nicht wollen würde. Der kümmert sich nicht um solche Kleinigkeiten. Und schon gar nicht kümmert der sich um solche Sachen, wenn sie Leuten wie dem Hans das Leben leichter machen. Aber da soll es, so hört man, auch ganz andere Kaliber geben. Als Vorgesetzte. Da sollen schlimme i-Tüpfelreiter unterwegs sein. Ganz andere als der Mühlmann. Der lieber darüber nachdenkt, ob es noch zu früh oder schon wieder zu spät für einen Schluck Cognac ist. Aber nicht, dass jetzt der Eindruck entsteht, der Mühlmann wäre eine Schnapsnase.

Ein Bsuff. Wie der Hans sagen täte. Wie er nicht sagen täte, auch wenn er das wäre. Der Mühlmann. Ein Bsuff. Und vielleicht ist er das inzwischen ja sogar. Der Mühlmann. Der ist schon immer wieder besoffen. Sogar immer öfter ist der in den letzten Wochen zu. Je länger das hier dauert, desto öfter betäubt sich der Leutnant mit seinem Cognac.

Aber das macht ihn noch nicht zu einem Bsuff. Der ist immer noch ein gerader Michel. Ein besoffener grader Michel vielleicht hin und wieder. Aber ein anständiger Bauernbub. Von einem Großbauern der Bub zwar, aber ein anständiger. Der auf der Militärakademie, der auch in der Gesellschaft der Söhne der feinen Herrschaften nicht vergessen hat, wie man sich benimmt. Der kümmert sich immer, wie es sich gehört, um die Seinigen. Weil die Seinigen sich wahrscheinlich auch immer, wie es sich gehört, um ihn gekümmert haben. Denkt der Hans. Und dass dem Mühlmann die feinen Herren und die schönen Damen, dass ihm diese ganze Verantwortung für seine Mannschaft und die Bürde, sie immer wieder in einen sinnlosen Kampf schicken zu müssen, dass ihm sogar der damit verbundene Schnaps den Charakter noch nicht kaputtgemacht hat, denkt der Hans.

Deshalb darf auch der Hans zum Beispiel seinen Schemel noch behalten. Und kann darauf stehen, wenn er durch seinen Feldstecher hinüberschaut. *Durch den Gugga*, wie er selber sagen würde. Schaut er immer wieder. Genau wie die Italiener. Die auch durch ihre *Gugga* schauen, um herauszufinden, wie sie am besten herüberschießen können. Ab und zu, und das ist etwas Verwunderliches, das der Hans noch nie verstanden hat, ab und zu werfen die Soldaten hier statt eines Blickes auch einen Stein in Richtung der anderen Seite. Aus purem Jux tun die das. Oder aus Langeweile vielleicht. Und das mit den Steinen tun die vielleicht auch nur, weil sie aus der Langeweile heraus halt nicht schießen dürfen. Da täten die Soldaten auf beiden Seiten schön erschrecken, wenn einer plötzlich und grundlos mit dem Schießen anfangen täte.

Aus so einem Unsinn heraus könnte glatt eine richtige Schlacht werden. Denkt der Hans. *Wenn einer mir nichts, dir nichts in Blaue schießt. Und die anderen dann mir nichts, dir nichts zurückschießen. Und unsere wieder hin. Und die Walschen wieder zurück. Und so weiter. Und eigentlich,* denkt der Hans, *ist so ja dieser ganze Krieg entstanden. Mit dem Schießen. Und mit dem Erzherzog. Aber das alleine wird der Grund dann auch wieder nicht gewesen sein. Selbst, wenn einer erschossen wird,* denkt der Hans, *braucht es schon ein paar sture Hunde, die danach nicht Ruhe geben wollen. Ohne die geht auch beim Krieganfangen nichts. Das ist ja beim Raufen auch nicht anders. Da gehören immer zwei dazu.*

Aber was dazugehört, dass man wegen einem oder eigentlich ja zwei Erschossenen beschließt, sich auch noch Tausend und Tausend und Tausend andere aus den Reihen der Eigenen herausschießen zu lassen, das versteht der Hans nicht. Und das will er auch nicht verstehen. Denn selbst, wenn ihm das einleuchten würde, würde es ja doch nichts dran ändern, dass er jetzt hier sitzt. Im Schnee. Auf dem Berg. Wo er sich darüber Gedanken macht, warum man Steine werfen darf. Warum man überhaupt Steine wirft. Schon immer, seit er ein kleines Kind war, hat der Hans Steine vom Weg aufgesammelt und sie geworfen. In den Wald hinein. Auf Baumstämme. Oder in die Wiesen. In den Bach. Auf Mauern. Über Hütten und über Häuser. In Schluchten. Und einmal, da hat er dem Maier Martin in seiner Wut einen nussgroßen Stein an den Kopf geworfen. Nicht mit voller Wucht. Aber schon mit Schwung. Und da ist der dann laut schreiend nach Hause gelaufen, der Martin. Und der Hans ist auch schnell heim. Denn er hat ganz genau gewusst, was es jetzt setzen wird. Wenn der Martin daheim erzählt, was der Hans getan hat. Aber der Martin, der hat das nie erzählt, daheim. Sondern der hat gesagt, dass er hingefallen sei. Und deswegen hat es auch nie etwas gesetzt für den Hans. Zumindest nicht wegen dieses Steinwurfes. Und wegen der Beule, die er dem Martin mit seinem Treffer verpasst hat und die der Martin ein paar Tage lang stolz wie ein Zeichen der Ehre und Verschwiegenheit mit sich herumgetragen hat.

Ich habe halt einen harten Schädel. Hat der Martin geprahlt. *Und so einem Schädel kann ein Stein auch nicht viel anhaben. Der hält sowas schon aus. So ein Maierschädel.* Hat der Martin in den Worten seines Vaters erklärt. Und gelacht. Er hat genau gewusst, was er dem Hans damit erspart. Und dass der Hans ihm das nie vergessen wird.

Ein Lebtag nicht. Wie der Hans und der Martin gesagt hätten. *Denn eine Tracht Prügel, die man nicht bekommen hat, die vergisst man meistens länger nicht als eine Tracht Prügel, die man schon bekommen hat.* Denkt der Hans. Und dass er so etwas beurteilen kann, das musst du jetzt einfach glauben. Und das kannst du auch glauben, denn beim Hans hat es, wie bei allen anderen im Dorf, immer wieder etwas gesetzt.

Für jede Kleinigkeit hat es eine Watschen gegeben. Erinnert sich der Hans. Und muss schon wieder ein bisschen lachen. Gerade. Weil er sich trotzdem auf liebevolle Weise an seine Eltern erinnert. Er denkt, dass ihn seine Eltern nie *richtig* geschlagen haben. Sein Vater hat ihn *verdengelt.* Aber nie mit roher Gewalt. Sondern mehr, weil es sich eben so gehörte.

Und auch die Mutter hat ihn nie richtig geschlagen. Hin und wieder eine von ihr gefangen hat er sich schon. Der Hans. Aber wenn man daran denkt, dass andere Kinder im Dorf halb kaputtgeschlagen wurden, dass es im Nachbardorf sogar einen gegeben hat, den sein Vater quasi aus Versehen zu einem hinkenden Krüppel geschlagen hat, dann war das gar nichts.

Gröbere Streicheleinheiten. Denkt der Hans. Und erinnert sich, wie ihn der Lehrer nie geschlagen hat. Nur der Pfarrer. Der hat ihn einmal in der Schule unter den Tisch hineingedroschen. Der Pfarrer Johannes. Weil er nicht aufgepasst hat. Der Hans. Weil er vermutlich schon damals mit den Gedanken immer ganz woanders war. Weil er schon damals nicht zugehört hat, wenn einer zu viel vom Folgen und Frommsein geredet hat. Oder von Dingen wie der Hölle, den helllichten

Teufeln und dem Unkeusch Treiben. Und von dem, nämlich vom Unkeuschtreiben, hat der Pfarrer Johannes ja immer am liebsten erzählt. Das Unkeuschtreiben hat den Pfarrer am allermeisten fasziniert. Und es hat ihn nicht losgelassen, dass die Leute einfach immer unkeusch treiben. Hölle hin oder her. Aber mit der Hölle hat er ihnen allen gedroht.

Wer Unkeusch treibt und das nicht beichtet, der kommt auf ewig zu den Teufeln hinunter, hat der Pfarrer immer wieder hysterisch in seine Kirchengemeinde hineingerufen. Aber natürlich haben trotzdem die wenigsten im Dorf dem Pfarrer ihre unkeuschen Heimlichkeiten gebeichtet. Im Grunde hat nämlich ein jeder gewusst, dass es dem Pfarrer beim Beichten gar nicht so sehr um die Erlösung von der Hölle ging. Sondern mehr um die Geschichten. Aber über diese Tatsache, dass nämlich auch der Pfarrer in seiner Kammer auf seine Weise Unkeusch getrieben hat und dass er dabei, wie seine Köchin nie müde wurde, zu berichten, gegrunzt hat wie ein Schweinchen, darüber haben die Leute nur heimlich gelacht. Gekichert haben sie, wenn er von der Kanzel herunter wieder einmal gegen den Verfall der Sitten gewettert hat. Und gegen das Ehebrechen.

Das ist eine Sünde, die schickt euch ins Feuer des ewigen Verderbens, hat er gerufen. Und dabei haben sich die Leute im Dorf verschmitzt angesehen. Die einen, weil sie genau wussten, wer Unkeusch treibt. Und die anderen, weil sie direkt an das Unkeuschtreiben denken mussten. Da sich bei den mahnenden Worten des Pfarrers das Verlangen nach dem Verbotenen erst so richtig geregt hat. Weil die Hose gerade wegen des Verbotenen ein wenig größer und die Scham ein wenig weicher wurde, wenn der Pfarrer so geschimpft hat. Und eine hat es gegeben, in dem kleinen Dorf, die fing bei den Schimpfereien des Pfarrers glatt jedes Mal zu schluchzen an. Weil sie sich daran erinnert hat, wie sie sich als sechzehnjährige Magd einem zehn Jahre älteren Knecht hingegeben hatte. Folgenlos blieb dieser moralische Fehltritt. Kinderlos blieb sie zeitlebens. Ohne Mann hat sie sich durch ihr Leben als Magd gearbeitet. Es war einfach nie ein

Geld da. Und ohne Geld ist in dieser Welt, aus der unser Hans kommt, auch kein Heiraten. Wer in dieser Welt nichts hat, der hat nichts zu sagen. Der hat nicht zu küssen. Und zu lieben hat der schon gar nicht. Korintherbrief hin oder her. *Glaube, Hoffnung und Liebe und die Liebe als die größte unter ihnen.* Das hat der Pfarrer immer und immer wieder gepredigt. Aber wenn du dich dann als Magd wirklich der Liebe zugewandt hast, wenn sie dir praktisch in den Schoß gefallen ist, die Liebe, dann war es aus mit dem *die größte unter ihnen.* Dann hat man dir schon schnell gezeigt, was sich gehört. Und was nicht. Und deshalb blieb der Annelies, Magd beim Aneterbauern, eben nicht viel anderes übrig als Unkeuschtreiben. Mit dem sie sich ins ewige Leben hinein versündigt hatte. Aber trotzdem konnte sie sich ein langes und mühevolles Leben lang daran erinnern. Auch immer dann, wenn es für den Pfarrer wieder einmal an der Zeit war, seine Kirchengemeinde von der Kanzel herunter an das sechste Gebot zu erinnern. Wenn er wieder einmal gegen das Unkeuschtreiben angeschimpft hat. Und einmal, da nannte der Pfarrer Johannes das nicht nur eine Sünde, sondern eine Schweinerei vor dem Herrn. Und da hättest du die Kirchengemeinde dann sehen sollen. Wie die sich alle die Hand vor den Mund gehalten haben, damit sie nicht laut loslachen. Denn sie alle hatten als auf ungewöhnliche Weise geeintes Kirchenvolk den grunzenden und in seiner Kammer in aller Ruhe mit sich selbst Unkeusch treibenden Pfarrer vor ihrem inneren Auge.

DA IST ES SCHÖN

Es ist ein Wahnsinn. Wirklich verrückt ist das, was die moderne Medizin heutzutage schon kann, hat sich die Rohrer Paula gedacht. Als sie am 23. Oktober 2009 von dem mit grünem Linoleum belegten und leicht nach Desinfektionsmitteln riechenden Gang des Lienzer Bezirkskrankenhauses aus in das Intensivstation-Zimmer Nummer 39 schaute. In diesem an allen Ecken und Enden leuchtenden Raum voller Geräte und Instrumente lag ihr Bruder, der Didi. Lag stumm und still in seinem weißen Bett. Allerlei Schläuche hingen aus ihm heraus. Und Paula konnte vom Gang aus genau sehen, wie das EKG stoisch einen seiner Herzschläge nach dem anderen aufzeichnete.

Piep, piep, piep machte es. Und zumindest das war beruhigend. Dass Didis Herz wieder mit so einer Seelenruhe vor sich hin schlug. Sein Herz, das erst einen Tag vorher, das also am 22. Oktober 2009, an diesem zwar ein wenig regnerischen, aber doch sehr schönen Oktobertag, von jetzt auf gleich stehen geblieben war.

Aber 57 Jahre. Man könnte meinen, dass Didis Alter eben auch noch kein Alter zum Sterben sei. Aber das stimmt halt nicht. Mit 57, da kann dich ein kapitaler Herzinfarkt natürlich genauso gut in die Kiste hineinwerfen wie mit 87 oder mit 27. Denn wenn dein Herz einfach nicht mehr will, dann spielt eben auch dein Alter kaum mehr eine Rolle.

Was aber schon eine Rolle gespielt hat, an diesem Abend des 22. Oktober, war, dass Didi und seine Frau Hanni nicht alleine auf ihren bequemen Esszimmerstühlen in ihrem bequemen Zuhause saßen. Und dass nicht nur die zwei ein Glas spanischen Rotweins in der Hand hatten, an ihrem Buchenholztisch, unter den goldgerahmten Paul-Flora-Kunstdrucken und im Schein der Hängeleuchte aus hellem Holz und poliertem Messing. Sondern da saßen und tranken eben auch Didis Cousin, der Markus, und seine Frau, die Herta.

Die fast leergegessenen Teller standen noch vor ihnen. Und der Markus, ein notorischer Genießer, griff da immer wieder auch noch zu. Er schnitt sich noch und nöcher ein kleines Stück des Rinderbratens ab, den die Hanni gezaubert hatte.

Ein Gedicht ist dieser Braten, schwärmte der Markus dabei. Jedes Mal, wenn er sich noch ein Stück und noch ein Stück und noch ein Stück des Bratens in den Mund schob, lobte er die Kochkünste der Hanni aufs äußerste. Und das tat der Hanni auch sichtlich gut. Denn die war es ja einfach nicht gewohnt, dass sie so hoch über den Klee gelobt wurde. Weil ja im Haushalt der Hanni weder der Didi noch ihr Sohn Felix sie je für ihre Kochkünste lobten.

Die waren das einfach gewohnt, ihr *Gekoche*, wie sie es nannten. Und es kam ihnen offensichtlich einfach normal vor, dass es daheim bei der Hanni immer gut schmeckte. Um ehrlich zu sein: Die beiden wunderten sich auch nicht darüber, dass es daheim immer sauber war. Es kam ihnen gar nicht besonders vor, dass sie selbst die Wäsche nie machen mussten. Dass sie das Bad nie aufräumen mussten. Dass ihr Bett immer gemacht war und dass selbstverständlich auch die Blumen auf der Terrasse immer blühten.

Als ob das alles ganz von alleine so wäre. Und als ob Hanni da nicht neben ihrer Arbeit als selbständige Restauratorin von Bildern und Skulpturen, die ja bestimmt vierzig Stunden in der Woche fraß, auch noch viele weitere Stunden an Arbeit und Pflege und vor allem viel, viel Liebe hineinstecken würde, damit das Haus an allen Ecken und Enden schön ist und glänzt. Und ich kann dir auch nicht genau sagen, warum. Aber dass es so war, dass der Didi und der Felix das einfach so hinnahmen, das kann ich dir schon sagen. Und dass der Didi es auch an diesem Abend einfach hinnehmen wollte, dass die Hanni nicht nur gekocht hatte, sondern dass sie jetzt auch noch aufstand und damit begann, die Teller in die Küche zu räumen und den Bräter mitzunehmen. Natürlich nicht, ohne vorher bei jedem Teller die beiden Gäste und den Didi noch einmal zu fragen, ob sie noch etwas wollten oder ob sie wirklich schon abräumen könnte. Und als die Hanni den Didi fragte, schaute der sie groß an.

Irgendwie komisch schaut der, dachte sich die Hanni. Nahm dann aber trotzdem den Teller, stellte ihn auf den Stapel, auf dem auch schon ihr Teller, der Teller von Markus und der von Herta standen, und ging damit in die Küche. Dort spülte sie die Teller kurz mit warmem Wasser ab und stellte sie zu den anderen Dingen auf die Ablage. Und als sie wieder mit ihrem gewohnt dynamischen Gang in die Stube huschte, sah sie, wie der Kopf von Didi gerade auf der bloßen Tischplatte aufschlug.

Wenn ich den Teller jetzt nicht weggeräumt hätte, wär der direkt in die Sauce und in die Kartoffeln gefallen, dachte die Hanni da. Und beinahe hätte sie deshalb laut aufgelacht. Aber bevor das Lachen aus ihr herauskommen konnte, war ihr schon der Schreck so richtig in die Knochen gefahren. So erschrocken ist die Hanni da, dass sie nur dastehen konnte. Und dem Markus dabei zuschauen, wie der aufsprang und mit einem Satz auch schon beim Didi drüben war.

Er richtete ihn auf, und weil der Markus nicht nur Didis Cousin ist, sondern auch ein Oberarzt im Krankenhaus, wusste der sofort, was da passiert war. Dass der Didi nämlich gerade einen Infarkt hatte. Und dass man da keine Zeit verlieren darf.

Deshalb hat er den Didi auch gleich hinter dem Tisch hervorgeholt und ihn auf den Boden neben den Tisch gelegt. Hat seine Vitalfunktionen überprüft und praktisch sofort mit Herz-Lunge angefangen. Hat seiner Frau befohlen, den Notarzt zu rufen. Und diese Schnelligkeit hat bestimmt ein ganzes Stück dazu beigetragen, dass Didis Herz sich kurze Zeit später wieder gefangen hat. Und dass er höchstens eine halbe Stunde später schon im Krankenhaus am OP-Tisch gelegen hat.

Bypass, und fertig, sagte der Chirurg zu seinen OP-Schwestern. Als ob so eine Operation das Einfachste auf der Welt wäre. Und irgendwie war das für den ja wirklich einfach. Ein Routineeingriff, bei dem ihm die Finger schon lange nicht mehr zittrig wurden. Obwohl er bei so einer Operation ja auch jedes Mal das Leben eines Menschen in seinen Händen hielt.

Aber meistens konnte er dieses Leben mit seinem Eingriff eben retten. Oder wenigstens verlängern. Und das gelang ihm auch beim Didi. Denn, wie gesagt: Der lag ja direkt am nächsten Tag schon wieder in seinem Zimmer auf der Intensivstation. Und sein Herz schlug fast so, als ob nie etwas gewesen wäre. Am 23. Oktober 2009. Der heute schon wieder dreieinhalb Jahre in der Vergangenheit liegt. Und seitdem hat sich der Didi wieder richtig gerappelt. Wieder ganz gesund ist der geworden. Sogar ein bisschen sporteln darf er heute wieder. Zwar nicht mehr so viel und nicht mehr so intensiv wie früher. Aber immerhin.

Bewegung ist im Grunde immer gut. Wenn du es nicht übertreibst. Hat ihm der Markus nach seiner OP und nach der Reha geraten. Und der Didi, der hat sich diesen Rat auch zu Herzen genommen. Hat nicht nur weiter gesportelt, sondern er hat auch weiter gearbeitet. Schon während der Reha und an vielen, vielen anderen Tagen danach dachte er immer und immer wieder daran, dass er dem Tod noch einmal von der Schaufel gesprungen war. 2009. Und er spürte, wie froh er darüber war. Seit dem Tag, das kann man ruhig so sagen, dass er sein Leben nach dem Herzinfarkt auf eine ganz andere Weise genossen hat. Er hat mit anderen Augen in die Welt hineingeschaut. Hat sich an den kleinen schönen Dingen gefreut und an den großen. Und er hat da auch nach vielen Jahren wieder ganz genau gesehen, was er an seiner Hanni hat. Er hat ihr Komplimente über ihre Kochkünste gemacht. Er hat ihre Intelligenz wieder gepriesen. Ihr Talent im Umgang mit den Bildern und mit den immer wieder besonders schwierigen Auftraggebern, die so ein Restauratorinnenberuf ganz offensichtlich mit sich brachte.

Und als ob ihm der Chirurg im Krankenhaus nicht nur die Arterien saubergemacht hätte, sondern auch die Antennen für die Schönheit von der Hanni wieder freigelegt hätte, staunte der Didi jeden Tag darüber, wie schön seine Hanni war. Ja, er verliebte sich richtiggehend noch einmal in den Körper und in das ganze Wesen seiner Hanni. Mit allem Drum und Dran feierte er diese Liebe auch. Und die Hanni, die hatte die Kraft, das mitzufeiern. Zuerst genossen die beiden das ganz behutsam, wegen Didis Herz. Dann immer wilder und ausgelassener. Hin und wieder sogar derart ausgelassen und ergiebig, dass sich diese zweite Liebe sogar durch eine ganz ungewohnte Unordnung im Haus der beiden bemerkbar machte. Man könnte sagen: Vor lauter Liebe kamen die beiden gar nicht mehr zum Aufräumen. So schön war das. Aber auch diese Zeit ist jetzt schon vorbei. Inzwischen ist wieder so etwas wie der Alltag bei den beiden eingezogen. Und mit dem Alltag sind auch die Probleme wiedergekommen. Kleine Probleme sind das, in der Regel. Ein kaputter Boiler oder eine Streiterei über die richtige Sortierung der Lebensmittel in der Speisekammer zum Beispiel. Oder das Gezanke über die Gestaltung des Wochenendes und all solche Nichtigkeiten, über die man sich in einer Ehe eben in die Haare bekommt. Über die man sich zumindest so lange in die Haare bekommen kann, bis man über ein echtes Problem stolpert. Wie darüber, dass vor zwei Monaten die Paula krank geworden ist. Didis Schwester. Wobei krank geworden gar nicht richtig stimmt. Vielmehr hat man vor zwei Monaten erst festgestellt, wie krank die Paula schon lange gewesen sein muss. Krebs. Und zwar so eine Sorte von Krebs, bei der du nichts mehr machen kannst. Außer, auf das Sterben warten.

Da hat die Paula eine riesengroße Angst bekommen. Eine Angst, die einfach alles überschattet hat. Und keiner war bei ihr daheim zum Reden. Weil die Paula ja nie geheiratet hatte, sondern alleine in ihrer 80 Quadratmeter großen Wohnung gelebt hat, ist sie zuerst mit ihrem Krankheitsgeheimnis alleine daheim gesessen. Und dann, da sie es einfach nicht mehr ausgehalten hat, nur ganz alleine zu wissen, dass es bald vorbei sein muss, ist sie hinüber zu Didi und seiner Frau gegangen. Hat sie den beiden ihr Herz am Buchenholzküchentisch bei einer Tasse Kräutertee ausgeschüttet. Hat danach mit den beiden einen Schnaps auf den Schrecken getrunken. Und auch danach, nach diesem für Didi und Hanni aus heiterem Himmel kommenden Gespräch über den Tod und das Sterben, ist die Paula fast jeden Tag hinüber zum Didi und zu seiner Frau gegangen. In den letzten zwei Monaten. Bis sie dann zu schwach war, um noch selber hinüberzugehen. Dann sind der Didi und seine Frau immer zur Paula gekommen.

Ich will daheim sterben, hat die Paula da gesagt.

Das kannst du, hat der Didi ihr geantwortet.

Vor drei Wochen ist das gewesen. Und seitdem sitzt der Didi praktisch immer an Paulas Bett. Pflegt sie, so gut er das eben kann. Und auch die Hanni hilft mit. Und eine Pflegekraft haben die beiden engagiert. Fürs Waschen und für die Toilette.

Seit einer Woche ungefähr kommt auch der Markus täglich vorbei. In den letzten Tagen sogar zweimal am Tag. Er klebt ein Schmerzpflaster. Er gibt eine Injektion. Und er untersucht die Paula hin und wieder. Soweit das Untersuchen in so einem Fall halt noch Sinn hat, schaut sich der Markus ihren Zustand genau an.

Und seit gestern wissen alle, dass es jetzt nicht mehr lange dauern kann. Dass die Paula in ein paar Stunden wahrscheinlich in ein Koma fallen wird.

Wenn die Organe eines nach dem anderen abschalten, so hat es der Markus allen erklärt. *Das siehst du, wenn die Haut gelb wird. Wenn die Augen gelb werden. Dann ist die Leber schon hinüber. Und dann geht es zu Ende*, hat er gesagt. Damit es alle wissen, hat er das auch allen erklärt. Und auch die Paule weiß das. Die hat den Markus nämlich ganz direkt danach gefragt. Und der Markus, der ist auch ein Arzt von der Sorte, die glauben, dass die Wahrheit in solchen Fällen unumgänglich ist. Dass man allerspätestens beim Sterben ehrlich sein muss mit den Leuten.

Es ist jetzt bald so weit, hat er deshalb auch gesagt. *Sehr bald sogar. Vielleicht bist du noch einen Tag bei Bewusstsein. Vielleicht auch nur einen halben. Paula. Das weiß ich nicht genau. Aber du darfst jetzt aufgeben. Du darfst jetzt gehen.*

Ich will aber noch nicht, hat die Paula da trotzig geantwortet. *Verdammt noch mal, ich will nicht.* Hat sie geschrien. Und um sich geschlagen hat sie dabei auch, die kaum noch 50 Kilo schwere Paula.

Das kann man sich jetzt gar nicht mehr vorstellen, dass sie um sich schlägt, denkt der Didi. Wie er so dasitzt neben der Paula. Die nur mehr daliegt. Die nur mehr ganz wenig wahrnimmt. Die nichts mehr trinkt. Und die schon gar nichts mehr isst.

Ganz flach ist ihr Atem schon geworden. Ihre Lippen sind schon ein wenig blau, ihre gelbe Haut sieht fast durchsichtig aus und die Adern zeichnen sich schon überall dunkel ab.

Sauerstoffunterversorgung ist das, hat der Markus erklärt. Und dass das ganz normal sei, in diesem Stadium. Dass der Körper immer weniger in der Lage sei, Sauerstoff aufzunehmen, und dass auch der Stoffwechsel immer weiter runterfährt. Hat er erklärt. Und dass es jetzt vielleicht noch einen Tag dauern werde. *Mehr nicht. Mehr sicher nicht.* Hat der Markus gesagt. Bevor er gegangen ist. Bevor er dem Didi eine Spritze in die Hand gegeben hat.

Für alle Fälle, hat er gesagt. Aber was dieses für alle Fälle heißen würde, das hat der Markus nicht laut ausgesprochen. Ganz im Gegensatz zu Didi und Paula. Weil die haben schon vor Wochen darüber geredet. Und besprochen, dass der Didi der Paula, wenn es so weit ist, den Weg einfacher machen wird. Dass er sie, wenn sie einfach nicht mehr können, ganz einschlafen lassen wird.

Und deshalb sitzt er jetzt auch da, der Didi. Mit der Spritze in der Hand sitzt er neben seiner Paula. Er streicht ihr über die Stirn. Streicht ihr über die eingefallenen Wangen. Und auch, wenn der Didi das nicht für möglich gehalten hätte, macht die Paula noch einmal die Augen auf.

Hallo Paula, sagt der Didi.

Aber Paula antwortet nicht. Schaut ihn nur mit großen Augen an.

Es ist jetzt so weit, sagt der Didi.

Und die Paula schaut ihn immer noch an. Sagt nichts, aber sie nickt. Nickt drei, vier Mal und langsam greift sie mit ihrer Hand nach der von Didi. So fest sie das noch kann, drückt sie seine Hand. Aber der Didi ist nicht sicher, was das jetzt heißen soll.

Drück einmal, wenn ich es nicht machen soll. Und zweimal, wenn ich es machen soll. Sagt der Didi deshalb. Und spürt, wie die Paula seine Hand zweimal drückt. Und spürt auch, wie es ihm den Hals dabei zuschnürt.

Das ist schwer für mich, sagt er zur Paula. Und sie nickt.

Das ist auch schwer für dich. Sagt er nach einer kleinen Pause. Und auch da nickt sie wieder. Die Paula.

Aber weißt du, sagt der Didi dann. *Weißt du, ich war ja auch schon drüben, auf der anderen Seite. Vor drei Jahren, bei meinem Infarkt. Und ich sag dir: Da ist es schön. Und es ist gar nicht schwer. Es wird alles leicht. Das wirst du sehen. Du musst gar keine Angst vor dem Sterben haben. Das verspreche ich dir.*

Und wie gut würde es dem Didi tun, wenn die Paula jetzt etwas dazu sagen könnte. Aber sie kann dazu eben nichts mehr sagen. Sondern sie schaut den Didi nur mit ihren großen Augen an. Und der Didi spürt, wie ihre Hand seine noch einmal zwei Mal hintereinander mit einer Kraft drückt, die er kaum mehr für möglich gehalten hätte.

DIE GROSSE FREIHEIT

Eine Tachtel. Gleich setzt es eine Tachtel. Hat die Mutter immer wieder gesagt. *Du willst's aber wissen,* der Vater. Und zum Glück, muss man sagen, gab es beim Hans daheim viel mehr solcher Drohungen als Schläge. Wobei, wenn der Hans als Kind schon und wenn er auch als junger Erwachsener mehr Schläge bekommen hätte als solche Drohungen, dann wär der vielleicht heute ein viel braverer Soldat. Vielleicht täte der dann verstehen, dass es jemanden geben muss, der in Zeiten wie diesen Schläge austeilt. Oder der Schläge austeilen lässt. Und dass es auch andere geben muss, die diese Schläge kassieren. Und vielleicht könnte er das auch besser verstehen, der Hans, wenn er Kinder hätte. Die er selbst zur Zucht und Ordnung erziehen müsste. Wenn er zwei, drei Fratzen hätte, so einen richtigen Lausbuben zum Beispiel, der immer alles kaputtmachen muss. Oder so eine richtige Lausgitsche, die sich einfach von keinem etwas sagen lässt. Mit zwei solchen Kindern täte er vielleicht wirklich einsehen, dass man manchmal auch eine harte Hand braucht. Und dass Späne fallen, wo gehobelt wird.

Denn, so sagen das die Leute: Dass Gewalt ja Gewalt erst erzeugt. Und dass man Gewalt nur verstehen kann, wenn man sie selbst erlebt und wenn man sie auch selbst ausgeübt hat.

Aber das kann so auch wieder nicht stimmen. Weil der Hans, der hat in seinem Leben schon viel Gewalt erlebt. Der hat auch zum Beispiel beim Raufen als junger Mann selber schon viele Watschen verteilt. Aber dass er deshalb dieses Ringen der Völker verstehen könnte, das ist ein Irrglaube. Darüber brauchst du dir gar keine Hoffnung machen. Der Hans, der hasst dieses Ringen. Aber das weißt du ja schon. Was du aber noch nicht weißt, ist, dass der Hans jetzt mit einem kleinen Lächeln auf den Lippen an seine Kindheit und Jugend zurückdenkt. Und an die Drohungen, die Erwachsene da bei jeder Gelegenheit von sich gegeben haben.

Ich werd's dir schon zeigen.
Gleich kracht's.
Ich leg dir eine auf.
Brauchst eine Erinnerung?
Jetzt setzt's was.
Ich geb dir.
Willst einen Denkzettel?
Brauchst Schläg?
Willst a Watschn?
Brauchst einen Gruß von der Faust?
Gleich machst du Bekanntschaft mit dem Gürtel.

An all diese Drohungen erinnert er sich gerade, unser Hans. Und er denkt auch daran, wie der Alltag in dem kleinen Dorf, aus dem unser Hans kommt, weniger rau als grob war. Die Leute hatten immer genug zu essen. Und auch immer genug Wein. Oder wenigstens hatten sie einen kalten Most auf dem Tisch stehen. Aber sie hatten nie so viel, dass eine verschüttete Milch nicht doch zu einer Tracht Prügel hätte führen können.

Und einmal, da ist der Hans, als junger Mann ist der durch sein kleines Dorf spaziert. Und da ist ihm plötzlich aufgefallen, dass fast alle im Dorf so einen eigenartig gebückten Gang haben. Außer die dicken Bauern. Die haben ihre Wampe stolz und mit einem Hohlkreuz vor sich hergetragen. Aber sogar denen hat man die Gewalt angesehen. Zwar nicht am gebeugten Gang, aber an den leeren und vom vielen Schlagen ausdruckslos gewordenen Augen hat man sogar bei den meisten stolzen Bauern gesehen, dass auch ihnen von Kind an der Traum vom eigenen Glück und jede Idee der Freiheit aus den starken und immer stärker werdenden Körpern herausgeschlagen worden ist.

Da sagen die Leute: Freiheit. Und wir müssen unsere Freiheit schützen, denkt der Hans. Da sagen sie: *Zur Verteidigung unseres höchsten Gutes, nämlich der Freiheit unseres Vaterlandes, ziehen wir in den Krieg gegen die Feinde.* Denkt der Hans. Und denkt weiter, dass die Feinde der Freiheit unseres Vaterlandes gar nicht in Rom sitzen. Und dass sie auch nicht in Moskau sind, nicht in London oder in Paris. Sondern dass sie im Grunde zu Hause in ihren guten Stuben sitzen. Und dass die genau aufpassen, wer aufmuckt. Und wer brav das Mundwerk hält. Weil wenn einer, der kein großer Landbesitzer ist oder kein Baron, kein Graf und auch nicht ein irgendwie anders titulierter Herr, wenn also ein ganz einfacher Mensch es wagt, in dieser Welt einfach einmal an die eigene Freiheit zu denken und wenn er dann vielleicht sogar auch noch so frech ist, sich traut, sich ein kleines Stück dieser eigenen Freiheit nehmen zu wollen, dann setzt es eben eine Tachtel. Dann dengelt man ihm eine. Dann kracht's oder es gibt einen Denkzettel. In den Stuben der Dörfer hagelt es dann Tag für Tag Schläge und Watschn, Grüße mit der Faust, mit der Rute oder mit dem Gürtel.

Und zwar so oft und so fest hagelt es dann diese Schläge, bis man sich das Denken an die eigene Freiheit endlich abgewöhnt hat.

Bis man tut, was der Pfarrer, der Lehrer und der Bauer sagen. Denkt der Hans. Und bis man auch, ohne groß zu fragen, in einen Zug steigt, der einen dann in ein Tal fährt. Und dort steigt man aus dem Zug aus, man nimmt Proviant und Munition entgegen und geht einfach hinauf auf einen hohen und weißen Berg wie diesen. Dann sagt man nicht: *Ihr könnt's mich gernhaben. Geht's doch selber.* Und dann weigert man sich auch nicht, auf die da drüben zu schießen. Dann denkt man nicht einmal, *die haben mir doch nichts getan.* Sondern dann macht man mehr oder weniger mürrisch, was die wollen. Die Großkopferten. Weil man eben von klein auf gelernt hat, dass das zu tun ist. Dass es Leute gibt, die anschaffen. Und dass es Leute gibt, denen angeschafft wird. Und in Zeiten wie diesen gibt es dann halt auch Leute, die befehlen. Und Leute, denen befohlen wird. Da fragt keiner. Das ist halt so. So sagen es ja auch die

Kameraden. Und wenn einer von den Kameraden mit diesem Thema anfängt, winken die anderen immer sofort ab. Und, das geht dem Hans jetzt wie der erste erlösende Blitz eines Gewitters durch den Kopf, es schießt ihm quasi ins Hirn, wie absurd das eigentlich ist. Wie verdreht diese Welt ist. Und er spürt, wie trotz der Sonne und des schönen Wetters, trotz der weißen Landschaft eine dunkelrote Wut in ihm aufsteigt. Ganz plötzlich kann er einfach nicht mehr begreifen und will auch nicht mehr begreifen, warum denn all die Hunderttausend, die wie er mit einem Gewehr in der Hand an der Front stehen, warum die sich nicht einfach umdrehen. Warum sie nicht einfach kurzen Prozess mit denen machen, die mit ihnen ja auch kurzen Prozess machen wollen. Mit denen, die nicht lange fackeln, wenn ein Befehl zu unterschreiben ist, der wieder Tausend oder Zehntausend in den Tod schickt. Und der Unzählige zu körperlichen oder seelischen Krüppeln macht.

Sowas unterzeichnen die zwischen Suppe und Hauptspeis, denkt der Hans. Und spürt, wie ihm die Tränen über die Wange in den Bart laufen. Wie sich die Wut durch seine Augen ihre Bahnen bricht. Die Wut darüber, dass keiner aufmuckt. Dass keiner aufsteht und sagt: *Jetzt ist aber Schluss hier.* Der Zorn darüber, dass es wirklich geglückt ist, Leuten wie ihm ein ganzes Leben lang das *Benimm dich* und das *Mach, was ich dir sag* in den Körper und über den Körper auch in den Geist hineinzudreschen, die Wut darauf, dass man dieser ganzen Armee hier so viel Macht, so viel Feuerkraft und so viel Gewalt in die Hände geben kann, so viele Waffen und so viel Munition, dass es von heute auf morgen aus wäre mit der ganzen Befehlerei, wenn sich die Soldaten einfach entschließen würden, sich nichts mehr befehlen zu lassen.

Dann wär einfach alles aus. Denkt der Hans. *Schluss. Ende wär dann. Mit der ganzen Herrscherei.* Denkt er. Und kann das einfach nicht verstehen. Denn, dass du mit einem Hilflosen und Schwachen machen kannst, was du willst, das leuchtet dem Hans ja schon ein. Aber dass du jemandem ein Gewehr und ein paar Granaten in die Hand geben kannst und dass der sich dann für dich erschießen lässt, einfach, weil du ihm das befiehlst, dass der dich nicht genau wegen dieses Befehls selber erschießt, das geht dem Hans nicht in den Kopf. Und das wird dem Hans auch, so viel kann ich dir jetzt schon verraten, das wird unserem Hans auch sein gesamtes restliches Leben lang nicht mehr einleuchten.

WELLEN

Indonesien, das hat der Werner jahrelang schon gesagt, dass er einmal im Urlaub nach *Indonesien* fahren will. *Aber für eine Woche lohnt sich das halt nicht,* hat er auch gesagt. Jahrelang schon. Der Werner.

Und du musst wissen, dass sich unser Werner wirklich nie viel mehr als eine Woche Urlaub genommen hat. In seinem Arbeitsleben. Wobei, das stimmt jetzt auch wieder nicht ganz. Als junger Mensch, mit 18 oder mit 20 und eigentlich auch noch mit 25 Jahren, hat sich der braun gelockte und fröhliche Werner schon manchmal zwei Wochen am Stück freigenommen. Einmal sogar drei. In den Siebzigerjahren war das. Bevor er seinen Autospengler-Meister gemacht und bevor er seine eigene kleine Spenglerei gegründet hat.

Aber damals, als junger Mensch, da hatte der Werner erstens wenig Geld und zweitens, viel wichtiger noch, fehlte ihm da auch der Horizont. Da wusste der zwar, dass es Indonesien gibt. Und dass man auf Flores die wohl schönsten Sonnenuntergänge der Welt sehen kann. Für Geografie und für die Schönheit von Landschaften hat sich der Werner schon von klein auf interessiert. Aber wenn es um das ganz konkrete Fernweh ging, zählte damals für Werner wie für die allermeisten Menschen in Österreich halt die blaue und schöne Adria viel mehr als die noch viel blauere und schönere Südsee. Und deshalb fuhr der Werner damals mit seinem für die Zeit schon sehr schnittigen Auto eben an die gelben Sandstrände in Grado oder in Bibione. Und dass er einmal sogar nach Rom gefahren ist, das war für ihn schon fast eine halbe Weltreise, obwohl er mit seinem flotten Auto ja nicht viel mehr als ein paar Stunden fahren musste, um es an einer der lauten Straßen der ewigen Stadt abstellen zu können. Und um dann durch die Straßen von Rom zu tingeln. Immer mit der Angst im Hinterkopf, im Kaffeehaus an der Piazza della Rotonda oder in der Krypta bei den prunkvollen, nach viel Weihrauch und nach noch mehr frommen Pilgern riechenden Papstgräbern, überall hatte unser Werner die Angst im Hinterkopf, dass ihm die Italiener seine schönen Autoscheiben einschlagen könnten, um an sein schönes Autoradio von Blaupunkt zu kommen, das, je schneller er fuhr, umso lauter wurde. Eine Sensation war das damals für den Werner und für seine Kollegen. Und deshalb kannst du dir ja vorstellen, dass dieses Autoradio ein kleines Vermögen wert gewesen ist und dass der Werner auf seiner Tour durch das furchtbar heiße und in seinen Augen auch furchtbar stickige Rom fast schon wie ein antiker Pilger Blut und Wasser geschwitzt hat, bis er endlich wieder zurück bei seinem grünen Opel war.

An Indonesien und daran, dass er wirklich einmal nach Indonesien fahren oder besser gesagt fliegen könnte, daran war für Werner kaum zu denken. Damals. Das war in seiner Vorstellungswelt fast so weit weg wie der Mond und auch nicht im Rahmen seiner finanziellen Möglichkeiten. Und später, als die Flüge billiger wurden und die Welt viel kleiner, als man auch einmal nach Amerika flog oder nach Kolumbien, erst da entdeckte der Werner seine Sehnsucht nach Indonesien so richtig. Nach den kleinen Inseln und den Palmen, den Fischerbooten und den in seiner Vorstellung immer lächelnden Menschen. Er holte sich Reisekataloge, staunte über die Landschaften und die Kultur, und Jahr für Jahr wuchs seine Sehnsucht nach Java und Sumatra, nach Borneo, Flores und Bali. Aber nicht nur das Fernweh wuchs in Werner zu einer richtigen Sehnsucht heran. Auch die Arbeit und die Zahl der Angestellten nahm in seinem Betrieb Jahr für Jahr zu. Also wollte Werner dann immer auch da sein.

In all den Jahren bin ich nur fünf Tage krank gewesen. Gab der Werner immer an. Und er war der fixen Ansicht, dass ihn die Leute für diese Leistung bewunderten. Aber in Wahrheit hat ihn kaum jemand dafür bewundert. Eher bemitleidet. Und der eine oder andere Angestellte hat ihn dafür sogar gehasst. Weil er einfach immer da war und über alles sein ewig wachsames Auge haben musste. Bei allen Arbeiten musste er immer mitmischen. Und es gab viel zu arbeiten in seinem Betrieb. Denn früher sind die Autos ja gerostet, da konntest du fast zuschauen.

Da bist du mit einem neuen Auto vom Hof des Verkäufers durch den Regen nach Hause gefahren und zu Hause in der Garage war nur mehr der halbe Kübel da, hat der Werner immer gewitzelt. Und später wurden die Autos immer mehr. Und dadurch, dass die Leute immer schon die kleinsten Parkrempler sofort aus ihren heiligen Blechen heraushaben wollten, ist die Arbeit eher mehr geworden über die Jahre. Und teurer ist das Ganze auch immer geworden. Was dem Werner in die Tasche gespielt hat. Deshalb hat er sich auch den Luxus gegönnt, vor einem Jahr, *im Alter von nur 63 Lenzen*, wie er es fast schon poetisch betont hat, in den Ruhestand zu gehen.

Eigentlich könnte ich von meinem Geld ja fast leben in Indonesien, hat sich der Werner da gesagt. Und weil der ja zu viel gearbeitet hat in seinem Leben, um sich die Zeit für eine Frau und eine Familie zu nehmen, brauchte er auch wirklich nicht viel. Überhaupt haben den Werner Luxus und teure Sachen nie richtig interessiert. Abgesehen von seinen Autos. Die mussten immer stark und schön und sauber sein. Aber zum Abendessen haben dem Werner zwei Wurstbrote mit saurer Gurke und einem Tupfer Senf immer gereicht. Sogar zu Weihnachten hat ihm das gereicht. Feste zu feiern, das war ihm auch nicht so wichtig.

Und das klingt jetzt vielleicht ein bisschen traurig. Dieses Werner-Leben. Aber das ist es gar nicht. Schließlich hat sich der Werner dieses Leben ja genau so ausgesucht und er hat an den 365 Tagen im Jahr, oder sagen wir an 363 Tagen im Jahr, auch wirklich gerne so gelebt. Und wenn einer gerne lebt, wie er lebt, dann ist an diesem Leben ja nix Verkehrtes. *Solang ich mit meinem Leben das Leben der anderen nicht kaputtmache, ist das doch in Ordnung*, hat sich der Werner immer gesagt. Und dass einem dabei ganz egal sein kann, was die anderen denken. Auch, dass seine Nachbarn so komisch geschaut haben, wie er ihnen vor einem Jahr erzählt hat, dass er für zwei Monate oder vielleicht sogar länger nach Indonesien fahren wird, war dem Werner egal. Und dass sie die Augen weit aufgerissen und gerollt haben, als er ihnen mitgeteilt hat, dass er überlegt, überhaupt nach Indonesien auszuwandern.

Und kurze Zeit später schon hat er dann wirklich die Fensterläden an seinem Haus zugemacht, hat die Heizung auf Frostschutz gestellt, hat das Wasser am Haupthahn abgedreht und den Peter aus dem Betrieb gebeten, doch ein, zwei Mal in der Woche nach seinem Haus zu schauen und ihn anzurufen, wenn es irgendwas geben sollte.

Und dann hat er seine zwei fein säuberlich gepackten Rollkoffer, die er sich extra für diese Reise gekauft hat, ins Auto geladen und ist mit dem Auto nach Salzburg gefahren. Von Salzburg aus ist er zuerst nach Amsterdam geflogen und von Amsterdam dann weiter nach Jakarta. Ist in Jakarta aus dem Flugzeug ausgestiegen und hat sich gewundert, dass sich die Luftfeuchtigkeit wie ein warmes nasses Handtuch über sein Gesicht gelegt hat. Er hat sofort zu schwitzen angefangen und auf seiner Rundreise durch Indonesien hat er sich jedes Mal aufs Neue drüber gefreut, wenn ein Hotel, in dem er übernachtet hat, klimatisiert war. Über jedes kalte Bier, das er auf seiner Rundreise ergattern konnte, hat er innerlich gejubelt, der Werner. Und auch von den Leuten war er ganz begeistert. Weil die so offen und kommunikativ waren, die Indonesier. Immer hat er sie mit seinen paar Brocken Englisch in ein kleines Gespräch verwickeln können. Und so gut gekocht haben sie auch. Schon nach drei oder vier Wochen hat der Werner deshalb auch nicht mehr in den auf Gäste aus Europa oder aus den USA ausgerichteten Hotels geschlafen und auch nicht mehr in den schicken Restaurants mit den sauber gekleideten Kellnern gegessen, in denen er ja doch immer nur alleine an seinem Tisch gesessen hatte, sondern er hat sich in den vielen kleinen Imbissen verköstigt, in denen auch die Indonesier selbst ihren Reis, ihr Gemüse, ihr Fleisch und ihre Nudeln gegessen haben. Unter den Einheimischen dort hat er dann auch kein Bier mehr getrunken, der Werner, sondern meistens nur mehr Tee und Wasser. Mit jedem Tag ist der Werner da immer mutiger geworden. Ist er tiefer in die Welt der Menschen in Indonesien eingetaucht. Hat immer nähere Kontakte mit ihnen geknüpft. Und eines Tages hat er sogar beschlossen, dass er hinaus auf die Banyak-Inseln fahren will. Auf die sich nur wenige Touristen verirren und vor allem nicht so unerfahrene Touristen wie der Werner. Surfer vielleicht und Taucher, die fahren da manchmal hinaus. Aber nicht einmal die verschlägt es normalerweise nach Banyak Barat. Oder genauer gesagt in das kleine Fischerdorf Haloban auf Tuangku, in dem der Werner eines Nachmittags angekommen ist. In dem er sich im Hafen in das Café Flamboyan gesetzt hat, in dem er einen süßen Tee getrunken und in seinem wirklich mehr schlechten als rechten Englisch gefragt hat, ob er hier irgendwo schlafen könnte. Und es hat ihn ganz schön viel Mühe und viel Formulierungskunst und viel Reden mit Hand und Fuß gekostet, bis er herausgefunden hatte, dass es da keinen Schlafplatz gab, in dem kleinen Dorf. Dass die paar Unterkünfte, die man dort für verirrte Touristen angeboten hat, alle belegt waren. Und da hat der Werner dann groß geschaut und nicht recht gewusst, was er machen soll. Auf der Straße schlafen vielleicht? Sich auf seine Rollkoffer legen und morgen wieder zurück aufs Festland fahren? Oder im Café fragen, über er sich zum Beispiel auf die Holzbank neben der Bar legen könnte? *Ich könnte dafür ja einfach großzügig bezahlen*, hat er sich gedacht. Und mit dem jungen Mann hinter der Bar geredet. 10 Dollar hat er ihm angeboten und dann 20, aber selbst, als Werner versucht hat, ihn mit 50 Dollar umzustimmen, und das ist eine für solche Dienste unverschämt hohe Summe in Haloban, hat der freundliche Herr hinter der Bar noch abgewunken. Ungern hat er zwar abgewunken, aber er konnte da auch nicht viel machen, weil ja das Café Flamboyan nicht seines war, musste er auf diesen Batzen Geld eben verzichten. Aber er rief einen Freund.

He help. He help you, sagte er. Huschte hinaus aus dem Café und tauchte zwei Minuten später wieder auf. Steckte sich etwas enttäuscht die 10 Dollar, die ihm der Werner für diese Hilfe gegeben hat, ein und dann ging der Werner mit seinem neuen Bekannten zu diesem nach Hause.

Zuerst hatte er ein schlechtes Gefühl. Als er durch das kleine, im Vergleich zu seinem Zuhause in Tirol ärmliche Fischerdorf ging. Die Rollkoffer waren hier eine echte Belastung. Die Straßen, wenn man das Straßen nennen konnte, waren einfach nicht für sie ausgerichtet. Und als der neue Bekannte sich anbot, einen der zwei Rollkoffer zu tragen, hatte Werner das Gefühl, dass der ihn vielleicht ausrauben würde.

Wenn der mir einfach meine Sachen und mein Geld wegnimmt, bin ich erledigt, dachte er sich. Aber diese Gedanken waren wie weggewischt, als er zehn Minuten später an der Hütte dieses kleinen Mannes ankam. Als die fünf Kinder dieses Fischers ihn und ihren Vater begrüßten und als die Frau allen zusammen einen Tee brachte. Als er mit der Familie am Tisch Platz nahm und gemeinsam mit ihnen zu Abend aß. Als der Fisch, den die Hausherrin aufgetischt hatte, zart in seinem Mund zerschmolz. Und als der mit irgendwelchen dem Werner vollkommen unbekannten Gewürzen verfeinerte Reis ihn so satt gemacht hatte, dass er gar nicht daran denken konnte, noch einen Bissen hinunterzubringen. Und auch am nächsten Morgen war der Werner noch froh, als er aufwachte, als er hinaus ging vor die Hütte und da schon der Fischer auf einem kleinen Holzschemel in der Morgensonne saß.

Fish no here, sagte er zu Werner, als der noch etwas schlaftrunken auf die verwitterte Holzplattform vor der Hütte hinaustrat.

You everyday work? Everyday fish?, fragte Werner.

Everyday, antwortete der Fischer. Und stand dann auf. Zeigte hinaus auf die blaue Lagune, die man von hier aus gut sehen konnte. *Today fish no here. Tomorrow.* Erklärte er lächelnd und zuckte mit den Schultern.

Today I here, antwortete der Werner. Und griff in die Tasche. Zog sein Portemonnaie heraus, fischte einen Zwanzigdollarschein aus seiner Geldbörse und gab sie dem Fischer.

No, no, winkte der ab.

Yes, sagte der Werner.

Das ging noch ein paarmal hin und her. Und erst, als Werner versucht hatte, einen Witz zu machen,

Today I fish, hatte er gesagt, und den Fischer damit zum Lachen gebracht. *I fish for you*, legte er noch einmal nach. *I thank you. I happy. You good man*, sagte Werner. Und da nahm der Fischer sein Geld auch wirklich an. Freute sich über die 20 Doller genauso sehr, wie Werner sich freute, dass der freundliche Fischer sein Geld endlich doch in der Hand hielt. Dann verabschiedeten sich die beiden. Der Fischer holte noch seine Frau und seine Kinder. Sie machten ein gemeinsames Foto mit Werners Kamera. Auch die hatte er sich extra für den Urlaub gekauft. Und jedes Mal war er wieder überrascht, wie gestochen scharf sie fotografierte. Wie brillant die Farben auf den Fotos waren und wie gut man die Gesichter der Leute auf den Bildern erkennen konnte.

Deshalb hat der Werner seine Kamera auch immer allen gezeigt, die mit ihm auf seiner kleinen Rundreise gesprochen haben. Und die meisten haben sich da gedacht: *Was für ein Spinner. Glaubt der, ich hätte noch nie so eine Kamera gesehen?*

Und das hat der Werner schon in deren Gesichtern gesehen. Aber abhalten hat er sich davon nicht lassen. Und das ist auch gut so. Denn vielleicht zwei Wochen nach seinem Besuch in Haloban hat der Werner sich wieder einmal mit einem Einheimischen unterhalten. Und er hat dabei, wie schon so oft, seine Kamera aus der Tasche geholt und dem Fremden seine vielen Fotos gezeigt. Und sein indonesischer Gesprächspartner ist dabei höflich geblieben. Der hatte zwar ganz andere Sachen zu tun an dem Tag. Aber die fünf Minuten Aufmerksamkeit wollte er diesem alten und in seinen Augen einsam wirkenden Mann aus Europa dann doch schenken. Deshalb schaute er sich ein Foto nach dem anderen an. Zuerst ein paar aus Jakarta und dann ein paar von Bali. Dann die aus Aceh, und als der Werner ihm das eine Foto zeigte, das er an diesem einen Morgen in Haloban geschossen hatte, drehte der Einheimische plötzlich durch. Er zeigte wie wild auf das Gesicht des kleinen Mädchens, das da neben Werner auf dem Foto zu sehen war.

Er nahm Werner bestimmt an der Hand und zog ihn hinter sich her. Zog ihn schnurstracks hinein in eine kleine Seitenstraße, in der es nach gekochtem Reis und frisch gewaschener Wäsche roch. Und vielleicht ließ sich der Werner ja, weil sein Abenteuer auch an diesem einen Tag dort auf der Insel in Haloban gut gegangen war, von diesem Mann in die kleine Seitengasse hineinziehen. Auch in die nächste noch. Und auch in ein kleines Haus ließ er sich schleppen. Hinauf über eine schmale Holztreppe und über einen schmalen Gang. Und als der Mann vor ihm eine blau gestrichene Holztüre aufriss, öffnete sich hinter dieser Türe ein Raum. Fast durchsichtige Vorhänge flatterten drinnen vor dem geöffneten Fenster, durch das erstaunlich viel Licht in die einfache Wohnung fiel. Ein Bett, ein Schrank, ein kleiner schwarzer Holztisch und zwei Stühle. Viel mehr Möbel waren da nicht zu sehen. Und viel mehr Möbel hätten da auch gar nicht Platz gehabt. Eine kleine Frau wischte gerade den Staub vom Tisch. Und sie staunte nicht schlecht, als ihr Mann mit diesem seltsamen Gast im Schlepptau in die Wohnung hineinplatzte. Als er die Frau ganz aufgeregt mit einem Schwall von Worten zu sich und Werner herüberbefahl.

Show the photo, sagte er zu Werner. Der immer noch seine Kamera in der Hand hielt. *Please, show the photo.* Und Werner zeigte der Frau das Bild. Er sah in ihr Gesicht und sah, wie die Augen der Frau immer größer wurden. Er hörte, wie auch sie begann, ganz aufgeregt auf ihren Mann einzureden. Die beiden schrien beinahe auf sich ein. Und Werner konnte das kaum glauben. Damals nicht und auch heute kann er es noch kaum glauben, da es einfach derart unwahrscheinlich ist, dass so jemand wie er auf dieser kleinen Insel in Indonesien landet, dass er auf dieser Insel dann auch noch in diesem Dorf landet und bei diesem Fischer und dass er bei dieser Familie übernachtet, dass er dabei ein Foto macht und dass er dieses Foto dann zwei Wochen später diesem anderen Mann aus Indonesien zeigt und dass dieser Mann auf dem Foto, dass auch seine Frau auf dem Foto sofort ihr eigenes Kind erkennen. Von dem die beiden schon lange geglaubt haben, dass es tot sei. Denn bei dem ungeheuren Tsunami im Jahr 2004, als Hunderttausende Menschen einfach aufs Meer hinausgeschwemmt oder von den Trümmern des Tsunami erschlagen wurden, da hat es auch die Tochter der beiden hinaus aufs Meer gezogen. Und die beiden haben damals gesucht nach ihrer Tochter. Tagelang haben sie gesucht. Wochenlang haben sie gesucht. Aber dass die kleine, vierjährige Tochter der beiden so weit ins Meer hinausgetrieben worden war, dass sie sich zwei Tage lang an einen Holzbalken klammern konnte und dass sie deshalb auch nicht ertrunken ist, damit hatten sie nicht gerechnet. Und damit hatten auch die Fischer nicht gerechnet, die sie mehr tot als lebendig aus dem Wasser gezogen hatten, am 28. Dezember 2004. Die sie in ihr kleines Holzboot gesetzt hatten und die sie mit auf ihre Insel genommen hatten. Auf der Insel wusste dann keiner so recht, was mit der Kleinen geschehen sollte. Aber derselbe Fischer, der den Werner zu sich nach Hause eingeladen hatte, hatte auch von dieser Geschichte gehört. Wie für Werner ging er auch damals im Jahr 2004 für das kleine Mädchen hinunter zum Hafen. Und wie den Werner nahm er damals auch das kleine Mädchen mit zu sich nach Hause. Am Anfang hat er noch versucht, herauszufinden, zu wem dieses schüchterne kleine Wesen wohl gehören mochte. Aber das Chaos nach dem Tsunami im Dezember war unvorstellbar. Auch in Haloban. Überhaupt auf den Banyak-Inseln, von denen ein paar im Dezember 2004 sogar gesunken waren. Und auch ein Teil von Haloban versank 2004 buchstäblich im Meer. Trotzdem und in all diesem Chaos hat der Fischer das Mädchen einfach in seine Familie aufgenommen. Hat er es gemeinsam mit seiner Frau aufgezogen wie sein eigenes Kind. Und zehn Jahre später dann ist der Werner genau zu ihm gekommen. Ist er an einem Ort gelandet, von dem er vorher gar nicht wusste, dass er überhaupt existiert. Ist er bei einer Familie untergekommen, von der er sich nicht einmal hätte vorstellen können, dass es sie auf der Welt gibt. Hat er in einer Hütte übernachtet, von deren Existenz fast niemand auf der Welt überhaupt etwas weiß. Und hat er seinen neuen Fotoapparat mitgebracht, der Werner. Schon allein diese Verkettung der Umstände ist ja so unglaublich, dass es unglaublicher eigentlich gar nicht mehr geht. Aber es ist noch viel unglaublicher, dass er dieses besagte Foto zwei Wochen später nur den besagten echten Eltern des Mädchens gezeigt hat und dass genau diese unwahrscheinliche Verkettung von Umständen im Jahr 2014 dann dazu geführt hat, dass sich die verloren geglaubte Tochter und ihre Eltern am Ende dieser zugegebenermaßen recht rührseligen Geschichte doch noch in die Arme schließen konnten. Zehn Jahre nachdem sie durch eine Katastrophe, die im Grunde noch viel unglaublicher war, auseinandergerissen worden waren.

STEH AUF, LAZARUS

Erinnerst du dich, dass ihn die Wut gepackt hat, unseren Hans? Da oben in seinen Bergen. Diese ganze Wut über dieses ganze Herrschen der Dynastien und über dieses ganze die Menschen in den Tod Hineinbefehlen? Und dass sie ihn dermaßen gepackt hat, diese Wut, dass ihm die Tränen in den zotteligen Bart hineingeflossen sind? Heiß und salzig. Aber nicht einmal diese heißen und zornigen Tränen haben es vermocht, dass seine Wut verfliegt. Denn nachdem sie ihm quasi aus den Augen herausgeflossen ist, seine Wut, ist sie ihm auch in den Bauch geschossen und vom Bauch aus direkt hinunter, weiter in seine Beine hinein. Und deshalb steht er jetzt wütend auf, unser Hans. Steht danach einfach trotzig da. Auf seinem Schneefeld am Rand des Schützengrabens. Und er schaut. Er schaut grimmig in die Landschaft hinein und er wartet fast schon darauf, dass endlich eine Kugel geflogen kommt. Dass endlich seine Kugel geflogen kommt. Dass jetzt endlich, endlich, endlich ein Walscher so viel Erbarmen hat und ganz gezielt auf ihn schießt. Und dass ihn endlich, endlich, endlich diese eine und für ihn bestimmte Kugel vollends erschlägt. Wie der Blitz damals unten im Tal den Holzknecht erschlagen hat. Den Schmid Fritz. Den der Blitz nicht nur einmal getroffen hat, sondern gleich drei Mal ist der Blitz in den Fritz hineingefahren. Beim ersten Mal, da hat er nur einen Finger verloren, der Fritz. Beim zweiten Mal dann ein Auge. Das ist ihm mit dem Blitzschlag einfach blind geworden. So, als ob man jemandem die Sicht einfach wegbrennen könnte, war das Auge nach dem Blitzschlag direkt weiß. Erinnert sich der Hans. Und er erinnert sich auch daran, wie und wo er die Geschichte vom Blitzfritz zum ersten Mal gehört hat. Auf einem Fest war das, bei der kleinen, alten und wunderschönen Georgskirche. Die Musikkapelle hatte wie jedes Jahr ihre Bühne vor der Kirche aufgestellt und die Dorfleute hatten die Linde neben der Kirche geschmückt, hatten Bänke und Tische für die Gäste aufgebaut und sie hatten das Essen vorbereitet, sie hatten die Getränke, so gut es ging, kalt gestellt, die Hecken geschnitten und natürlich hatten sie auch das kleine Georgskirchlein selbst prunkvoll geschmückt. Sie hatten es innen genauso wie außen aufgeputzt, damit am Georgitag zuerst in der Kirche die heilige Messe und danach draußen das bunte Leben gefeiert werden konnte. Und das Wetter, ich sag dir, das Wetter hat mitgespielt, an diesem 24. April, heiß war's da fast wie im Sommer. Und heiß ist es auch unserem Hans geworden. Als ihm sein Nachbar auf dem Georgifest an diesem 24. April mit einem lauwarmen und schon schal gewordenen Bier in der Hand über den Tisch gelehnt zum ersten Mal die Geschichte des Blitzfritz erzählt hat. Wie der oben im Hochwald gearbeitet hat. Wie er die Axt geschwungen hat. Ein *Schrank von einem Mann war das*, hat der Nachbar gesagt. *Mit Händen wie ein Bär und einer Kraft wie die von zwei Rössern. Der hätt dir vermutlich mit bloßer Hand das Wasser aus einem Stein herausdrücken können. Der hat einfach so mir nichts, dir nichts einen Baum auf die Seite geräumt. Ganz alleine. Wo sonst zwei Leute ziehen und reißen mussten, hat der Blitzfritz das einfach direkt selber gemacht. Als ob nichts wär. Und im Wirtshaus, da haben den einmal drei oder vier mit gemeinsamer Kraft verdreschen wollen. Die wollten's wissen an dem Tag. Die Hitzköpfe. Und nicht, dass du jetzt meinst, dass das so halbe Portionen gewesen sind, die den Blitzfritz verdreschen haben wollen. Das waren nämlich schon auch echte Kanten, drei Holzknechte und der Knecht vom Hinterhofer Bauern war auch dabei. Und der war talauf, talab ja auch für seine Kraft bekannt. Aber der Blitzfritz, der hat den vier Burschen dann schon gezeigt, wer Herr im Haus ist. Obwohl der ja gar nicht Herr im Wirtshaus war, sondern auch nur Gast wie die anderen. Aber das hat den Blitzfritz nicht gestört. Der hat die vier einfach einen nach dem anderen gepackt und einem nach dem anderen hat er eine aufgelegt, dass gleich eine Ruhe war. Patsch hat's da gemacht. Viermal patsch und dann war fertig. Dann hat der die nur mehr aufsammeln müssen und bei der Tür hinausbugsieren. Denn wenn dir so einer wie der Blitzfritz eine auflegt, hast du keine Fragen mehr. Dann ist das Gespräch beendet. Wegen der enormen Kraft, die so einer in eine einfache Watschn legen kann.*

Aber diese ganze enorme Kraft, das sag ich dir jetzt, diese ganze Kraft hat dem Blitzfritz nichts genutzt, als er im Hochwald oben seine Axt geschwungen hat. An dem besagten Tag. An dem jeder gewusst hat, dass ein Wetter kommen wird. Und eigentlich haben sich alle Holzknechte da oben im Hochwald schon drauf gefreut, weil sie wegen des Wetters ja eine Pause machen konnten. Und ein bisschen ein frischer Wind wär ihnen auch gerade recht gekommen. Bei der schweren Arbeit kann es dir nämlich sogar oben im Hochwald schnell wärmer werden, als dir lieb ist. Aber der Blitzfritz, der wollte nichts wissen von einer Pause. Dem ging die Kraft einfach nie aus. Und während die anderen schon auf der Lichtung saßen und gegessen haben, damit sie noch vor dem Regen satt werden und sich dann, wenn es losgeht, nur mehr in den kleinen und transportablen Unterstand stellen müssen, den sie extra für solche Fälle immer dabeihaben, hat der Fritz weitergehackt. Bam, bam, bam, hat er seine Axt auf das Holz gedroschen. Und die anderen, die sollen ihm mehr als einmal zugerufen haben, dass er das jetzt auch einmal sein lassen könnt, mit der Hackerei. Weil er ihnen mit dem Geklopfe und mit seinem Eifer die Pause verderben würde, haben sie gesagt:

Schluss jetzt, Fritz. Setzt dich her. Trink was. Iss was. Gleich kommt eh das Wetter. Haben sie gerufen. Aber der Fritz, der hat einfach wie eine Maschine weitergehackt. Und plötzlich hat es einen lauten Bums gemacht. Und die Holzknecht-Kameraden haben den Fritz durch die Luft fliegen sehen. Zwei, drei Meter soll der durch die Luft geschleudert worden sein. Und die Holzknechte sind dann, so erzählen es sich die Leute, gleich hingelaufen, zum Fritz. Haben gesehen, wie dem die Haare zu Berge stehen. Und wie seine Hand geraucht hat. Der Blitz ist ihm von der Axt aus durch die linke Hand direkt durchgefahren und über das rechte Bein direkt weiter in den Boden hinein.

Das hast du an einem kleinen Loch in seinem Schuh gesehen, wo der Blitz wieder aus dem Fritz hinausgefahren ist. Hat der Nachbar erzählt.

Und bestimmt, denkt der Hans, *bestimmt haben die Knechte da gedacht: Jetzt ist es aus mit dem Fritz.* Aber da war nix aus. Der ist einfach aufgestanden. Hat sich den Dreck von der Hose geklopft und erst, als er sich mit der Hand durch die vom vielen Schwitzen fettig gewordenen Haare fahren wollte, soll er gemerkt haben, dass sein Finger ganz schwarz geworden ist. Der Zeigefinger ist das gewesen von seiner linken Hand. Und wie er das gesehen hat, der Fritz, soll er sich dann doch hingesetzt haben und auf seinen Finger gestarrt. Kohlrabenschwarz soll der gewesen sein. Und aufgeplatzt von der Gewalt, mit der der Blitz ihm in den Finger hineingefahren ist. Und da hat der Fritz gesagt:

Wenn der Förster kommt, sagt's ihm einen schönen Gruß von mir. Ich geh ins Tal und lass den Finger unten. Bis morgen. Und dann ist er alleine losgestapft und hat die Holzfäller mit ihren zitternden Knien und ihren offenen Mündern stehen gelassen.

Die müssen da ordentlich erschrocken sein. Hat der Nachbar erzählt. Und wahrscheinlich hat sich sogar der Regen da erschrocken. Denn das ganze Unwetter, das ist einfach weitergezogen. Nur der eine Blitz hat oben im Hochwald eingeschlagen. Als ob er es genau auf den Fritz abgesehen hätte, ist er durch ihn hindurch in die Erde gefahren. Aber geregnet hat es nicht. Es gab auch keinen Sturmwind und Hagel schon gar keinen. Auch die ganze Zeit über, während der Fritz ins Tal hinuntergestiegen ist, hat es nicht geschauert. Ja, sogar am nächsten Tag war noch wunderbares Wetter, als der Fritz mit seiner verbundenen Hand wieder hinauf auf den Berg gestapft ist. Weil er vom Kartenspielen so viele Schulden gehabt hat, die er auch bezahlen wollte, *Spielschulden sind Ehrenschulden, Blitz hin, Blitz her*, soll der Fritz gesagt haben, als er am nächsten Tag wieder oben aufgetaucht ist und gleich weitergearbeitet hat. Zuerst hat er nur die leichten Arbeiten verrichtet. Hat er kleine Äste abgehackt und das Pferd geführt. Aber nach nicht einmal einer Woche hatte der Blitzfritz nicht nur seinen neuen Namen bekommen, sondern er hatte auch schon wieder die große Axt in der Hand. Und wenn dir das jetzt einer erzählen würde, dass den Fritz im gleichen Jahr im gleichen Sommer und sogar auf dem gleichen Berg noch einmal der Blitz getroffen hat, dann könntest du glatt meinen, dass das erfunden sein muss. Aber es ist wirklich wahr, dass der Fritz in diesem Jahr noch einmal durch die Luft geschleudert wurde und dass ihm wieder fast nichts passiert ist, außer, dass ihm sein Auge blind geworden ist. Äußerlich hat der sonst keinen Kratzer gehabt. Nur dass mit seinem Auge etwas nicht stimmt, das hat er sofort bemerkt, der Fritz.

Was ist los? Ich seh nicht richtig. Soll er gesagt haben. Zu den gleichen Holzfällern, die auch schon beim ersten Mal dabei gewesen waren. Aber dieses Mal hat er sich nicht mehr getraut, alleine ins Tal zu gehen. Der Fritz. Denn ein wenig gewankt hat dieser Bär von einem Mann an diesem Tag nach dem zweiten Blitztreffer schon. So haben es zumindest die Holzfäller erzählt. Und deshalb hat ihn damals der Hinterstoder Michl am Arm genommen und gesagt:

Kimm. I bring di obi. Und da sind die beiden durch den Regen davongetorkelt. Der Fritz ist getorkelt, weil er nicht mehr richtig hat sehen können, wohin er eigentlich geht. Auch der Kreislauf hat nicht mehr so richtig mitgespielt. Und der Michl ist getorkelt, weil der den bestimmt ja 120 Kilo schweren Fritz versucht hat, festzuhalten. Aber so einen Schrank von einem Mann, den kannst du nicht so einfach festhalten, wenn es bergab geht. Auch nicht als Holzfäller-Michl mit deinen von der Arbeit zu Stahl gewordenen Muskeln. Aber trotz des Wankens und trotzdem, dass der Fritz da halb blind war, sind die beiden am Ende heil unten angekommen. Und der Doktor im Tal soll gleich herbeigeeilt sein zum Fritz. Soll sein Herz abgehört haben und seine Lunge, soll seine Knochen untersucht haben und seine Innereien, einmal richtig auf alles abgeklopft hat ihn der Doktor. Aber gefunden hat er nichts außer halt das trüb gewordene Auge. Eine Woche Bettruhe hat er dem Fritz verordnet. Und wenn du jetzt glaubst, dass das bei dem etwas bewirkt hat mit der Bettruhe, dann liegst du falsch. Nach einem oder zwei Tagen, da hat es den Fritz schon wieder in den Füßen gejuckt und da wollte der schon wieder hinauf auf den Berg. Aber der Förster hat ihn nicht gelassen.

Was willst da oben? Noch einen Blitz fangen? Soll er gesagt haben. Und der Fritz soll da gemurrt haben. So lange gemurrt, bis der Förster nachgegeben hat. Bis er gemeinsam mit dem Fritz losgestapft ist. Aber nicht auf den Berg hinauf ist er gegangen, sondern hinunter zum Sägewerk am Bach ist er mit dem Fritz. Dort hat der Förster mit dem Besitzer des Werks gesprochen und dem Fritz eine Stelle vermittelt. Und die Sägewerker waren froh über diesen Berg von einem Mann.

Der hat auch im Sägewerk für zwei gearbeitet. Hat der Nachbar auf der Bierbank beim Georgifest damals am 24. April im heißen Sonnenschein mit dem warmen Bier in der Hand erzählt. Und ob du es nun glaubst oder nicht: Zwei Jahre später, da kam wieder ein Wetter. Und da ist der Blitzfritz im Sägewerk vor die Tür hinausgegangen. Das war an so einem drückenden Sommertag. Eine so unnatürliche Hitze war das an diesem Mittwoch und der Himmel ist da schon am Vormittag ganz komisch weiß geworden. Man hat schon ein paar Stunden vor dem Wetter gesehen, dass da etwas kommt. Und der Fritz hat das auch gesagt, zu seinen Kollegen.

Da kommt heut etwas Ordentliches auf uns zu. Hat er gesagt. Und mit dem Zeigefingerstummel seiner linken Hand in den Himmel gezeigt.

Ich seh das kommen. Hat er gesagt. Und lachend mit seinem kaputten Auge gezwinkert. Und die anderen im Sägewerk haben mitgelacht. Wenn einer mit seinem Unglück so lustig umgeht, dann lacht man halt auch.

Überhaupt, denkt der Hans, *überhaupt kann man ja über fast nichts so lachen wie über das Unglück der anderen.* Aber dass einer über das eigene Unglück solche Witze macht, dafür braucht es schon so einen Bären wie den Blitzfritz. Der dann später, als die hohen schwarzen Wolken wirklich dahergekommen sind, hinaus ist vor die Tür. Der eine Runde gegangen ist, um zu schauen, ob der Gewittersturm, der sich schon drohend über ihnen aufgebaut hat, wirklich nichts auf dem Gelände des Sägewerks wegblasen kann. Er hat geschaut, ob das Wehr des Werksbaches frei ist, damit das Wasser gut abfließen kann. Und er hat geschaut, dass alle Türen des Sägewerks geschlossen sind und dass auch die Fenster nicht offen stehen, damit sie der Sturm nicht zerdeppern kann. Und als er das alles kontrolliert hatte, der Fritz, da ist er wieder zu den anderen gegangen. Die sind schon drinnen gesessen in der Halle und haben darauf gewartet, dass das Unwetter gleich über sie hereinbrechen wird. Und wie der Fritz bei denen angekommen ist und wie er die große Tür mit seinen riesenhaften Händen von außen aufgemacht hat, damit er hineingehen kann, da hat es gekracht. Da hat der Blitz, obwohl überall auf dem Gelände Metall herumgestanden ist und obwohl überall um das Sägewerk herum auch hohe Bäume waren, hat der Blitz nicht das Metall und auch nicht die Bäume gefunden, sondern seinen alten Freund den Fritz hat er besucht. Und direkt nach dem Knall ist der Fritz zum dritten Mal durch die Luft geflogen. Dieses Mal aber mit einem fürchterlichen Heulen. Und kaum war das Heulen vorbei, hat der Hagel angefangen, auf alles einzudreschen. Fünf Zentimeter große Eier hat es da heruntergehauen. So erzählen sich das die Leute und so hat es auch der Nachbar dem Hans auf dem Georgifest am 24. April in der Hitze mit dem lauwarmen Bier in der Hand erzählt. Dass der Hagel das halbe Dach des Sägewerkes kaputtgeschlagen hat an diesem Tag. Aber trotzdem sind die Leute damals hinaus zum Fritz. Sie haben sich abgeschnittene Bretter oder die Deckel von Fässern über den Kopf gehalten und sie haben den Fritz, so schnell es ging, in die Halle hineingezogen. Ganz gebebt soll der haben, der Fritz. Und wenn nicht der Hagel sein wütendes Konzert auf den Ziegeln des Dachs gegeben hätte, hätten sie auch gehört, wie es noch gezischt hat, als sie den Fritz über den Boden geschleift haben. Wie eine aufgeladene Batterie hat der noch gefunkt. Und erst, als sie ihn drinnen hatten, haben alle gesehen, dass es dieses Mal nicht mehr so glimpflich abgegangen war wie bei den ersten beiden Blitzen. So wie der Fritz dalag, haben alle begriffen, dass es jetzt doch aus war mit dem Fritz. Dass ihn der Herrgott mit einem Donnerschlag zu sich heimgeholt hatte. Und es lief ihnen kalt den Rücken hinauf und hinunter. Sie bekreuzigten sich hundertmal und begannen wie aus einem Reflex heraus zu beten. Mit großen Augen starrten sie auf den Fritz und konnten es gar nicht glauben, weil der Fritz ja vorher noch gesagt hat *Da kommt etwas auf uns zu.* Als ob er es geahnt hätte. Das haben sich zumindest alle gedacht. Dass der Fritz das eigentlich gewusst hat. Und deshalb haben sie ja auch so auf den toten Fritz am Boden gestarrt. Da ihnen nicht nur der Tod, sondern vor allem die Art des Todes, den der Blitzfritz hat sterben müssen, so unheimlich war, ist ihnen gar nicht aufgefallen, wie das Gewitter über ihnen weitergewütet hat. Wie es das halbe Dach zerschlagen und hundert Bäume umgerissen hat. Und sie haben das deshalb nicht gemerkt, weil sie alle ihre Augen nicht von dem Baum abwenden konnten, den der Blitz hier bei ihnen umgerissen hat. Vom toten Fritz nämlich. Und es wird erzählt, dass der Blitzfritz noch zwei oder drei Minuten später, als alle schon sicher waren, dass er jetzt wirklich tot ist, der Fritz, dass er da noch einmal aufgesessen sein soll und dass er danach gleich wieder nach hinten umgefallen ist.

Wie ein Fisch, der beim Salzen noch einmal zuckt. Oder vielleicht ist ja in diesem Moment die Fritzseele erst aus seinem Körper hinausgefahren. Denkt der Hans. Und er stellt sich vor, wie der Blitzfritz dagelegen haben muss. Und wie die Leute gedacht haben müssen, dass es etwas Unheimlicheres als das Unglück des Blitzfritz gar nicht geben kann.

Und als der Hans daran denkt, muss er lachen. Er lacht laut auf. Darüber, wie kurzsichtig die Menschen sind. Wenn sie glauben, zu wissen, was es alles gibt auf der Welt und was es alles nicht geben kann. Oder darf. Aber so Sachen wie die, die dem Fritz passiert sind, die sind hier heroben in der Welt unseres Hans schon tausendfach passiert. Es soll sogar einen geben, oder zumindest erzählt man sich von einem, den haben acht MG-Kugeln getroffen. Eine ins Auge und eine ins Ohr, eine in den Oberarm links und eine hat ihm an der rechten Hand zwei Finger weggerissen, eine hat er ins Bein bekommen und eine in die Hüfte. Und als ob das alles noch nicht genug wäre, haben ihm die Walschen auch noch einmal links und rechts durch die Schulter geschossen. Alles auf einen Schlag. Und schon das, nämlich dass sich einer so viele Kugeln auf einmal einfangen kann, das kann man ja eigentlich gar nicht glauben. Aber noch viel unglaublicher ist es, dass dieser Korporal diese acht Kugeln auch noch weggesteckt hat. Der soll unten an der Bahn irgendwo sitzen, dieser Korporal, und Büroarbeit erledigen. Mit einer Klappe vor dem Auge und einem Stummel von linkem Arm, mit einer Beinprothese und einem extra für ihn gemachten Griffel in der Hand sitzt der, wenn es stimmt, dort unten in einem Lager und macht Listen. In einer Spedition, die Transporte für die Armee organisiert. Und obwohl ihn der Chef seiner Firma viel lieber nach Hause schicken würde, sich das aber nicht getraut, da dieser Korporal ja auf seine Weise ein Held ist, und was täten die Leute da sagen, wenn er diesen Helden einfach entlassen würde, schickt er ihn nicht nach Hause. Sondern lässt ihn alle möglichen Dinge für das Militär durchzählen. Dosenfleisch 1212. Brot 6528. Weinfässer 82. Munition Karabiner 320 000 Schuss. Und Särge: 728.

FABULA RASA

Mut, denkt der Hans. Als er dasteht. *Mut kann man nicht kaufen. Aber die eigene Dummheit, die kommt mir heute vielleicht doch teuer zu stehen.* Denkt er. Und er denkt das, weil es jetzt endlich so weit ist. Weil er jetzt endlich all seinen Mut zusammennimmt, unser Hans. Und wirklich hinübergeht zum Strudelgrat. Mutig und gerade so, als ob es darum ginge, etwas Heldenhaftes zu erreichen, stapft er durch den Schnee und durch diese atemberaubend schöne Landschaft der Dolomiten. Er freut sich schon darauf, unser Hans, da drüben vom Strudelgrat aus ins Tal hinunterzuschauen. Und es wär jetzt fast gelogen, wenn man sagen würde, dass er von dort aus wirklich sein Heimatdorf sehen könnte. Aber ganz so verkehrt ist das auch wieder nicht. Weil sich ja die Orte in den meisten Alpentälern doch ähneln. Sicher. Ihre Geschichte ist eine ganz unterschiedliche. Wo es auf der einen Seite zum Beispiel die Slawen waren, die die Täler besiedelt haben, da waren es auf der anderen Seite eben oft die Kelten. Oder Romanische. Das kannst du heute manchmal gar nicht mehr so leicht unterscheiden, wer, wann, warum, wo und auch wie gesiedelt hat. Denn die Geschichte, die ist ja in den Alpentälern auch nie stillgestanden. Obwohl die Felsen der Berge und die engen Täler und die engen Stirnen der Älpler manchmal den Eindruck erwecken können, dass die Geschichte hier immer schon stillgestanden ist, ist sie natürlich selbst hier nie stehen geblieben. Und auch heute, an diesem sonnigen Tag in den Dolomiten steht sie nicht still. Wie ja auch unser Hans jetzt nicht mehr stillsteht. Auf seinem wunderbaren Schneefeld hier heroben. Weil er jetzt hinüberstapft zum Grat. Wie von einer unsichtbaren Macht wird er da hinübergezogen. Aus einem absurden Wunsch heraus will er sich davon überzeugen, dass das Tal da unten überhaupt noch da ist. Dass sie es nicht auch schon weggeschossen haben, wie so vieles andere auf der Welt.

Die schießen und sprengen ja ganze Berge weg hier, denkt der Hans. *Also warum sollen die nicht auch die Täler wegschießen? Nimm an, die haben da unten schon alles kaputtgeschlagen, nur uns hier sagt keiner was. Damit wir dableiben und damit wir nicht einfach nach Hause laufen. Sein könnt das schon.* Denkt der Hans. Und macht den nächsten Schritt. Schaut inzwischen genau, ob ihn der Schnee immer noch hält. Ihm ist wieder eingefallen, dass der Schnee hier ja, wenn der Wind geht, über Nacht vier Meter hoch aufgetürmt werden kann. Nur vom Wind. Und wenn du jetzt wo gehen willst, wo der Schnee einen Meter tief ist, dann weißt du schon nach hundert Metern, was du gemacht hast. Dann brennt das in deinen Schenkeln und Waden und dann wirst du auch schon nach hundert Metern außer Atem sein. Aber wenn so ein Schnee sich gleich vier Meter aufgehäuft hat, dann kannst du nur hoffen, dass dich die Schneedecke auch hält. Dass du nicht einbrichst und versinkst. Denn aus so einem richtigen Schneeloch kommst du so leicht nicht mehr lebendig heraus. Das hat der Hans schon ein paarmal gesehen. Oder halt. Das stimmt jetzt nicht. Das hat er noch nie gesehen. Er glaubt nur, dass er selbst schon gesehen hätte, wie einer im Schnee versinkt und wie man ihn danach nie wieder zu Gesicht bekommen hat. Im Frühling dann vielleicht, wenn es ausapert.

Wenn. Denkt der Hans. *Da findet man so einen vielleicht doch noch einmal.* Und es fällt ihm gerade selber auf, dass er sich etwas zusammenfabuliert. Dass auch er schon anfängt, genau wie die anderen beginnt auch er ganz offensichtlich schon damit, Geschichten zu erzählen, nur damit etwas erzählt ist. Wie die unten im Unterstand, wo die dauernd Sachen erfinden. Oder wenigstens so tun, als ob sie die gerade dargebotenen Geschichten erlebt und nicht nur erzählt bekommen hätten.

Aber es gibt halt so Leute, die viel reden und bei denen kannst du dich auf gar nichts verlassen. Die sind als Soldaten noch viel schlimmer als im Frieden als Jäger und Fischer, denkt der Hans. Und wenn *du auf so einen triffst, dann war der mit Sicherheit gleichzeitig in Galizien und an der Südfront, dann war der in Grodek und am Isonzo zugleich und hat mit drei Händen immer vier Feinde gleichzeitig erschlagen. Und zwei auch noch gesprengt. Dann hat der ganze Offensiven alleine geführt.* Denkt der Hans. Aber nicht, dass du jetzt glaubst, dass alle da in den Kavernen solche Geschichten erzählen würden. Im Gegenteil. Das sind wenige, die solche Heldengeschichten darbringen. Und es sind immer Geschichten, die mehr oder weniger gut gegangen sind. Und die so erzählt werden, als ob bei diesen Geschichten nur die anderen und keiner von den Eigenen zu Schaden gekommen wäre.

Vom Brot und von Material, sicher. Davon ist hier auch viel die Rede. Und von Wein und Schnaps sowieso. Manchmal auch von den Frauen daheim. Aber eher selten. Weil die Leute dann immer schnell den Mut verlieren. Und ihnen dann schnell klar wird, wie sinnlos es eigentlich ist, dass sie hier heroben sitzen und nicht unten mit der Liebsten liegen. Und herzen und bussln und alles. Aber das steht auf einem anderen Blatt, die Liebe. Die hier im Krieg keinen rechten Platz hat. Auch, wenn manche sagen, dass sie das hier heroben nur deshalb schaffen, weil unten jemand auf sie wartet.

Sicher, das wird schon dem einen oder anderen helfen, denkt der Hans. *Aber das schadet auch dem einen oder anderen. Denn von einem gebrochenen Herzen zum Beispiel, von dem kann dich auch die wildeste Schlacht hier heroben nicht heilen.* Denkt der Hans. *Das tut auch dann noch weh, wenn dir einer in die Haxn schießt. Du vergisst es vielleicht kurz, dein gebrochenes Herz, wenn dir die Knochen splittern. Aber lang geht das nicht. Das fällt dir dann im Lazarett oder spätestens daheim dann schon wieder ein, dass dir deine Liebste, während du da oben in den Bergen warst, unten im Tal vielleicht das Herz gebrochen hat.* Und deshalb reden die meisten hier auch nicht von der Liebe, sondern viel eher vom Kartenspielen und von einer tollen Partie im Wirtshaus. Von einer Rauferei oder einem gelungenen

Streich am Vorgesetzten erzählen die sogar noch öfter als von einem der geglückten Angriffe. Aber besonders bemerkenswert findet es der Hans, dass hier keiner vom Sterben redet. *Wahrscheinlich tun sie das nicht*, denkt er sich, *weil sie hoffen, dass sie dieses ganze Bluten und Sterben schneller vergessen können, wenn sie nicht drüber reden. Oder wenn sie die Geschichten, die sie erzählen, mit so vielen heldenhaften Details ausschmücken, dass sie sich das Elend einfach selbst wieder ausgeredet haben. Die schmücken ihre Geschichten so lange aus, bis sie selbst schon nicht mehr wissen, was wahr ist und was erlogen. Was sie selbst erlebt und was sie nur selbst erfunden haben,* denkt der Hans. *Und dabei schwemmen die wie ein Redewasserfall ja eigentlich ihre eigene Geschichte weg*, denkt er weiter. Und schaut wieder hinüber zum Grat. Die letzten Schritte haben gut gepasst. Der Schnee hält ihn ganz leicht aus. Also macht er jetzt noch einen Schritt. Und noch einen. Und noch einen. Ganz langsam geht er inzwischen. Es ist ihm jetzt doch unheimlich geworden, dass er hier heroben so ein hervorragendes Ziel für die Walschen abgibt, also beschließt er, weiter zu kriechen. Auf allen vieren kommt er zwar langsam vorwärts. Aber so ist er schwerer zu treffen. Und außerdem verteilt er sein Gewicht so besser.

So brech ich nicht ein. Denkt er sich. *Und selbst wenn der Schnee nachgeben sollte, kann ich mich so wieder herauswühlen. Weil ich nur ein paar Zentimeter und nicht gleich drei oder vier Meter tief einsinke.* Redet sich der Hans ein. Und obwohl er das wirklich nur denkt, um sich selbst Mut zu machen, hat er damit wohl recht. Denn es funktioniert wirklich. Er kann wirklich eine Hand vor die andere setzen und hinüberkriechen. 78 Meter sind das. Von der Stellung K9 hinüber zum Grat. Das haben sie schon oft gemessen. Weil man ja, wenn man treffen will, wissen muss, wie weit man schießen soll, haben sie diese 78 Meter festgelegt. Und sinnlos festgelegt, weil über den Grat da drüben noch nie einer heraufgekommen ist.

Das wär ja auch vollkommen sinnlos, denkt der Hans. Sobald einer, der da heraufgekraxelt ist, über den Grat schauen würde,

würde man den ja sehen. Der müsste über den letzten Stich unterm Grat von der anderen Seite aus ja steil heraufklettern. Und dann die 78 Meter hier zur K9 hinüberlaufen. Das traut sich keiner.

Wobei, so verkehrt wäre das vielleicht doch nicht. Denkt der Hans. *Wenn einer alleine kommt, wäre das zwar sicher sinnlos. Aber wenn die gleich mit zwanzig oder von mir aus auch dreißig Mann auf einmal über den Grat heraufstürmen, dann wär das vielleicht doch die richtige Taktik, die sie bis in die K9 hineinführen würde. An einem Tag wie heute, wo da nur so ein Hansl wie ich steht. Aber auf der anderen Seite ist es von der K9 bis hinunter zum Leutnant dann halt auch noch ein weiter Weg. Mit ein paar Stellungen, die du auch mit zwanzig oder dreißig Leuten oder besser gesagt mit den paar, die von diesen zwanzig oder dreißig dann noch übrig sind, nicht so schnell einnehmen kannst.*

Denn die K9, das weiß der Hans und das musst auch du jetzt noch einmal bedenken, die ist ein Außenposten. Mehr zum Beobachten da wie zum Kämpfen.

Das wissen sicher auch die Walschen. Denkt der Hans. Und kriecht weiter. Kriecht immer und immer näher an den Grat heran. Und als er fast dort ist, an dem Grat, robbt er die letzten Meter auf die kleine Schneezunge hinaus, die sich über den Grat gelegt hat. Hofft, dass auch diese Schneezunge ihn hält. Und wirklich fällt er nicht hinunter, unser Hans. Sondern er kann in Ruhe liegen bleiben. Keiner schießt und es bleibt so still wie schon den ganzen Tag über. Auch die Sonne hat immer noch dasselbe Erbarmen und sie scheint dem Hans immer noch friedlich auf seinen Rücken. Sie wärmt ihn durch seine Uniform hindurch gerade so, als ob sie für nichts anderes erschaffen worden wäre als dafür. Und der Hans, der schaut jetzt hinunter ins Tal. Sieht unten die mit rotem Blech gedeckte Kirche im Dorf und erkennt, dass ihr Dach noch in Ordnung ist. Dass auch die Höfe rund um die alte Kirche noch nicht ausgebrannt sind. Und es kommt ihm fast so vor, grad, als ob er den Menschen da unten zuwinken könnte. Aber natürlich kann er das nicht. Weil erstens ja gar keiner von denen da unten hinaufschaut. Und weil sie ihn zweitens, auch wenn sie heraufschauen würden, auch gar nicht sehen könnten.

Aber einer, der könnte ihn sehr wohl sehen, den Hans. Nämlich der Giovanni. Denn der steht, und das weiß der Hans zum Glück noch nicht, der steht da unten in einer Stellung, die die Italiener heimlich in den letzten Wochen errichtet haben. Dafür haben die sich durch einen halben Berg gebohrt im Lauf des Winters. Und dann haben sie sich durch den Schnee gegraben. Haben vielleicht hundert Meter weiter unten direkt an einer Bergflanke eine Stellung errichtet und sie mit Sandsäcken und Steinen befestigt. Sie haben sogar Erde, Balken und Steine durch den Tunnel heraufgeschleppt und ein richtig stabiles Dach auf die Stellung gesetzt. Eines von denen, auf die du eine Handgranate nach der anderen werfen kannst, ohne, dass dem Dach das etwas anhaben könnte. Mit einem Mörser wär das vielleicht etwas anderes. Und mit einer richtigen Granate könntest du das Dach und die Stellung sowieso knacken. Aber so gescheit waren die Italiener beim Bauen der Stellung schon, dass sie genau gewusst haben, dass man an dieser Stelle mit einem Mörser oder mit einer Granate kaum treffen kann. Und außerdem haben sie die Stellung auch so gescheit gebaut, dass die Alpini, wenn die Österreicher doch auf die Idee kommen sollten, den Ausguck wieder wegschießen zu wollen, direkt mit drei Schritten ums Eck springen und sich in Sicherheit bringen konnten, da unten. Aber, das sag ich dir jetzt im Vertrauen: Auf die Idee, die Stellung da unten wegschießen zu wollen, würden die Österreicher nicht kommen. Ganz einfach, weil jeder, der auf diese neue Stellung im Allgemeinen und gerade jetzt auf den Giovanni da unten im Besonders schießen könnte, ja auch so daliegen müsste wie der Hans jetzt daliegt. Sogar einen halben Meter weiter vorne. Denn der Hans, der schaut ja nur ins Tal hinunter. Und das kann er auch von seiner Stelle aus, einen halben Meter vor dem Abgrund. Aber wenn du die Stellung da unten wirklich kaputtschießen willst, dann musst du dich schon richtig über die Kante des Grates hinüberbeugen. Und wenn du das tust, wenn du dich hinauslehnst über den Grat, dann bist du ja genauso verwundbar, wie es unser Hans jetzt ist. Oder besser gesagt, wie er es fast ist. Weil er ja den entscheidenden halben Meter von der Kante entfernt liegt. Und der Giovanni da unten zwar hinaufschaut, aber nicht schießt. Der hat zwar gespürt, dass sich da oben am Grat etwas getan hat. Aber was das ist, das sich da oben vielleicht bewegt, das hat der Giovanni nicht gesehen. Das konnte er ja auch gar nicht sehen. Aber er nimmt jetzt trotzdem aus einem Gefühl heraus sein Fernglas in die Hand und schaut zur Sicherheit noch einmal ganz genau hin. Bestimmt zwei oder drei Minuten lang sucht er den Grat genau ab. Beobachtet er die Schneezunge, auf der der Hans liegt. Aber auch mit seinem Feldstecher kann er nichts erkennen. Auch deshalb, weil sich der Hans nicht mehr bewegt, sondern ganz ruhig daliegt und ins Tal hinunterschaut. Und deshalb schlägt der Giovanni auch keinen Alarm. Das wäre ja auch im Grunde gegen seinen Befehl. Da die Italiener der sicheren Ansicht sind, dass ihre neue Stellung den Österreichern noch nicht bekannt ist. Und da es deshalb die eindeutige Order gibt, diese Stellung erst dann zu verraten, wenn die Italiener zum Angriff bereit sind. Denn das, was der Hans sich vorher gedacht hat, nämlich dass die Italiener vielleicht doch eines Tages da heraufstürmen könnten, das haben die tatsächlich vor. Nur halt nicht mit zwanzig oder dreißig Mann. Sondern gleich mit zweihundert wollen sie das tun. Aber keine Sorge, noch nicht heute. Sondern erst, wenn der Schnee so gut wie weg ist, wollen sie diesen Weg in die österreichischen Stellungen einmal versuchen. Von oben, aus dem den Österreichern gegenüberliegenden Hang wollen sie dann gleichzeitig Granaten und Minen werfen. Und von hier herunten dann, während die Granaten da oben in die Stellungen hineinkrachen, hinaufkriechen. Um dann gleich in der ersten Artilleriepause mit ihren Alpini die Stellungen der Gebirgsjäger eine nach der anderen aufzurollen. Und diese Strudelgratoffensive, das kann ich dir jetzt schon verraten, die ist nicht nur geplant. Die wird auch passieren. Die Italiener werden mit Bomben und Granaten auf die Österreicher eindreschen und versuchen, mit einem Sturmangriff über den Strudelgrat herauf den ganzen Gipfel zu erobern. Aber wie so viele dieser abenteuerlichen Pläne in diesem Krieg wird auch dieser Plan scheitern. Wird auch an diesem Tag im Sommer 1916 nichts erreicht werden, als dass man hundert Leben vergeudet hat. Für nichts als ein paar Meter Bodengewinn, der am Abend schon wieder Geschichte ist.

DAS FAHRRAD

Stell dir jetzt einfach den Achim vor. Der ist ein Installateur. Und er ist 35 Jahre alt. Wobei es uns da auf ein oder zwei Jahre auch nicht ankommen sollte. Weil ja die genaue Zahl der Jahre ohnehin nur bei ganz jungen und bei ganz alten Menschen zählt. Und der Achim, der ist mit seinen 35 Jahren ja offensichtlich weder das eine noch das andere. Aber drahtig ist er, unser Achim. Mit seinen blonden Haaren. Er hat ein schönes, ebenmäßiges Gesicht und eine gute Portion Spitzbüberei hat er auch in seinen strahlenden und graublauen Augen. Die meistens fröhlich in die Welt hineinschauen.

Insgesamt könnt man glatt sagen, dass unser Achim zwar kein Adonis ist. Aber so viel fehlt ihm zum Adonis auch wieder nicht. Wobei: Fangen wir lieber noch einmal an. Und sagen wir, dass unser Achim nicht mehr ganz schlank ist. Und dass er auch nie richtig schlank war. Dass seine Augen nicht immer so strahlen. Dass seine Spitzbüberei ihm schon seit einiger Zeit vergangen ist. Und er, auch da hab ich gelogen, oder wenn schon nicht gelogen: Unser Achim ist auch nicht 35 Jahre alt, sondern erst 30. Und manch einer in der kleinen Stadt, in der unser Achim wohnt, sagt, dass unser Achim ein einfacher Mann sei. Mancher nennt ihn dort sogar einen Versager. Aber die Leute, die so etwas über den Achim behaupten, das muss ich jetzt zu seinem Schutz schon klarstellen, die kennen den Achim einfach nicht gut genug. Die schauen nur auf das, was man auf den ersten Blick halt so sieht. Wie auf den alten, rostigen hellblauen Toyota zum Beispiel, mit dem der Achim schon seit vielen Jahren durch die Gegend fährt. Gemeinsam mit seiner Frau, der Cordula. Und wie so viele andere in unserer Zeit hat auch der Achim zwei Kinder. Zwei Töchter genauer gesagt. Die Ida und die Franziska. Und ganz im Gegenteil zu dem alten Toyota, mit dem der Achim immer unterwegs ist, ist es bei der Ida und der Franzi immer so, dass die beiden nur, aber wirklich nur mit den neuesten Kleidern und den schicksten Jacken, immer mit blitzeblank sauberen Schuhen und immer top frisiert in den Kindergarten und in die Schule kommen. Und auch die mit dem doppelten Kinderbekommen etwas traurig und, was eigentlich so gar nicht ihrem Naturell entsprochen hat, aber die auch etwas ängstlich gewordene Cordula, da kannst du sagen, was du willst, aber auch sie ist immer adrett gekleidet. Und nicht nur freundlich ist sie, die Cordula. Sondern die tritt auch immer in ihrer sympathischen Art ganz korrekt auf. Hat für jeden, den sie trifft, ein gutes Wort. Und das hat im Grunde auch der Achim. Der pfeift zwar für sich auf Äußerlichkeiten. Aber auf Höflichkeit pfeift er nicht. Und wenn du jetzt in sein Wesen hineinschauen könntest, in sein kräftig vor sich hinschlagendes Herz und in den Kopf hinter seinen halblangen, zerzausten blonden Haaren, die sich nicht entscheiden können, ob sie nun lockig sein wollen oder nicht, ja nicht einmal in der Farbe können sich diese Haare richtig entscheiden. An manchen Tagen, da hat man den Eindruck, dass der Achim fast hellblond ist. An anderen wieder kommt es einem so vor, als ob er so dunkelblond wäre, dass man fast schon brünett sagen könnte. Das hat mit den Jahreszeiten zu tun. Im Sommer bleichen seine Haare immer aus und im Winter schießt die Farbe in sie zurück. Aber immer verhüllen diese Haare und immer verdeckt auch seine Stirn ein Wesen in seinem Kopf und in seinem Herzen, bei dem du, wenn du es leibhaftig sehen könntest, auf den ersten Blick wüsstest, dass es das Herz eines guten Menschen ist. Und dass der Achim nicht nur jetzt ein guter Mensch ist, sondern dass der auch schon immer ein gutes Wesen gehabt hat. Von ganz klein auf hat der sich immer fast mehr um die anderen gekümmert als um sich. So gut wie immer freundlich, der Achim. Und so gut wie immer konnten ihn die Alten in seinem Dorf in ein kleines, vielleicht oberflächliches, aber stets in ein nettes und kurzweiliges Gespräch verwickeln. Wenn zum Beispiel der Hinterholzer Josef gekommen ist, der früher immer gerne mit allen Kindern geredet hat, der jedem Kind gerne etwas Süßes oder wenigstens einen Apfel zugesteckt hat und der alle Kinder immer mit der Frage danach, aus welcher Familie sie denn kommen, zum Reden gebracht hat, *zu wem gehörst du?*, hat der immer gefragt. Und in Achims Fall hat er dann ein bisschen groß geschaut, weil der Achim ja antworten musste:

Zum Gasser. Ich bin der Gasser Achim. Und der Hinterholzer Josef hat da deshalb so groß geschaut, weil der ja, anders als du, genau gewusst hat, dass es beim Gasser daheim nicht immer so einträchtig hergegangen ist, damals. Da wurde ganz schön viel gestritten in der Familie. Und gerauft wurde da auch. Der Vater von Achim und seine Brüder, die Achim-Onkels, die haben daheim immer gerauft. Und die haben nicht nur daheim gerauft, die haben sich auch im Wirtshaus oder auf Tanzveranstaltungen nie zweimal bitten lassen, wenn einer sie auf ein Tänzchen vor der Tür eingeladen hat. Oder auf eine Klatscherei hinter dem Haus. Aber es war bei Weitem nicht nur das Raufen, das dem Hinterholzer Josef da durch den Kopf gegangen ist, wenn er an diese Familie gedacht hat. Sondern es war auch das Saufen. Vielleicht sogar vor allem das Saufen, denn gerauft haben die Leute früher ja viel. Und ein paar Watschen und ein paar halbwegs dosierte Schläge bei Streitereien kamen dem Hinterholzer Josef auch gar nicht so bemerkenswert vor. Der hat ja in seinem langen Leben selbst eine Menge Schläge einstecken müssen, er hat auch eine Menge Schläge selbst verteilt und noch viel, viel mehr Schläge mitangesehen. Bei jeder Gelegenheit haben die Leute früher ja ausgeteilt und eingesteckt. Und in der Hinsicht waren Achims Vater und Achims Onkels vielleicht auch gar nicht so besonders. Aber dass Achims Vater nicht nur für einen, nicht nur für zwei, sondern gleich für eine ganze Kompanie gesoffen hat, das war schon bemerkenswert. Tagein, tagaus hat der ein Bier nach dem anderen in sich hineinrinnen lassen. Und Schnaps dazu. Immer auch

Schnaps. Denn das Bier alleine, das hat dem Vater von Achim schon lange nicht mehr gereicht, um betrunken zu werden. Und betrunken, richtig schwer besoffen musste der ja jeden Tag sein. Der Vater von Achim. Der ist jeden Abend so voll in sein Bett gefallen, dass er am nächsten Morgen gar nicht mehr gewusst hat, wie er überhaupt am Abend vorher ins Bett gekommen ist.

Und wenn du dir das vorstellst, ist dir natürlich auch klar, dass für die Erziehung von Achim und auch für die einfache Schule, geschweige denn für eine höhere Bildung auf dem Gymnasium oder für eine Höchstbildung auf der Universität gar kein Platz mehr war. Und Geld war da ja auch keines für die Bildung oder für die Schule. Überhaupt war in Achims Familie kein Geld für irgendetwas mehr da. Außer für einfaches Essen und natürlich für das Saufen. Aber nicht für Schuhe und nicht für Spielsachen, nicht für Kleidung und nicht für Sportgeräte, nicht für Fahrräder und auch nicht für Musikinstrumente war da etwas übrig. Und vielleicht ist es ja auch deshalb, dass der Achim sich bis heute nicht um Äußerlichkeiten schert. Da er ja schon von klein auf gewohnt ist, dass er nichts hat. Dass er mit abgetragenen Kleidern und mit löchrigen Schuhen durch die Welt geht. Und, da kannst du jetzt wieder sagen, was du willst, aber die schlechteste Eigenschaft ist das nicht. Wenn man nicht viel auf Äußerlichkeiten gibt. Aber der Achim hat aus seiner Kindheit nicht nur diese, nennen wir sie jetzt einfach einmal diese gute Eigenschaft mitgebracht, sondern mit ihr hat er auch eine große Liebe zum Geld in sein Leben mit hineingenommen. Zum Geld als abstraktem Wert, könnte man sagen. Oder vielleicht eher zum Geld als Mittel der Sicherheit und als Grundlage für das eigene Glück.

Aber Liebe zum Geld hin oder her: Als Installateur machst du da keine großen Sprünge. Eher im Gegenteil, da arbeitest du ja normalerweise ein ganzes Leben lang und hast am Ende dieses Lebens, vor allem, wenn du auch noch Kinder hast und wenn du dir vielleicht sogar ein Hobby leistest, im Grunde nur so viel zusammengespart, dass es für ein ordentliches Begräbnis mit Blumenschmuck und Leichenschmaus reicht. Und vielleicht auch für den Führerschein der Enkel. Aber so wollte unser Achim nicht enden. Das hat der sich schon ganz früh vorgenommen. Und wenn du jetzt denkst:

Aha. Ein Sparfuchs, dann denkst du falsch. Denn es stimmt zwar, was die Leute sagen, nämlich dass Kleinvieh auch Mist macht. Aber dem Achim ist neben seiner Arbeit und neben den Kindern ja nicht einmal richtig Kleingeld übrig geblieben. Sondern nur ein paar Groschen konnte der Monat für Monat beiseitelegen. Und dieses sorgsam beiseitegelegte Kleingeld hat er sich dann ein oder zwei Mal im Jahr in seine Tasche gesteckt. Dann hat er sich in seinen kleinen alten Toyota gesetzt. Und dann ist er gemeinsam mit dem Dietmar, seinem besten Freund, ins Casino nach Kitzbühel gefahren.

Meistens haben die zwei dann die drei- oder viertausend Schilling, die sie gemeinsam in der Tasche hatten, auch gleich verspielt. Aber an einem Abend, da hat der Achim, und er weiß selbst nicht genau, wie ihm das passiert ist, aber trotzdem hat er an diesem Abend wirklich fast eine halbe Million Schilling gewonnen. Heimgekommen ist er aber nur mehr mit Vierhunderttausend. Denn den Rest hat er gemeinsam mit dem Dietmar sofort und noch im Casino auf den Kopf gehauen. Eine Flasche Champagner war da nix. Und vor allem hat er den Champagner nicht nur für sich selbst bestellt, im Casino in Kitzbühel. Sondern er hat vor lauter Freude alle rund um sich herum eingeladen. Er hat jeden herbeigewunken, der an der Bar vorbeigekommen ist. Und es sind viele vorbeigekommen an der Bar an diesem Samstag, an dem der Achim seinen großen Gewinn gemacht hat. Und weil unser Achim sie so nett eingeladen hat, haben die meisten davon auch mitgetrunken, mit ihm und mit dem Dietmar. So lange haben die anderen da mitgetrunken, bis das Casino zugesperrt hat und der Achim mit dem Dietmar auf dem Beifahrersitz nach Hause gefahren ist. Natürlich im eigenen Auto. Das war für die beiden ja ganz normal, dass man, solange man noch stehen kann, auch fahren kann. Und es ist ja auch nix passiert auf ihrem Nachhauseweg. Sondern der Achim hat den Dietmar vor dessen Haustür abgeladen, ist danach zu sich nach Hause gefahren, hat die restlichen vierhunderttausend Schillinge aus dem klapprigen Handschuhfach seines von der Sonne schon ganz blass gewordenen Toyotas genommen und ist damit ins Haus hineinspaziert. Er hat sich mit seinen Kleidern ins Bett gelegt und das Geld unter sein Kopfkissen gesteckt.

Da werd ich heute gut schlafen, auf dem Geld, hat er sich noch gedacht. Aber an diesen Gedanken konnte er sich am nächsten Morgen schon gar nicht mehr erinnern. Der Achim. Und als er aufgewacht ist mitten in seinem vom unruhigen Träumen und vom Rauschausschlafen zerwühlten Bett und mitten in seinem kleinen, zerwühlten Haufen Geld, ist er zuerst erschrocken. Denn es hat ein paar Momente gedauert, bis die Erinnerung zurück in sein Bewusstsein gelangt ist. Und nach diesem ersten Schreck hat er sich wieder gefreut wie ein Kind am Geburtstag. Wie das Kind am Geburtstag, das der Achim ja eigentlich gar nie gewesen ist, weil es bei seinen Geburtstagen ja selten, wenn überhaupt jemals so eine große Überraschung gegeben hatte.

Aber trotzdem ist er da aufgesprungen, an diesem Morgen und er hat seiner Cordula das Geld gezeigt und auch den Kindern hat er die Scheine vor die Nase gehalten. Ganz aus dem Häuschen waren da alle, weil der Papa es geschafft hatte, so einen Haufen in so einer kurzen Zeit zu gewinnen. Und, was soll ich sagen. Dieses Geld, das hatten die vier am Ende viel schneller durchgebracht, als man so glauben könnte. Der alte Toyota musste nämlich sofort weg und ein richtiges Auto musste her. Die Wohnung wurde auch ein bisschen renoviert. Neue Fahrräder wurden angeschafft und natürlich wurden auch die Kinder von Kopf bis Fuß mehrmals neu eingekleidet. Geschenke gab es für alle Verwandten und Bekannten zuhauf. Und es hat vielleicht zwei Monate gedauert, oder drei, da war der Haufen schon ordentlich geschrumpft. Und nach noch einmal drei war er dann ganz weg. Hatte er sich in Dinge verwandelt, die man eigentlich nicht brauchen kann. Oder die man zumindest nicht haben muss. Aber der Achim, der hatte in dieser Zeit richtig Blut geleckt. Oder Geld gerochen vielmehr. In dem Moment, in dem er seinen alten Corolla gegen einen zwar nicht neuen, aber doch sehr schicken schwarzen BMW getauscht hatte, in dem Moment hatte sich so etwas wie ein Knoten in seinem Kopf gelöst. Denn dass er eine Liebe zum Geld mit in sein Leben gebracht hat, das habe ich dir ja schon erzählt. Aber dass er diese Liebe nie richtig hat ausleben können, das war ja auch der Fall. Weil bis zu dem Zeitpunkt ja nie ein Geld da gewesen war in seinem Leben. Aber in dem Moment, indem er in seinen schwarzen BMW eingestiegen ist, hat der Achim verstanden, dass er auch etwas wert war. Und dass auch er sich mit Äußerlichkeiten ruhig einmal eine Freude machen konnte. Dass er sich auch einmal, wie man so schön sagt, etwas Schönes gönnen konnte.

Und gemeinsam mit dieser Erkenntnis war in Achim ein seltsames Verlangen erwacht. Nämlich das Verlangen danach, immer mehr dieser schönen neuen Dinge zu besitzen. Und weil das gewonnene Geld dabei nur so zwischen seinen Fingern zerronnen ist, machte er sich wieder auf. Dieses Mal aber nicht ins Casino nach Kitzbühel, sondern in die Tankstelle. In der Tankstelle wurde nämlich auch immer um Geld Karten gespielt. Und wenn du jetzt denkst, dass man nur im Casino viel Geld verspielen kann, dann täuschst du dich. Denn im Hinterzimmer der Tankstelle in der Kufsteiner Straße, in das sich der Achim in dieser Zeit zu den anderen gesetzt hat, mitten im vielen Rauch und im Bierdunst und im Schweißgeruch haben schon viele vor Achim Haus und Hof verspielt. In dieser Runde sind in der Nacht die Tausenderscheine nur so von einer Seite auf die andere geflogen. Und da musste man nicht extra noch zur Bank, um Kredit zu bekommen. Da konnte man auch sein Haus oder sein Auto direkt einsetzen. Und genau, weil das so einfach möglich war, hatte unser Achim vielleicht drei

Stunden später nicht nur die letzten Schilling seines gewonnenen Haufens verspielt. Sondern auch den schönen schwarzen BMW hatte er eingesetzt und verloren. Und eines muss man dem Achim da zugutehalten: Dieses eine Spiel, in dem er seinen BMW verloren hatte, hätte wirklich auch gut gehen können. Mit dem Blatt, das er auf der Hand hatte. Denn so leicht kommst du über so ein Blatt als Gegner auch wieder nicht drüber. Aber der Hundsbichler Hansi, mit dem der Achim da gespielt hat, der kam da mit seinem Blatt eben doch noch drüber. Auch, das muss man schon sagen, weil er als erfahrener Zinker ein bisschen getrickst hatte. Aber das wusste der Achim ja nicht. Und in seinem manchmal eben doch einfachen Denken hätte der auch gar nicht vermutet, dass man so geschickt tricksen kann wie der Hinterstoder Hansi. Deshalb hat er auch geglaubt, unser Achim, dass es einfach Pech gewesen sei, dass der Hansi da so gute Karten auf den Tisch legen konnte. Und als die fünf Karten da auf dem Tisch lagen und als der Achim langsam, aber sicher verstanden hatte, dass es jetzt nicht nur mit dem Haufen Geld aus war, sondern auch mit dem BMW, da wurde es ihm ganz anders und er ist kreideweiß angelaufen. Er stand wortlos auf und ging hinaus vor die Tankstelle. Setzte sich kurz hin. Und dann ist er langsamen Schrittes heimgestapft. Vielleicht eine Stunde war er da unterwegs. An diesem Freitagabend. Oder besser gesagt an diesem Samstagmorgen. Und als er in der Nacht ein paar Stunden geschlafen hatte, daheim, kam der Achim auf eine noch blödere Idee als die, sein Glück im verrauchten und verruchten Hinterzimmer der Tankstelle zu versuchen.

Er klapperte nämlich an diesem Tag einen Freund nach dem anderen ab, um sich Geld zu leihen. Hier bekam er fünfhundert und dort einen Tausender. Und all das Geld, insgesamt 28 500 Schilling, hat er sich direkt in die Tasche seines Sakkos gesteckt. Er ist zum Bus gegangen und mit dem Bus noch einmal nach Kitzbühel gefahren. An den Ort seines Glückes, wie er gedacht hat.

Am Abend kam er dann in Kitzbühel an, noch mit den gleichen Sachen am Leib wie am Abend zuvor. Mit seiner Hose und seinem Pullover, die immer noch nach dem stickigen Hinterzimmer der Tankstelle rochen. Der Portier am Eingang schaute ihn daher auch freundlich an. Und ein bisschen tat ihm der Achim sofort leid.

Wieder einer, hat er sich gedacht. Dieser alte Portier, nennen wir ihn Peter, der schon seit bestimmt fünfzehn Jahren am Eingang des Casinos seinen Dienst getan hatte. Der in dieser Zeit gesehen hatte, wie Reiche hereinkommen und Arme hinausgehen. Der Arme kommen hatte sehen, die als Reiche wieder hinausgegangen waren. Aber oft, eigentlich meistens, hat der Peter immer wieder die gleichen Leute ins Casino kommen sehen. Leute wie den Achim, die einmal auf den Geschmack gekommen sind und die in einer zusammenphantasierten Hoffnung dachten, dass das Glück ihnen immer etwas schuldig sei. Aber diese Hoffnung, das wusste der Peter, die führte meistens auf keinen guten Weg. Und das tat sie auch beim Achim nicht. Denn, und das kannst du dir jetzt bestimmt schon denken, der Achim hat an diesem Abend natürlich auch die 28 500 ausgeliehenen Schilling wieder verspielt. Bis auf den letzten Groschen waren die weg. So pleite war der, als das Casino zumachte, dass er gar nicht mehr darauf gewartet hat, dass der nächste Bus kommen würde, den er ohnehin nicht mehr hätte bezahlen können. Stattdessen ist der Achim einfach schnurstracks in Richtung seines Zuhauses gegangen. Hat unterwegs den Daumen hinausgestreckt, um Autos zu stoppen. Und es war erstaunlich, wie schnell ihn diese Taktik tatsächlich nach Hause gebracht hat. Keine eineinhalb Stunden hat das gedauert, dann stand er vor der Tür der kleinen Wohnung, die er gemeinsam mit der Cordula gemietet hatte. Draußen brach der Tag gerade an. Ein neuer Sonntag. Der erste Sonntag, an dem der Achim so verschuldet war, dass er nicht mehr ein und nicht ausgewusst hat. Aber der Cordula hat er davon nichts gesagt. Zu viel geschämt hat er sich für die Dummheiten, die er gemacht hatte.

Ich mache mir einen Plan und mit dem mach ich alles wieder gut, hat er sich gedacht, unser Achim. Und der Cordula hat er erzählt, dass sein BMW ein Problem mit der Benzinpumpe hatte.

Am Dienstag ist der fertig. Dann haben wir ihn wieder. Hat der Achim gelogen. Denn natürlich hat der genau gewusst, dass er ihn nicht wiederhaben würde. Den BMW. Wie denn auch? Überhaupt würde er am Montag nicht oder auch am Dienstag nicht auch nur einen Bruchteil des Geldes wiederhaben, das er seinen Freunden schuldete. Und kurz hat der Achim da sogar drüber nachgedacht, sich aufzuhängen. Aber so gescheit war der zum Glück sogar in seiner Verzweiflung, dass er gewusst hat, dass Aufhängen hier auch keine Lösung ist.

Nur war er halt auch nicht so gescheit, unser Achim, dass er von vornherein eingesehen hätte, dass der Plan, den er am Montag gefasst hatte, um alle Schwierigkeiten ein für allemal aus dem Weg zu räumen, zum Scheitern verurteilt war. Und wenn ich dir jetzt dann gleich erzähle, was für ein Plan das gewesen ist, dann wirst du vielleicht lachen. Oder dir denken: *Der ist verrückt, der Achim.* Und dass die Leute, die ihn heute einen Versager nennen oder einen Tunichtgut, doch recht haben. Und vielleicht kann man das, was der Achim da getan hat, ja wirklich ein Versagen nennen. Aber eines steht trotzdem fest: Verrückt war der Achim nicht. Nur verzweifelt eben. Und durch etwas anderes als durch pure Verzweiflung lässt sich auch nicht erklären, warum der am Dienstag darauf direkt und ohne große Planung in der Früh ein Küchenmesser aus der Wohnung mitgenommen hat. Warum er seine alte Roger-Staub-Sturmhaube eingesteckt hat. Und jetzt kannst du dir bestimmt schon denken, was kommt. Nämlich dass der Achim damals zwar in die Arbeit gefahren ist. Dass er sich beim Chef aber um etwa halb zehn am Vormittag kurz entschuldigt hat. Dass er sich danach mit dem Küchenmesser und seiner Roger-Staub-Sturmhaube in der Tasche auf sein klappriges Fahrrad gesetzt hat und dass er mit diesem Fahrrad direkt zur örtlichen Niederlassung der Sparkasse gefahren ist. Das Fahrrad hat er draußen angelehnt und danach hat er sich die Roger-Staub-Mütze übergezogen. Er hat sein Küchenmesser in die Hand genommen. Hat ein paarmal kräftig durchgeatmet. Hat gespürt, wie ihm die Aufregung über den Brustkorb bis in die Gedärme gefahren ist. Und dann ist er in die Bank hineingestürmt.

Ich will eine halbe Million, aber dalli, soll er da gerufen haben. Wie er in der Bank halb hilflos stehen geblieben ist. Und es soll da allen Angestellten sofort klar gewesen sein, dass da kein professioneller Bankräuber vor ihnen steht, sondern nur ein Verzweifelter.

Gehn Sie lieber nach Hause, hat deshalb auch der Bankdirektor von hinten gerufen. Eigentlich unverantwortlich. Aber der war gerade aus seinem Büro gekommen, weil er sich zu einem wichtigen Termin in der Landeszentrale hatte aufmachen wollen. Und der hatte auch sofort gesehen, dass es sich hier gar nicht um einen richtig ernstzunehmenden Überfall handeln konnte.

Aber natürlich ist der Achim trotz dieser eigentlich freundlichen Aufforderung nicht einfach wieder nach Hause gegangen. Sondern er hat trotzig auf seinem Überfall bestanden. Er hat sich einen Beutel voller Bargeld geben lassen, *unsortierte Scheine*, wie er in einer Anwandlung von Fernsehkriminellenprofessionalität gefordert hatte. Und mit diesem Beutel in der Hand ist er hinausgelaufen und auf sein Fahrrad gesprungen. Mit dem Fahrrad ist er dann direkt um die Ecke verschwunden. Und drei, vielleicht vier Minuten später hat er sich gedacht, unser Achim, dass er es wirklich geschafft hätte. Aber da hat er sich natürlich getäuscht. Denn erstens ist genau in dem Moment, in dem der Achim schon aufatmen wollte, in seinem Beutel voller Geld eine Farbpatrone explodiert. Und zweitens tauchte fast im gleichen Moment auch ein Streifenwagen der Polizei mit Blaulicht vor ihm auf. Und obwohl er flugs den rotdurchtränkten Beutel voller jetzt wertloser Scheine weggeworfen hatte und obwohl er sich sofort umgedreht hatte, unser Achim, dauerte es keine fünf Minuten, bis ihn die beiden Beamten aus dem Streifenwagen endgültig überwältigt hatten.

Und als der Achim da so überwältigt auf dem Boden lag, als er spürte, wie der eine Streifenbeamte sein Knie brutal in seinen Rücken drückte, um ihn auf dem Boden zu fixieren, da fing er an, zu weinen. Und unser Achim weinte auch noch, als ihn die Beamten auf der Polizeistation in die kleine extra für solche Fälle reservierte Zelle einsperrten. Er weinte, als er kurze Zeit später in die Untersuchungshaft gebracht wurde. Und er weinte noch mehr, als ihn die Cordula dort das erste Mal besuchte. Sogar bei der Verhandlung seines Falles vor Gericht weinte unser Achim noch. Vor Verzweiflung und Scham trieb es ihm die Tränen ins Gesicht. Und ein bisschen tat er sogar dem Richter leid. Obwohl der Richter Johann ja bekannt für seine Härte war, konnte unser Achim sein Herz beinahe erweichen. Aber eben nur beinahe. Denn der Richter Johann hatte zwar erkannt, dass da kein Berufskrimineller, sondern dass da mit unserem Achim ein in sich zusammengesunkener Verzweifelter vor ihm saß. Aber leidtun ist ja die eine Sache. Urteile sprechen dann doch eine andere. Und deswegen hat der Richter Johann unseren Achim trotz aller mildernden Umstände, trotz vorher blütenweißer Weste, trotz seiner zwei Kinder und trotz seines im Grunde ja anständigen Lebensstils, ja sogar trotz der inständigen und persönlichen Bitte des Anwalts von Achim, hier doch ausnahmsweise einmal Milde walten zu lassen, für sechseinhalb Jahre ins Gefängnis geschickt.

Bei guter Führung kommen Sie vielleicht ein bisschen früher heraus, Herr Gasser. Und wenn es nach mir gehen würde, würde ich Sie vielleicht gar nicht ins Gefängnis stecken. Hat der Richter Johann an diesem Tag gesagt.

Aber wissen Sie, Herr Gasser. Wenn ich das Ihnen jetzt durchgehen ließe, dann müsst ich das ja allen durchgehen lassen. Und das kann ich nicht. An die Gesetze muss ich mich einfach halten. Es tut mir leid. Führte der Richter Johann aus. Und da stand der Achim dann da. Er hörte sich das an und er konnte kaum mehr den Sinn der Worte, die da aus dem Mund des ehrwürdigen Richter Johann kamen, begreifen. Er verstand einfach nicht, was der Richter da gesagt hatte. Und er fragte noch einmal nach. Als ob er gar nicht richtig da wäre, legte er den Kopf unsicher zur Seite, schaute er den Richter von unten mit den Tränen kämpfend an und fragte ihn:

Muss ich wirklich im Gefängnis bleiben? Das kann ich doch auch anders wiedergutmachen. Ich mach alles, was Sie wollen!

Aber da stand der Richter schon auf. Er machte sich auf den Weg hinaus aus dem Verhandlungsraum. Und während Achim noch einmal versuchte, diese Bitte in seinem Kopf umzuformulieren, um sie noch einmal vorbringen zu können, griffen zwei freundliche, aber routinierte Vollzugsbeamte rechts und links unter seine Oberarme. Und sie geleiteten ihn sanft, aber bestimmt nach draußen.

DIE KUGEL

Und jetzt sei einmal ehrlich: Hast du dir wirklich gedacht, dass der Hans da auf seinem Grat mit seinem Ausflug übers Schneefeld und bis an die Kante, von der aus er ins Tal schauen kann, einfach so schadlos davonkommen würde? Mitten im Krieg. Mitten in den Bergen, wo alle ständig auf alles schauen, da immer von überall her Gefahr droht? Falls nicht, also falls du meinst, dass es nicht sein kann, dass unser Hans also einen Preis dafür bezahlen wird müssen, dass er sich diese Freiheit in seiner Frechheit oder vielleicht ja auch in seiner Verzweiflung einfach so genommen hat, dann hast du damit natürlich recht. Und auch deshalb hast du damit recht, weil der Hans inzwischen nämlich vollends übermütig geworden ist. Ja, man könnt sogar sagen, dass er inzwischen sogar seinen Verstand verloren hat. Weil er jetzt da draußen auf seinem Grat sogar aufsteht. Warum er das tut, das weiß er selbst nicht so genau. Unser Hans. Aber mit Sicherheit ist er nur deshalb so unvorsichtig, weil er ja, ganz im Gegenteil zu uns, nicht weiß, dass ihn der Giovanni da unten in der neuen Stellung der Italiener jetzt sofort sehen wird. Der ist da unten ja immer noch in voller Alarmbereitschaft. Und er schaut deshalb auch immer noch ständig zum Strudelgrat hinauf und damit ja auch zu unserem Hans. Und jetzt, als er da oben den Hans wirklich auftauchen sieht, erschrickt der Giovanni richtig. Er duckt sich flugs hinter die kalten Steine, aus denen sie eine Mauer am Rand seiner Stellung zusammengebaut haben. Denn für den Giovanni ist jetzt ganz klar, dass der da oben jeden Moment mit dem Schießen anfangen wird. Ja anfangen muss. Schon deshalb, weil er selbst ja einer von den Alpini und der andere da oben offenbar ein Kaiserjäger ist, muss der von oben gleich herunterschießen, denkt sich der Giovanni. Und schon gar muss der herunterschießen, weil er die neue Stellung der Italiener jetzt ja entdeckt hat. Aber da täuscht sich der Giovanni. Unser Hans, der schießt nicht hinunter. Und der Giovanni wiederum, der reißt sich jetzt zusammen, er geht langsam und ganz behutsam wieder aus seiner Deckung, er nimmt sein Fernglas in die Hand und schaut noch einmal ganz vorsichtig und still genauer hin. Aber wenn man es genau nimmt, dann bräuchte der Giovanni das Fernglas gar nicht mehr. Der Hans da oben ist ihm jetzt nämlich so nah, dass der Giovanni fast mit freiem Auge jede Falte in seinem Gesicht erkennen kann. Also legt er seinen Feldstecher wieder weg, legt stattdessen sein Gewehr an und eines ist klar: Wenn der Giovanni jetzt schießt, dann trifft der unseren Hans mit fast hundertprozentiger Sicherheit. Aber keine Sorge, noch schießt er ja nicht, der Giovanni. Wegen der Stellung will er nicht schießen und weil er sie nicht verraten will.

Befehl ist nun einmal Befehl. Denkt der Giovanni. Und hält den Hans mit hellwachen Augen im Visier.

Bum, denkt er weiter, der Giovanni. *Wenn ich jetzt abdrücke, dann ist der da oben erledigt.* Sagt er sich. Und er stellt sich vor, wie der da oben, von dem er nicht weiß, dass er unser Hans ist, auf der Schneezunge von seiner Kugel getroffen nach hinten geschleudert werden wird. So eine Kugel aus einem Alpini-Karabiner, die reißt dir, wenn sie dich mit voller Wucht trifft, nämlich einfach die Beine weg. Die schlägt dich für einen kurzen Moment sogar in die Luft. Bevor sie dich wieder zurück auf den Boden fallen lässt. Aber der Hans, und auch das hast du dir vielleicht ja schon gedacht, der Hans hat wieder einmal mehr Glück als Verstand. Weil der Giovanni die Nerven behält und nicht schießt, behält auch der Hans nicht nur seine Nerven, sondern auch sein Leben. Noch.

Denn genau in dem Moment, in dem der Giovanni beschlossen hat, dass er nicht schießen wird, schießt ein anderer. Der Matteo nämlich. Aber von dem weißt du ja noch nichts. Und von dem weiß auch unser Hans nichts, ja selbst der Giovanni weiß noch nichts von diesem Matteo. Denn der hat sich nicht unten in der Stellung von Giovanni, sondern oben, vielleicht 50 Meter von unserem Hans entfernt in einem weißen Tarnanzug auf die Lauer gelegt. Eine kleine Schlucht, oder besser gesagt eine Scharte nur liegt zwischen ihm und unserem Hans. Und vielleicht 20 Höhenmeter.

Schon im frühesten Morgengrauen ist der Matteo da hinaus bis an die Kante dieser Rinne gekrochen. Und seitdem liegt er in Sichtweite der K9 auf der Lauer. Schon eine ganze Weile hat er dabei auch den Hans beobachtet. Hat zugesehen, wie der in seiner Stellung stand. Auch die Unterhaltung mit dem Leutnant Mühlmann hat er mitangesehen, der Matteo. Und kurz hat er da überlegt, ob er vielleicht versuchen soll, diesen Offizier zu töten. Denn so ein Offizier, der ist ja in jedem Krieg und besonders für einen Scharfschützen wie den Matteo ein bevorzugtes Ziel. So einen bekommt man schließlich ja auch nicht jeden Tag vor die Flinte. Aber trotzdem hat der Matteo diesen Schuss auf den Leutnant bleiben lassen. Denn von ihm aus, von dort aus, wo er jetzt liegt, war es bis in die K9 einfach ein kleines Stückchen zu weit, um sicher zu treffen. Sogar für einen guten Schützen wie ihn. Sogar mit seiner ruhigen Hand, von der schon viele geschwärmt haben auf der italienischen Seite. *La mano di Matteo*, haben sie geschwärmt, seine Kameraden. *La mano infallibile*, unfehlbare Hand. Und wirklich kann sich der Matteo ja rühmen, dass er fast nie einen Schuss danebensetzt. Aber das ist halt auch so, weil er weiß, wann er schießen kann. Und wann nicht. Und bei der K9, da ist das so eine Sache. Da hätte es, als der Leutnant da gewesen ist, schon sein können, dass er trifft. Der Matteo. Aber es wäre eben nicht sicher gewesen. Nicht so sicher wie jetzt, beim Schuss auf unseren Hans. Weil der Hans, der hat ja diese Distanz von Matteo bis in die K9 durch sein Kriechen und Stapfen über das Schneefeld freiwillig so weit vermindert, dass er jetzt für den Matteo zu einem leichten Ziel geworden ist.

Und jetzt kommt wieder die neue Stellung ins Spiel. Denn genau wie der Giovanni da unten in der neuen Stellung der Italiener weiß auch der Matteo da oben, 20 Meter über dem Hans, dass die Stellung da unten auf keinen Fall verraten werden soll. Und weil unser Hans jetzt zu allem Überfluss auch noch aufgestanden ist, nimmt sich Matteo ein Herz. Und dieses Herz muss er sich dieses Mal wirklich nehmen. Denn eigentlich wollte er den Hans ja auf seinem Schneefeld weiter so friedlich herumkriechen lassen. Das hat ihm sogar ein bisschen imponiert. Wie dieser Österreicher da drüben sich da diese Freiheit genommen hat, etwas vollkommen Unsinniges zu machen. Und wenn du verstehen willst, warum der Matteo den Hans gerne weiter diesen Blödsinn hätte machen lassen wollen, musst du wissen, dass der Matteo nicht nur ein erfahrener Soldat ist, sondern dass er auch ganz genau gesehen hat, dass unser Hans auf seinem Ausflug weder Kabel noch Sprengfallen oder Stolperdrähte oder was weiß ich was verlegt hat. Sondern dass der nur wie ein Verrücktgewordener einen Ausflug machen wollte.

Vielleicht, um hinunter ins Tal zu schauen. Denkt sich der Matteo. *Aber da draußen am Grat aufstehen, das ist dann doch zu viel des Guten. Non farlo, non farlo*, murmelt Matteo deshalb jetzt auch. *Mach das doch nicht.*

Nur der Hans, der lässt dem Matteo jetzt wirklich keine Wahl mehr. Mit seinem Aufstehen und Hinunterschauen. Also bleibt dem Matteo nichts anderes, als anzuvisieren.

Er atmet ein. Er atmet aus. Atmet ein. Atmet noch einmal aus. Dann hört er auf, zu atmen. Er spannt seinen gesamten Körper an und dann zerreißt ein Krachen die Stille auf dem Berg. Und sowohl der Giovanni unten in seiner Stellung als auch die Kameraden von Hans fahren plötzlich zusammen.

Nur unser Hans, der fährt nicht zusammen. Sondern der wirft sich direkt hin. Schon vor dem Krachen hat er nämlich gespürt, dass da gerade eine Kugel nur einen oder vielleicht zwei Zentimeter an seinem rechten Ohr vorbeigesaust ist.

Tst macht das, wenn du eine so nahe Bekanntschaft mit einer Scharfschützenkugel machst. Und direkt nach diesem *Tst* hörst du dann erst den Knall.

Aber den hat der Hans schon gar nicht mehr richtig wahrgenommen. Oder sagen wir so: Er hat ihn schon gehört, den Knall. Aber er hat seine Bedeutung in dem Moment verloren, als unser Hans mit seinem gesamten Gewicht auf dem Schneefeld, oder besser gesagt auf der Schneezunge unter ihm gelandet ist.

Das Adrenalin ist unserem Hans da durch die Adern geschossen und sein Puls hat direkt einen rasenden Sprint hingelegt. Und mit dem ersten, vielleicht auch erst mit dem zweiten schnellen Herzschlag ist dem Hans dann auf eine sehr eigentümliche Weise schwindlig geworden. Es war ihm für einen Moment so, als ob er den Boden unter dem Körper verlieren würde. Als ob sich alles zuerst langsam und dann immer schneller bewegen würde. Und als der Hans dann in seiner Überraschung realisiert hat, dass er sich das nicht eingebildet hat, sondern dass die Schneezunge, auf der er gestanden hat, gerade dabei war, durchzubrechen, und dass es jetzt unaufhaltsam nach unten gehen würde, ist ihm sein Herz wieder fast stehen geblieben. Für den einen Moment dachte er, dass er schwerelos mitsamt dem Schnee unter ihm in der Luft hängen könnte. Und nach diesem einen Moment, in dem der Schnee stillzustehen schien, in dem sein Atem stillzustehen schien, in dem sein Herz stillzustehen schien und in dem die ganze Welt für unseren Hans den Eindruck erweckte, als ob sie jetzt endlich damit aufhören würde, sich ständig weiterzudrehen, nach diesem einen Moment, in dem unser Hans dachte *jetzt bin ich erlöst*, schlug sein Herz doch wieder weiter. Während er im freien Fall und eingehüllt in eine ganze Wolke aus Schnee hinuntergesaust ist.

Scheiße, hat der Hans da gerufen. Auf den ersten vier oder fünf Metern.

Gleich tut es weh. Schoss es ihm durch den Kopf. Aber es tat nicht weh. Und für einen Augenblick war sich unser Hans ganz sicher, dass ihn die Kugel, die er da oben gehört haben wollte, gar nicht verfehlt hatte. Sondern dass auch er, wie viele andere vor ihm, gerade dabei war, so ein Kugelengel zu werden.

Da begreift man wirklich fast zu spät, dass man tot ist. Schoss es ihm noch einmal durch den Kopf. Dann wurde es schwarz. Und der Hans war nicht mehr da.

GIOVANNI

Weißt du, unsere Geschichte, die endet mit dem Giovanni, der jetzt auch schon tot ist. Weil inzwischen schon so viele Jahre vergangen sind, seit er damals in den Dolomiten mit seiner Alpini-Mütze auf dem Kopf, in seinen dicken Wintermantel gehüllt, mit einem improvisierten Schal aus Fetzen um den Hals und mit seinem Finger am Abzug in seiner Stellung unter der K9 gesessen hat und seit er gesehen hat, wie der Hans gemeinsam mit einer tosenden Lawine aus Schnee direkt zu ihm in die Stellung heruntergeschleudert wurde. Und es sind auch schon so viele Jahre vergangen, seit der Giovanni später dann doch noch aus dem vermaledeiten Krieg in den Bergen und aus den Schlachten am Isonzo und nach dem Durchbruch der Österreicher im Oktober 1917 auch aus den Kämpfen am Piave hat heimkehren dürfen. In sein kleines Bergdorf, nach Sappada. Das kennst du bestimmt nicht, dieses Sappada oder Bladen, wie es auf Deutsch heißt. Aber dieses kleine Dörfchen ist praktisch nur einen Steinwurf von der heutigen österreichischen Grenze entfernt. Und der Hans, der hatte damals im Winter da oben auf dem Berg schon recht. Mit seiner Ansicht, dass bei den Alpini drüben auf der anderen Seite Leute gekämpft haben, die ihm von Geburt aus örtlich viel näher waren als viele der eigenen Kameraden. Weil ja der Giovanni, und der ist nur ein Beispiel von vielen, keine 20 Kilometer Luftlinie von ihm entfernt aufgewachsen ist. Oder vielleicht 30. Oder 40. Das spielt im Grunde gar keine Rolle. Da ja die Distanz zwischen den Geburtsorten der Menschen bei so etwas im Grunde nie eine Rolle spielt. Oder zumindest, weil sie keine Rolle spielen sollte. Und es ist inzwischen ja auch der Krieg in den Dolomiten und überhaupt dieser ganze große Krieg in den Alpen und auf der

Welt schon so lange her, dass auch er selbst, dass auch diese riesenhafte und nicht nur menschenverschlingende, sondern auch menschengemachte Katastrophe schon fast keine Rolle mehr spielt. Auch deshalb nicht, weil nach ihm noch ein neuer Krieg über Europa hinweggezogen ist. An vielen Orten ein noch viel größerer und noch viel verheerenderer Krieg als der, in dem der Giovanni da oben auf dem Berg und später dann unten in den Gräben am Isonzo und an der Piave ausharren hatte müssen.

Aber was ist schon verheerend, wenn nicht der eigene Tod. Würde unser Hans vielleicht sagen. Sagt er aber nicht. Der Hans.

Und du musst wissen, dass der Giovanni in all den Jahren, die seit diesem sonnigen Tag in den Dolomiten vergangen sind, so etwas wie ein schönes, und man kann ruhig auch sagen, sogar ein erfülltes Leben hat führen dürfen. Weil der Giovanni, der ist in den Jahren zwischen den Kriegen und auch in den Jahren nach dem zweiten Krieg ist er da unten in seinem kleinen 1300-Einwohner-Dorf in dem kleinen oberitalienischen Tal tatsächlich zu Wohlstand gekommen. Eigentlich war er ja ein kleiner Zimmermannsgeselle. Er hat das Glück gehabt, dass ihm die Adriana, ungefähr 1920 wird das gewesen sein, als ihm diese sympathische und starke Adriana über den Weg gelaufen ist. Und als er sie zum ersten Mal gesehen hat, seine Adriana, da hat der Giovanni sofort gewusst, dass er nicht nur sie auf dem kleinen Tanzfest in Sappada getroffen hat, sondern dass er mit ihr direkt auch die große Liebe seines Lebens getroffen hat. Und zwar eine derjenigen großen Lieben, von denen man mehr hört, als dass man sie aus eigener Erfahrung kennenlernt. Eine Liebe nämlich, die wirklich auf Respekt und Zuneigung basiert. Und die, weil sie zwei Menschen auf unwahrscheinlich tiefe Weise miteinander verbindet, auch wirklich hält. Über Jahrzehnte hinweg. In guten und in schlechten Zeiten, wie man so sagt, hat die Liebe zwischen unserem Giovanni und seiner Adriana zwar einige Aufs und Abs durchmachen müssen. Dabei ist sie vielleicht auch manchmal ein wenig geschrumpft. Aber insgesamt ist diese große Liebe zwischen den beiden doch stetig gewachsen. Sie hat zuerst, auf diesem Tanzfest in Sappada, zu einer Schwärmerei geführt. Und dann zu Spaziergängen mit roten Backen und heimlichen Küssen. Ein bisschen mehr als ein Jahr nach dem Tanzfest ist aus der Liebe dann eine Ehe geworden. Und aus der Ehe mit ihren so heiß herbeigesehnten gemeinsamen Nächten sind auch Kinder entsprungen. Drei gesunde Kinder. Die der Giovanni und die auch seine Adriana haben aufwachsen sehen dürfen. Sie haben ihren Kindern beim Leben und beim Wachsen zugeschaut, und während sie ihnen zugeschaut und unter die Arme gegriffen haben, ist ihre Liebe für die Kinder und gleichzeitig ist auch ihre Liebe füreinander so fest geworden, dass sie bis heute, bis zum heutigen und so sonnigen Maitag im Jahr 1967, oder halt, das stimmt nur zur Hälfte. Sagen wir lieber, sie ist bis vor zwei Jahren auch nicht vergangen. Denn vor zwei Jahren, da ist die Adriana *sanft entschlafen*. Wie sie es auf der Parte geschrieben haben. Und auch, wenn viele Angehörige immer ein bisschen schwindeln, auf diesen Parten, weil man das Sterben ja nicht so darstellen will, wie es ist, war dieses *sanft entschlafen* im Fall der Adriana doch wahr. Die hat nur ein oder zwei Tage im Bett liegen müssen, und leiden musste sie praktisch gar nicht, bevor sie der Herrgott zu sich geholt hat. Und auch, wenn dem Giovanni das Herz gebrochen ist, genau wie dem Max das Herz beim Tod seiner Katharina, ist nämlich auch dem Giovanni das Herz in dem Moment gebrochen, als das Herz seiner Adriana aufgehört hat zu schlagen. Aber doch hat er noch in seiner tiefsten Trauer gewusst, der Giovanni, wie viel Glück er in seinem Leben gehabt hat. Mit Aldo, mit Timo und mit Anita. Seinen drei Kindern. Und mit seiner Adriana. Deshalb hat der Giovanni auch beschlossen, seine Adriana einfach über ihren Tod hinaus weiterzulieben. Vielleicht ist das für einen so alten Mann ja auch viel leichter als für so einen jungen oder besser gesagt mittelalten Mann wie den Max. Das kann schon sein. Aber es wird dem Giovanni, da bin ich mir sicher, beim Weiterlieben und beim Weiterleben schon auch geholfen haben, dass er nach dem Tod seiner Adriana nicht alleine dagestanden hat. Sondern dass ihm die Adriana eben ihre drei gemeinsamen Kinder geschenkt hat. Und dass sie ihn nicht nur, wie die Katharina den Max, ein Jahr lang, sondern dass sie ihn über ein halbes Leben die Liebe gelehrt hat. Und das ist noch nicht alles, was die Adriana den Giovanni gelehrt hat. Denn sie hat ihn auch mit ihrer Mitgift zu einem wohlhabenden Mann gemacht. Den kleinen Zimmermannsgesellen Giovanni. Und mit einer Selbstverständlichkeit hat sie damit nicht nur Geld in das Leben unseres Giovanni gebracht, sondern auch eine beeindruckende Art von Selbstvertrauen, die Giovanni nur von ihr so schnell hat lernen können. Die er alleine vielleicht sogar nie gelernt hätte.

Richtig gewachsen ist der Giovanni wegen seiner Adriana. Über sich hinausgewachsen, könnte man sagen. Und weil ihm die Adriana gezeigt hat, was alles in ihm stecken kann, hat der Giovanni sich auch gar nicht groß als Bauer auf dem von Adriana in die Ehe eingebrachten Hof versucht und sich auch nicht auf seinem angeheirateten Erbe ausgeruht. Ganz im Gegenteil. Der hat seine neuen finanziellen Möglichkeiten und vor allem sein neues Selbstvertrauen sehr gescheit eingesetzt. Hat zuerst die Felder verpachtet und die Kühe aus dem Stall genommen. Nur ein Schwein hat er behalten. Und die Hühner. Dann hat er auf dem Hof eine kleine Zimmerei gegründet. Und diese Zimmerei ist gewachsen. Jahr für Jahr ist sie größer geworden. Er hat die Scheune für die Zimmerei umgebaut und besseres Werkzeug gekauft, schon bald hat er viele Angestellte gehabt, der Giovanni. Anfang der Dreißigerjahre war das, als er sich schon als gemachten Mann hat sehen können, als ihm aber das Dachstuhlbauen und Balkeneinziehen, das Planen und Bestellen von Holz immer weniger interessiert hat. Deshalb hat er sich dann auch immer öfter umgeschaut, was es denn sonst noch so zu tun gäbe für ihn. Und zuerst ist er Holzhändler geworden, der Giovanni. Ganze Regionen hat er mit Holz versorgt und auch seine neben der Zimmerei gegründete und betriebene

Holzhandlung ist unter seinen Fittichen gewachsen. Trotz der Faschisten. Und sogar im Krieg konnte er Gewinne mit seiner Holzhandlung erwirtschaften. Als Deutscher, wie ihn die Faschisten damals genannt haben. Aber weil der Giovanni so gute Beziehungen hatte, hat irgendein Beamter in Rom oder sonst wo in Italien offenbar die Hand über ihn gehalten. Und während andere aus seinem Dorf fortziehen mussten, konnte er bleiben. Durfte er weiter mit seinem Holz handeln. Sogar unter den Nazis, die kurze Zeit später kamen. Und die froh waren, dass dieser Holzhändler Deutsch mit ihnen sprechen konnte, durfte er weitermachen.

Viel später dann, als auch der zweite Krieg vorbei war, kam nach dem Holz noch der Weinhandel dazu. Viel Wein hat der Giovanni da aus ganz Italien heraus in alle Welt verfrachtet. Er hat, so kann man sagen, die Gunst der Stunde genutzt und mit seinem Kapital eingekauft. Kaum jemand hatte damals ja etwas. Aber der Giovanni eben schon. Und der ist bis nach Sizilien hinuntergefahren, um mit den Bauern und Zwischenhändlern zu sprechen. Und mit fast jedem Geschäft, das der Giovanni abgeschlossen hat, ist nicht nur seine Zufriedenheit gewachsen, sondern auch sein Kontostand.

Was der anfasst, wird zu Gold. Hat der Bürgermeister einmal gesagt. Im kleinen Gasthaus zur Post in Sappada. Und wenn der Giovanni das gehört hätte, er wäre wahrscheinlich rot geworden. Ja vielleicht sogar ein wenig wütend. Er wusste nämlich genau, dass es so etwas wie ein goldenes Händchen nicht gibt.

Hinter jeder Lira, die ich in meinem langen Leben verdient habe, steckt ein ganzes Stück Arbeit und hinter der Arbeit steckt auch eine ganze Portion Mut. Denn von nichts kommt nichts. Das hat der Giovanni allen, die es hören wollten, erzählt. Vor allem seinen Kindern hat er das immer wieder eingebläut. Und bis heute klingt in Anitas Ohren nach, wie der Vater ihr Ratschläge fürs Leben gegeben hat.

Grad so, als ob du unser Leben noch verstehen hättest können. Als ob du nicht schon lange aus deiner Zeit gefallen wärst. Denkt

Anita. Und schaut in die Runde. Sieht, wie der ganze Friedhof hier in Sappada vor lauter Begräbnisbesuchern aus allen Nähten platzt. So viele Trauergäste hat sie in ihrem Leben noch nicht gesehen.

Hunderte sind das. Denkt sie. Und spürt, wie eine Träne über ihre Wange hinunterläuft. Denn auch, wenn der Vater vielleicht nicht immer recht hatte und wenn er ihr manchmal mit zu viel Strenge oder mit zu viel Besserwisserei zugesetzt hat, war er doch der Vater. Und auch ein guter Vater. Kein einziges Mal hat er sie geschlagen. Selten nur angebrüllt. Sondern immer hat er mit seinen liebevollen Augen auf die kleine Anita heruntergeschaut. Und später dann, als aus der kleinen Anita eine große Anita geworden war, die ihm, wie die Mutter gesagt hat, *sogar über den Kopf gewachsen ist. Sogar deine Tochter ist jetzt größer als du,* hat die Mutter an Anitas 21. Geburtstag stolz verkündet. Und da hat der Giovanni damals lachen müssen. Und der Anita direkt ein Bussl auf die Wange gedrückt. Vor lauter Freude darüber, wie schön die war. Und daran, an Giovannis fast schon kindliche Freude über seine Anita und darüber, dass sie zu einer so feschen und starken Frau herangewachsen ist, kannst du eigentlich schon sehen, was das für ein Mensch war, der Giovanni. Und dass er, auch als die Anita schon lange erwachsen war, immer noch mit den gleichen liebevollen Augen wie in Anitas Kindheit darauf geschaut hat, dass es ihr gut geht. Regelmäßig hat er Anitas Mann, dem Augusto, die Leviten gelesen, wenn der es einmal wieder zu sehr übertrieben hatte. Ob nun im Wirtshaus oder sonst wo. Und fast ebenso regelmäßig hat Giovanni Anita auch Geld zugesteckt, damit sie die geschäftlichen Missgeschicke ihres Mannes wieder ausbügeln konnte. Und da gab es einige Missgeschicke. Ein anderer hätte da schon lange die Segel gestrichen. Aber der Augusto, der hat sich einfach ein aufs andere Mal wieder aufgerappelt. Und ein aufs andere Mal hat der Giovanni ihn dann, indem er der Anita Geld zugesteckt hat, wieder aufgefangen. Und er hat das getan, ohne groß zu murren. Wie gesagt nicht, ohne seine Ratschläge loszuwerden. Aber geschimpft hat der Giovanni nie. Das hätte er aber mit Sicherheit schon getan, wenn er gewusst hätte, was derselbe Bürgermeister, der ihm ein goldenes Händchen angedichtet hatte, ein paar Jahre später zu seinem Schwiegersohn gesagt hat:

Ein Taugenichts bist du. Ein Hallodri, dem das ganze angeheiratete Erbe in der Hand zerrinnt. Hat der Bürgermeister in der kleinen Wirtschaft in Sappada dem Augusto an den Kopf geworfen. Und der Giovanni, der hätte ihm da direkt eine aufgelegt, wenn er dabei gewesen wäre und wenn er das gehört hätte. Da ist sich die Anita sicher.

Der Vater, denkt sie, *der Vater war schon unser Fels. Der hat immer zu uns gehalten. Komme, was da wolle.*

Und mit dieser Ansicht, dass der Vater ein Fels war und dass er immer zu den Seinigen gehalten hat, war die Anita auch nicht ganz alleine. Das hat man schon daran gesehen, an diesem sonnigen Maitag im Jahr 1967, dass so viele zum Begräbnis des Giovanni gekommen waren. Und dass auch einer nach dem anderen eine Rede auf den Giovanni gehalten hat. Zuerst hat der Pfarrer am Grab gesprochen. Und dann der Bürgermeister. Natürlich musste der als Erster nach dem Pfarrer etwas sagen. Und dann kam der Vorstand des Kirchenfördervereins. Der sich natürlich auch hervortun wollte und der, das würde keiner im Dorf abstreiten und wahrscheinlich würde der Vorstand des Kirchenfördervereins das nicht einmal selbst abstreiten, dass er sich dadurch auch eine kleine finanzielle Zuwendung für die Kirche erhoffte. Ein neues Dach. Oder eine neue Beleuchtung zumindest. Eine Elektroheizung für die Sakristei vielleicht auch. Oder ein paar Pfeifen für die Orgel. All das hat sich der Vorstand des Kirchenfördervereins schon ausgemalt, als er am Abend vor dem Begräbnis seine kleine Rede auf den Giovanni geschrieben hat. Und wohl auch deshalb hat er den Giovanni dann am Grab über alle Maßen gelobt. Der hat ihn so gelobt, dass es fast schon peinlich war. Und nicht nur der Vorstand des Kirchenfördervereins, auch die anderen Redner am Grab ließen sich nicht lumpen. Vom Geschäftsführer der Weinhandlung über den der Zimmerei bis zu einem Vertreter der Provinzregierung sprachen alle sehr salbungsvoll über den verschiedenen Giovanni. So salbungsvoll und so lange sprachen sie, dass die anderen Begräbnisbesucher schon unruhig wurden. Auch der Anita war das schon fast zu viel. Dieses ganze Lobgehudel. Beinahe hätte sie sich selbst ans Grab gestellt und in die Runde gesagt, dass es jetzt aber auch einmal gut sei. Dass der Vater das bestimmt zu schätzen gewusst hätte, aber dass er sich über so viel Lob dann doch nicht richtig hätte freuen können. Zu viel ist einfach zu viel. Aber getan hat sie das nicht, die Anita. Auch in dem Moment nicht, als ein schmaler alter und unscheinbarer Mann sich durch die dunklen Reihen der Begräbnisbesucher nach vorne gedrängelt hat. Wer das war, das wusste sie nicht, die Anita. Und auch die anderen Begräbnisbesucher waren erstaunt über diesen Greis, der sich gestützt auf einen braunen Gehstock langsam nach vorne ans Grab des Giovanni vorarbeitete. Und der zuerst eine Minute lang einfach schweigend dastand. Der dann langsam und ernst in die Runde schaute und der anfing, zu erzählen. Von einem Berg erzählte der alte Mann, von einem Gipfel und einem Grat in den Dolomiten. Und von einer Zeit, die schon lange vergangen war. Die aber in diesem kleinen Dorf, in Sappada, doch noch lebendiger war als in vielen andern Dörfern auf der Welt. Weil die Geschichte dieses Krieges in den Bergen in Sappada an den Bergwänden und Berggipfeln fast noch ablesbar war, damals. Und dieser kleine, wie von den vielen Jahren, die er auf der Erde verbracht hatte, geschrumpfte Mann, der sprach beim Begräbnis des Giovanni auch nicht auf Italienisch. Sondern auf Deutsch. Und da musst du jetzt wissen, dass dieses kleine Sappada, auf deren Gottesacker die Gemeinde gerade dabei war, den Giovanni der Erde zu überantworten, eine Sprachinsel in den Dolomiten ist. Und dass die Leute da Deutsch können. Und obwohl die anderen Redner ihre Reden natürlich auf Italienisch gehalten hatten, da sich das so gehörte, damals, in den Sechzigern, haben alle oder zumindest haben fast alle Trauergäste die beinahe zerbrechlichen deutschen Worte dieses alten Mannes nicht nur gehört, sondern auch verstanden.

Lieber Giovanni, fing dieser alte Mann an. Und er schaute nach diesen zwei Worten ein wenig hilflos in die Runde. Haspelte einen Satz nach dem anderen heraus. Und es dauerte ein bisschen, bis er seine Sicherheit wiedererlangt hatte. Bis er die Geschichte formulieren konnte, die er erzählen wollte. Nämlich, dass ihn der Giovanni damals in den Dolomiten an diesem sonnigen Tag direkt vor seiner Stellung aus der Lawine herausgezogen hat. Dass er ihm den Schnee aus Mund und Nase herausgeblasen hat. Und dass er ihn dann nicht nur gefangen genommen hat, sondern sogar persönlich hinunter ins Tag begleitet.

Ich mit erhobenen Händen vor dir. Und du mit deinem Karabiner über der Schulter hinter mir. Hat der Hans erzählt. Der klapprig gewordene alte Hans an diesem sonnigen Maitag im Jahr 1967. Als er sich an Giovannis Grab endgültig von seinem Lebensfreund verabschieden musste. Und eines kannst du glauben: Während die Gemeinde vorher noch unruhig von einem Bein aufs andere gestiegen war, während vorher schon getuschelt und ganz hinten in den letzten Reihen sogar schon laut geredet worden war, während sogar schon eine kleine Flasche Schnaps ganz hinten die Runde gegangen war, war es bei der Rede von Hans mucksmäuschenstill auf dem Friedhof von Sappada. Alle Augen waren auf diesen kleinen alten Mann gerichtet. Und alle Ohren hörten ihm zu. Denn so eine Geschichte, wie sie der Hans da erzählte, nämlich dass du im Krieg so einen blödsinnigen Ausflug wie der Hans machst und dass dich auf diesem Ausflug eine Kugel so knapp verfehlt, wie Matteos Kugel damals den Hans verfehlt hatte, und dass du, weil du so erschrickst und dich zu Boden wirfst, dann mit einer Lawine direkt hinunterrutschst, aber nur genau so weit, dass du nicht über den ganzen steilen und felsigen Hang hinunter in die Tiefe fällst, sondern dass dich der Giovanni direkt vor seiner Stellung aus der Lawine herausziehen kann, und dass dieser Giovanni auch noch Deutsch kann und dass er dich nicht nur aus der Lawine rettet, sondern dich auch noch gefangen nimmt, statt dich einfach zu erschießen, das passiert nicht alle Tage. Und schon gar nicht passiert es alle Tage, dass dann über ein halbes Jahrhundert später ein alter Mann an einem Grab steht und erzählt, wie sich der Retter und der Gerettete all die Jahre, oder zumindest in jedem Jahr, in dem das ging, in der Hadlhütte getroffen haben, um gemeinsam eine Woche lang auf ihr Überleben zu trinken. Und ganz am Ende, als der Hans mit seiner Erzählung schon mehr oder weniger fertig war, zog er eine Flasche Wein aus seinem Mantel. Einen Kalterer See, wie ihn der Giovanni immer so gerne getrunken hat. Schon in seinem Hotelzimmer hat der Hans diesen Wein mit seinen schwach gewordenen knöchrigen Fingern mühevoll entkorkt. Direkt heute in der Früh. Und er hat den Korken danach mehr schlecht als recht wieder in den Flaschenhals hineingedrückt. Hat während der Messe und während des Ganges hinaus auf den kleinen, gelbummauerten Friedhof vor der ebenso gelben und barocken Kirche in Sappada immer Angst gehabt, dass die Flasche auslaufen könnte. Aber sie ist nicht ausgelaufen, die Flasche Kalterer See. Der Korken steckte sogar wieder so fest im Flaschenhals, dass es dem Hans jetzt mit seinen alten Fingern fast nicht gelingen wollte, ihn wieder aus der Flasche herauszuziehen. Also nahm er den Korken, fast wie ein junger Bursche das tun würde, in den Mund. Und er zog mit beiden Händen vorsichtig an der Flasche. Der Korken ploppte, Hans spuckte ihn aus und trank wortlos einen großen Schluck. Direkt aus der Flasche trank er. Und danach schüttete er den ganzen Rest des guten Kalterer-See-Weines dem Giovanni in sein feuchtes Grab hinterher.

Tutti fratelli! rief er, so laut er mit seiner dünnen Stimme noch konnte, der Hans. *Tutti fratelli.*

Dann drehte er sich um. Er stellte die leere Weinflasche ab. Wischte sich die feuchten Augen, griff nach seinem Stock, der ihm beim Öffnen der Flasche aus der Hand gerutscht war, und machte sich langsamen Schrittes auf den Weg zum Friedhofsausgang. Die Leute machten ihm Platz, wie man einem seltenen Ehrengast Platz einräumt. Und sie schauten ihm alle hinterher. Aber dieses merkwürdige Verhalten der Leute bemerkte der Hans schon gar nicht mehr. Denn der war mit dem Kopf jetzt schon wieder ganz woanders. Wie in seinem gesamten langen Leben entglitten ihm auch heute die Gedanken wieder. Sie huschten weg vom Grab des Giovanni und weg von den vielen Leuten in Sappada. Sie flogen in Windeseile zurück in seine Kindheit. Ans Grab der geliebten Mutter. Ans Grab des gestrengen Vaters. Und ans Grab seines Kindes. An Seppis Grab, der nicht hatte älter werden dürfen als sieben Jahre. Und es war ihm, dem Hans, als ob das alles gar nicht mehr wahr wäre. Als ob auch seine Geschichte sich jetzt zu Ende erzählt hätte. Und als ob auch er, wie so viele andere vor ihm schon und wie so viele andere nach ihm, langsam, aber sicher in das große Vergessen hineingleiten dürfte.

Kleiner Vogel Glück